大統領の料理人①

厨房のちいさな名探偵

ジュリー・ハイジー　赤尾秀子 訳

State of the Onion

by Julie Hyzy

コージーブックス

STATE OF THE ONION
by
Julie Hyzy

Copyright © 2008 by Tekno Books.
Japanese translation rights
arranged with Julie Hyzy
c/o Books Crossing Borders, Inc., New York
through Tuttle-Mori Agency,Inc.,Tokyo

挿画／丹地陽子

マイクに……
ありがとう

謝辞

ホワイトハウスのディナーに招待されたら、天にも昇る心地でしょう。いえ、それよりも、一日でいいから、ホワイトハウスの厨房で過ごしてみたい。最高の料理人たちとともに働けたら、どんなにすばらしいか——。そして一日だけ、夢がかないました。

ホワイトハウスの厨房の真実を知る者は殺される、というわけではありませんが、執筆にあたっての調査では、とても興味深い経験をしました。シークレット・サービスのみなさんにはこの場を借りて心からお礼申し上げます。こんなとき、オリーはどうするでしょうか？などという手前勝手な質問にも快く答えてくださいました。また、キャンプ・デービッドやテロリスト、暗殺などという語をインターネットで調べても、わが家の玄関を押し破ってこなかった国土安全保障省にも感謝したいと思います。

セキュリティ違反にならない範囲で、たくさんの方の助力を得ることができました。本書において、ホワイトハウスや種々の規則に関する誤りがあった場合、それはすべてわたしの責任です。

取材に応じてくださったカーナ・スモール・ボドマン、トニー・バートン、クリス・グラベンスタインに心からの感謝を。そしてポール・ガーバーチク、ミッチ・ブラムシュテット、マーラ・ガーバーチクは貴重な資料をたくさん提供してくださいました。また、わたしがホワイトハウス・ツアーを実現できたのは、下院議員ジュディ・ビガートの事務所が手配してくださったおかげです。

テクノ・ブックスのマーティ・グリーンバーグには感謝の言葉もありません。マーティがいなければ、オリヴィアとその仲間は誕生しませんでした。そして同社のジョン・ヘルファーの豊かな編集経験と声援にも感謝します。また、デニス・リトルはホワイトハウスの歴史案内役を務めてくれ、オリーがおいしいホワイトハウス・レシピをつくれたのもデニスがいてくれたからこそです。

バークリー・プライム・クライムの編集者ナタリー・ローゼンスタインは、変わらぬ温かい目でわたしを見守りつづけてくれました。ただただ感謝の気持ちでいっぱいです。ナタリーのおかげで参加できたバウチャーコンでは、とても楽しいひとときを過ごすことができました。

銃に関しては、セカンド・アメンドメント・ファウンデーションとタルタロ家のご教示をあおぎました。もちろん、オリーはいまも勉強中で、今後もさらなる訓練を積む所存です。

友人のケン・ランドからは日々着想を得ることができました。そして、心の安らぎも。

執筆にとりかかってから脱稿するまで、マイケル・A・ブラックの助言とサポートは何よりの力となりました。いまのわたしがあるのは、マイケルのおかげです。

わたしは家族と友人に恵まれました。夢が実現するよう、励まし応援してくれたカート、ロビン、セーラ、ボズ、ほんとうにありがとう。あなたたちのいない人生なんて考えられません。

最後になりましたが、サウスランド・スクライブズ、シスターズ・イン・クライム、アメリカ探偵作家クラブをはじめとする執筆者団体に感謝申し上げます。博識で寛大なグループの一員であることをたいへん光栄に思います。

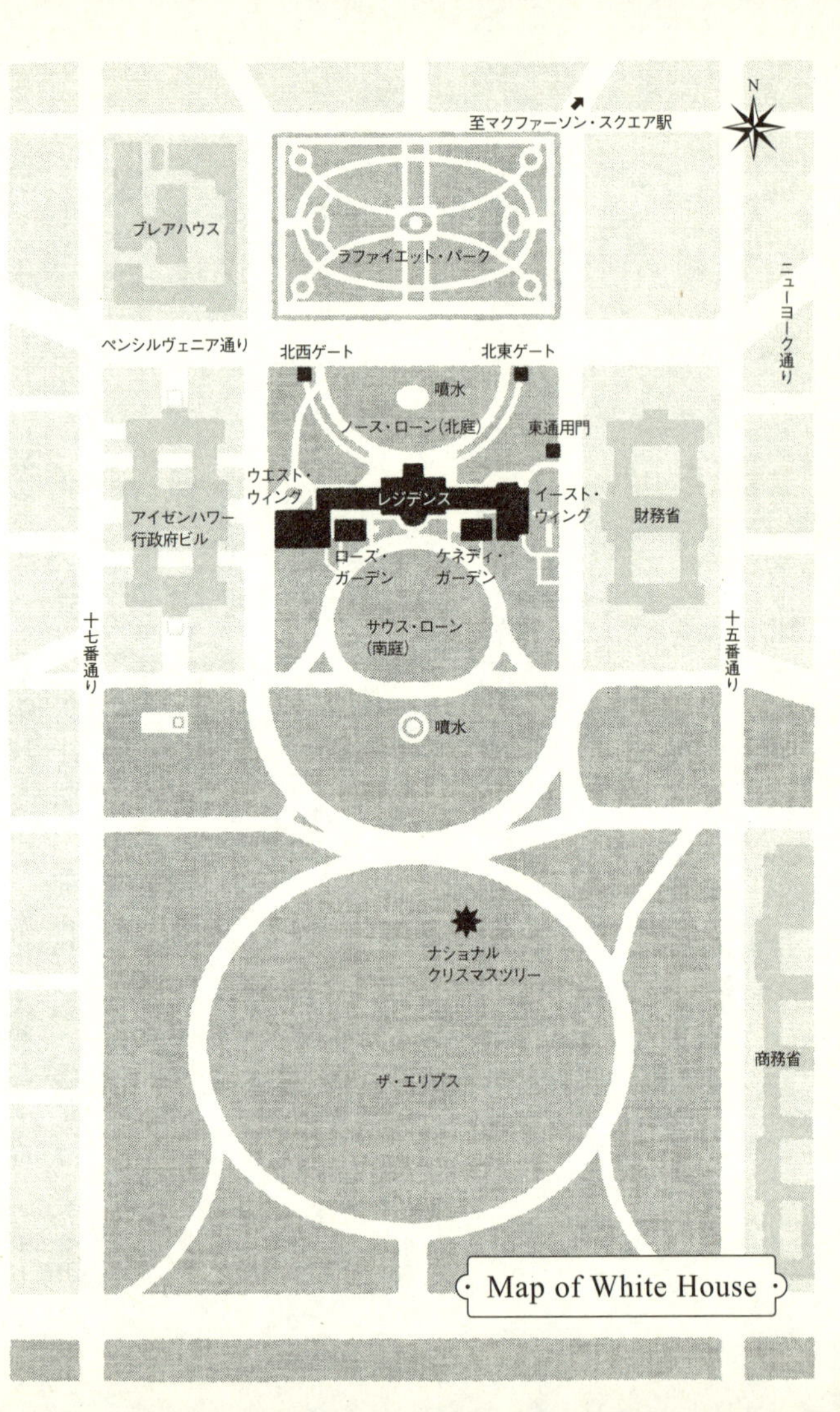

N
至マクファーソン・スクエア駅
ブレアハウス
ラファイエット・パーク
ニューヨーク通り
ペンシルヴェニア通り
北西ゲート
北東ゲート
噴水
ノース・ローン(北庭)
東通用門
ウエスト・ウィング
レジデンス
イースト・ウィング
財務省
アイゼンハワー行政府ビル
ローズ・ガーデン
ケネディ・ガーデン
サウス・ローン(南庭)
十七番通り
十五番通り
噴水
ナショナルクリスマスツリー
商務省
ザ・エリプス
Map of White House

厨房のちいさな名探偵

主要登場人物

オリヴィア（オリー）・パラス……ホワイトハウスのアシスタント・シェフ
ヘンリー・クーリー……エグゼクティブ・シェフ
マルセル……エグゼクティブ・ペイストリー・シェフ。フランス出身
シアン……アシスタント・シェフ
バッキー……アシスタント・シェフ
ポール・ヴァスケス……総務部長
ピーター・エヴェレット・サージェント三世……式事室の室長
ローレル・アン・ブラウン……ホワイトハウスの元アシスタント・シェフ
トーマス（トム）・マッケンジー……シークレット・サービス。オリーの恋人
クレイグ・サンダーソン……シークレット・サービス
ナヴィーン……ホワイトハウスへの侵入者
ハリソン・R・キャンベル……アメリカ合衆国大統領
ジャロン・ジャッフェ……サロミア国首相
サメール・ビン・カリファー……アルクムスタン国王
ヘッサ……アルクムスタン国王妃
ラビーブ・ビン＝サレー……アルクムスタンの大使
カシーム……アルクムスタンの大使補佐官
ウェントワース……オリーの隣人の老婦人

1

ホワイトハウスの北東ゲートにあるカードリーダーに従業員パスを挿入すると、中高い音とともにＩＤの照合が始まった。わたしはこの音を聞くといまだにおちつかない気分になる。カチッという音がして歩行者ゲートが解錠され、警備員のフレディが詰め所から出てきた。ここの警備の人たちはみんな体格がよくて機敏で、一見いかめしいけど、わたしたちキッチン・スタッフに対しては弱みがある。クッキーが多めに焼けたときはいつもお相伴にあずかっているからだ。

「おはよう、オリー」フレディはわたしの大きな紙袋に目をとめた。「それは何かな？」

わたしは袋から銀のフライパンを取り出すとほほえんで、底に刻まれた文字を指さした。

「ヘンリーの退職祝いなの。どう思う？　気に入ってくれるかな」

ヘンリー・クーリーはホワイトハウスのエグゼクティブ・シェフで、長年献身的に勤め、あと二週間ほどで正式に退職する。そこでキッチンの仲間たちが少しずつお金を出しあい、記念品を贈ることにしたのだ。

「すごくきれいだよ」と、フレディ。「ヘンリーはきっと気に入る」

「そういってくれるとうれしいわ」フライパンを袋にもどしていると、雷がゴロゴロ鳴った。ワシントン記念公園の方角で稲妻が光り、わたしは顔をしかめた。「雨に降られないように、地下鉄駅から走ってきたのよ。ぎりぎり間に合ったみたい」

「大統領は〝省エネと渋滞解消〟を呼びかけてるからね。オリーはそれを実践して――」クリップボードに何やらメモする。「立派だよ。それとも、エグゼクティブ・シェフのオリー・パラスさん、と呼んだほうがいいかな？」

「ええ、実践してるわよ。おかげで雨に濡れそうだわ」〝エグゼクティブ・シェフ〟という言葉に胃がきゅっとした。自分がヘンリーの後任に選ばれたら、と想像するだけで胸がどきどきしてくる。「だけどエグゼクティブ・シェフっていうのは、やめてちょうだい。新しい料理長はまだ決まっていないのよ」

フレディのいかつい顔に笑みが広がった。

「そうかい？　個人的に応援してる人がいるんだけどな。昇進しても、おれたち制服組のことは忘れないでくれよ。腹が減るのは、みんな同じなんだから」

「万一料理長になれたら、みんなのためにおいしいものを焼いて持ってくるわね」

雨粒が落ちてきて、フレディは電気が煌々（こうこう）とついた詰め所へもどっていった。わたしはハンドバッグを肩にかけると、両手で袋を抱えて背を丸め、東通用門へと急いだ。ホワイトハウスの職員の多くは地下鉄通勤だから、駅から北東ゲートまでは歩くことになる。天気が悪いと、たかだか三ブロックの距離が果てしない道のりに思えた。でもきょうは、もう少しで職場につける。

空は灰色雲でどんよりし、空気は湿り、五月中旬にしては肌寒かった。こういう日は、こもって料理をするのがいちばんだ。ただきょうにかぎっては、ホワイトハウスの厨房で晩餐準備にとりかかるまえに、ヘンリーへの贈りものを取りに行かなくてはいけなかった。

三つの旗がはためく灯柱を通りすぎたとき、北庭（ノース・ローン）が騒がしいのに気づいた。きょうはホワイトハウス・ツアーがない日だから、人がいるはずはないのだけど……。わたしはそちらをふりむき、息をのんだ。男がひとり、木立のなかを噴水から東棟（イースト・ウイング）に向かって走り、それをシークレット・サービスの護衛官がふたり、すさまじい形相で追いかけている。

侵入者とおぼしき男は芝を蹴散らしながら横切ってきた。ノース・ローンはいまわたしがいる東通りより一メートルほど高い位置にあるから全体は見えないけれど、男の足が長く、俊足であるのはわかった。でもたとえ運動神経抜群だろうと、逃げ切るのはほぼ不可能だ。ホワイトハウスのシークレット・サービスは、世界でもっとも職務に忠実、かつ最高の訓練を積んでいるといっていい。彼らは侵入者が降伏しないとみるや、叫ぶのをやめ、銃の引き金を引くだろう。ところがいま、片手に黒い書類フォルダーを抱えた侵入者は、空いたほうの手を大きく振りながら、シークレット・サービスを引き離す勢いで逃げつづけていた。

男は頭がおかしいとしか思えなかった。少しでも常識があれば、9・11以降、何倍にも強化されたセキュリティを突破するなんて到底無理だとわかるはずだ。大統領の命を狙う者は、視界に入れば即座に射殺される。

わたしはホワイトハウスの屋上を見上げながらしゃがみこんだ。そこでは狙撃チームが二十四時間待機し、いまも灰色の空を背に不気味な黒いシルエットが見える。銃を構え、すぐにでも引き金を引けそうだけど、ノース・ローンで青々と茂る木々が邪魔をしているらしいのは、わたしにも想像がついた。

シークレット・サービスが大声で制止しようが、男はひるまず、それどころか人間とは思えないほどのスピードで逃げつづける。木を隠れみのにしてジグザグに走るようすは、自分の行為が意味するところを承知しているようだった。

しゃがんでいるわたしの心臓がばくばくしはじめた。手も足も震えている。まるで恐ろしい映画の一場面のようだ。でも、これは現実。わたしの目の前で起きている。

頭のなかで、緊急時の対応訓練がよみがえった。

パニックになるな。冷静に考えろ。

わたしは歩道からはずれ、木の背後でかがんだ。侵入者から目を離さずに携帯電話を取り出し、ホワイトハウスのセキュリティにかける。呼吸を整え、いまできる最善のことはプロの邪魔をしないことだと自分にいいきかせた。侵入者はまもなく捕まるだろう。全速力で逃げつづけても、いずれ芝生の東端の斜面を下るしかない。そうなればゆるやかな斜面と、それを囲む鉄のフェンスの間で身動きがとれなくなるはずだ。

男の外見は中東系のように見えた。肌の色は濃く、鼻の下から顎(あご)全体にかけてひげをはやし、肩まである黒い髪は短いケープさながら後ろになびいている。ゆがんだ口もとからのぞく白い歯は、うなり声をあげるドーベルマンのそれだった。

電話の向こうから、女性の単調な声が聞こえた。「非常事態の状況を話してください」

「男が――」おちつかなくてはいけない。と、わかっていてもからだがいうことを聞かず、声が震えた。「ノース・ローンにいます。護衛官がふたり、男を追いかけています」

「はい、それは把握しています」女性の背後で舌打ち音がした。「あなたの名前は？」

「オリヴィア・パラスです、アシスタント・シェフの」

ふたたび舌打ち音。「いまどこにいますか、パラスさん？」

答えようとしたまさにそのとき、男が分厚いフォルダーを左に投げた。護衛官たちはフォルダーの行方を目で追う。と、男は突然身をひるがえし、逆走して彼らに飛びかかった。あっというまにひとりの右腕をつかみ、マーシャルアーツの動きさながらひねりあげる。そしてそのからだを盾にして、もうひとりから身を守りつつ、捕えた護衛官のこめかみを肘で強打した。護衛官は気絶し、萎えた手から銃がぽとりと落ちる。

いま、侵入者は銃を手にした。

わたしの全身が凍りつく。

「パラスさん？」電話の向こうから女性が訊いた。

わたしの口は思うように動かない。

「お、男が……」

もうひとりの護衛官がかがんで銃を構え、狙撃体勢をとった。侵入者は意識のない護衛官の脚を両手でつかむと、ハンマー投げのごとく回してから放り投げた。かがんでいた護衛官は発砲したものの命中せず、二発めを撃ちかけたところで仲間のからだが飛んできて、もろとも地面に叩きつけられた。

「シークレット・サービスはふたりとも倒れたわ！　男は銃を奪ったわ！」

侵入者は護衛官が立ち上がるかどうかも確認せずに、フォルダーを拾ってまた全速力で走った。

男は走りながら銃を空に向け、指で側面をいじった。すると弾倉がはずれ、地面に落ちた。その後すぐ、銃本体も。

「男は銃を捨てました……」わたしの言い方はどこか間が抜けていた。でも仕方がなかった。予想外の成り行きで、自分自身信じられなかったからだ。「男はまた走っていって……」

「パラスさん、いまどこにいますか？」

この人は、こんな状況でどうして冷静でいられるのだろう？　こちらはパニック寸前で、なんとか情報を伝えようともだえ苦しんでいるのに。わたしは大きく息を吸いこんだ。

「男はイースト・ウィングのほうに行ったわ」やっとのことで伝えてから、電話の彼女の質問を思い出した。「わたしはいま、東通用門の少し北の歩道にいます、木の後ろに隠れて」

「そこから動かないでください」女性はほかの誰かに話しかけてから、またわたしに向かっていった。「よけいなことはしないように」

わたしは返事をしなかった。するまでもないと思った。

木の幹の後ろから、爪先立ってそっとのぞいてみる。シークレット・サービスの数が増え、五人がノース・ポルチコの柱のような隊形ですばやく動くと、イースト・ウィングを背にして並び、銃を構えて侵入者を狙った。侵入者はいま、わたしがいる場所の近くまで来ている。濡れた草を踏む足音が聞こえるほどに――。

するど、男は護衛官に気づいて進路を変え、まさにわたしのほうへ走ってきた。

銃声がとどろきわたった。

弾丸はわたしのいるほうへ飛んでくる。

地面にくっつくほど身をかがめた。木の陰でじっとしていれば逮捕されない、侵入者とは無関係だとわかってもらえるはずだ。

どうか、神さま――。

恐怖で動くことができない。頭上では、護衛官のわめき声や銃声がとびかい、まるでテレビゲームのサウンドトラックのようだった。

でも、これはまぎれもない現実。

男のからだが跳ねた。

きっと銃弾を受けたのだ。

ところが信じられないことに、男はスピードを上げて走り、芝生の端に向かった。まるでそこに下り斜面があることを知って走っているかに見える。

「パラスさん、動いてはだめですよ」電話の女性がいった。「この電話も切らないでください」

侵入者は姿勢を低くし、護衛官や狙撃チームの銃弾を右に左に避けながら走りつづけた。護衛官たちもこちらに向かって走ってくるものの、開いた距離を見るかぎり、侵入者は逃げ切ってしまいそうで、わたしは不安になった。

男の走りが勢いを増した。そして下り斜面が始まるぎりぎりの位置で踏み切り、大きくジャンプしてフェンスを飛び越える。優雅なスローモーションを見ているようだった。だけど実際はその逆で、男は両脚をもがくようにしてフェンスを越えると、着地に失敗してずるっと滑り、ころがった。わたしのいる場所から二十メートルと離れていない。でも男はすっくと立ち上がるとまた走り、芝生への立ち入りを防ぐ低い装飾フェンスを軽く飛び越えた。そしてまっすぐこちらへ、まるでこのわたしを目指しているかのように走ってくる。

こうなったら電話の女性に向かって叫ばなくてはいけない。この場で悲鳴をあげなくては——。

だけどわたしはしなかった。これはチャンス以外のなにものでもない、と気づいたからだ。この場所なら、やるべきことがやれる。男はわたしに気づいていない。頭のなかは逃げることでいっぱいのはずだ。

携帯電話を地面に置いた。あたりを見回しても、ヘンリーの退職祝いのフライパンしかなかった。

男はどんどん近づいてくる。

　わたしは両手でフライパンの柄を握るといきなり立ち上がり、目の前を走りすぎようとする男の胃のあたりをフライパンで力いっぱい殴った。うめき声がして、男は何か叫んだけど、わたしの知らない言葉だった。男は地面に倒れこんだ。

「パラスさん？」地面の携帯電話から小さな声が聞こえた。

　わたしはシークレット・サービスに向かって叫んだ。

「ここよ！　こっちよ！」その場で何度もジャンプする。わたしの姿を見てもらわなくてはいけない。でないとまた銃弾が飛んでくる。「撃たないで！」

　苦痛にゆがんだ男の顔が、わたしを見上げるとふっとやわらいだ。こげ茶色の目がわたしの目と合った。

「お願いだ」男はそういいながら、びっくりするほどしっかりしたようすで立ち上がった。足は地に着き、からだがよろめくこともない。

　わたしは考えなかった。考える余裕などなかった。

　男の頭のてっぺんにフライパンを叩きつける。腕がしびれ、メロンが流し台に落ちるような音がした。男はがくっと膝をつき、口から罵声がもれた。

　意識を失うだろう、とわたしは思った。

　ところが、男の顔がこちらを向いた。まだ意識があるのだ。

　もう一度叩くしかない。わたしは足を踏み出し、フライパンをふりあげた。

「こっちよ！」叫んだつもりでも、声が恐怖で震えていた。

男は横向きに倒れこむと、片手で頭を押さえた。頭からは血が流れている。両脚をあがくように動かし、苦しげにこういった。

「お願いだ……」言葉がつづかない。「警告しなければ……大統領に……危険を」

フライパンをふりかざしたまま、わたしは呆然としていた。心臓がばくばくする。男はまた足を踏んばり、立ち上がろうとした。

「頼む……警告を……」

わたしは男の肩にフライパンをふりおろした。

背後から、走ってくる足音がした。

「オリー、下がれ！」護衛官のクレイグ・サンダーソンの声だった。シークレット・サービスがわたしと男を半円形で取り囲んだ。「さあ早く！　男を確保する！」

わたしはいわれたとおりにした。

後ろに下がって、男のようすをながめる。男は地面の上でからだを丸めて目を閉じ、その姿は無残だった。頭の傷からしたたり落ちる血が草の上にたまっていく。男は両手を広げ、手のひらをシークレット・サービスに見せながら「武器は持っていない」といった。

よく見れば、服がみすぼらしいわりに、靴は最高級の真新しいスポーツシューズだった。しかも防弾チョッキまでつけている。どうりで銃弾にもひるまなかったわけだ。男は準備をととのえて侵入したのだ。

抱えていたフォルダーは片脚の、ズボンの下に隠されている。

わたしはつまずかないよう気をつけながら、急いでもっとあとずさった。

わたしが包囲網の外に出ると、シークレット・サービスは侵入者を後ろ手にした。三五七マグナム・セミオートマチックの銃口が男をぐるりと取り囲むなか、ふたりの護衛官が近寄って、プラスチックの結束バンドのようなものを男の手首につけた。さらに多くの応援が駆けつけ、護衛官のトム・マッケンジーがその一群から離れると、握り締めたわたしの手からフライパンをやさしく取りあげた。「大丈夫か？」

わたしはうなずいた。でもほんとうは大丈夫じゃなかった。膝から一気に力が抜けて手が震え、トムの肩を借りてなんとかもちこたえる。

「ここから離れたほうがいい」トムは歩道の向かいにあるベンチのほうに手を振ると、わたしの腕をとってそちらへ向かった。「さ、すわって」彼はそういうと、抑えた声で訊いた。「きみはどうしてここにいる？」

トムの苛立ちの原因がわたしでないことはわかっている。彼は大統領の身の安全とこの状況に大きな不安を抱いているのだ。

「ヘンリーに贈る記念品を取りに行ったの。それが、そのフライパンなの」彼が持っているフライパンを指さす。

道の反対側では、クレイグ・サンダーソンが侵入者のからだをつかんで立たせようとして、驚きの声をあげた。男のからだがどすんと地面に落ちる。わたしはもっとよく見ようと、首をのばした。

侵入者は背中で縛られた手を下敷きにして、あおむけに横たわっていた。開いた目はいまなお獰猛(どうもう)なエネルギーを放っていたけど、不思議なことに、話しかける声は親しみに満ちていた。

「やあ、クレイグ、久しぶりだな。ケイトは元気か？　子どもたちは？」

2

トム・マッケンジーはわたしの肩にのせた手を離し、血を流して草地に横たわる男をじっと見た。彼だけでなく、その場にいた全員が男を見つめる。

「ナヴィーンか？」クレイグ・サンダーソンはそういうと目を上げて、わたしとトム、そしてフライパンを見た。「なんてことだ。みんな、どうか彼をここから出してやってくれ」

トムはわたしの肘をつかんでベンチから立たせ、いっしょに東通用門のほうに歩きはじめた。

「早くここから出なきゃ」へこんで血のついたフライパンを同僚の護衛官に差し出すと、護衛官はフライパンが自分のからだに触れないよう慎重に受けとった。

「ちょっと待って。それは買ったばかりの――」わたしは護衛官にいった。「プレゼントなの」

「申し訳ありません。これは証拠品なので」彼は予想もしない使われ方をしたフライパンを、大きなビニール袋に入れた。

「でも……」

トムがわたしを軽く押しながらいった。

「ヘンリーの退職までまだ二週間ある。おそらく、それまでには返せるよ」

「おそらく？」

彼は答えなかった。わたしたちは無言で通用門へと歩いていく。トムは身長百九十センチで、体重は百キロを超える屈強なシークレット・サービスの護衛官だ。かたやわたしは百五十五センチで五十キロ弱の、年じゅうせわしなく動きまわっている料理人。でも小柄なわりに、わたしはたくましかった。湯がたっぷり入った業務用の鍋を一日じゅう扱っていれば、いやでもそうなる。といってももちろん、トムに刃向かえるような強さはない。比較以前の問題だった。

彼に腕をつかまれて歩きながら、わたしは身をよじってふりかえり、成り行きを見ようとした。シークレット・サービスには女性もいるけど、この時間はみんな非番らしい。集まったのはビジネススーツ姿の屈強な男性ばかりで、侵入者が脱走できないよう包囲している。彼らの脚の間から見える侵入者は、腕をつかまれ、地面から引っぱりあげられた。そしてクレイグ・サンダーソンと何か話しているようだけど、わたしのところまでは聞こえてこない。

「ナヴィーンっていうの？」わたしはトムに訊いた。たしかクレイグは侵入者をそんな名前で呼んでいた。

「気にするな」トムは冷たくそれだけいった。

わたしは足を踏ん張り、立ち止まった。厨房に行けば仕事が山のようにあるのはわかっている。でも、どれも緊急ではないし、この騒動で、大統領一家のスケジュールも確実に変更されるだろう。

「わたしは結末を知りたいの。だって、最初からいたんだもの」

「ここは犯罪現場だ。きみのいるところじゃない」

わたしは腰に手をあて、トムの顔を見上げた。そこにいつもの穏やかさはなく、苛立ちだけがあった。それもどうやら、わたしに対する苛立ちらしい。でも、どうして?

「わたしは重要な証人じゃないの?」

彼の口もとが引き締まった。「厨房の仕事は?」

「あるわよ。でも緊急じゃないもの。クレイグはあの男を知っていたわ。というか、ふたりは友だちみたいだった」

空がいくらか明るくなり、太陽がふたたび顔をのぞかせた。だけどトムの青い目は暗い雲でいっぱいだ。彼は侵入者とシークレット・サービスのほうにちらっと目をやり、それでわたしは気がついた。彼もあの場にいたいのだ、アシスタント・シェフを厨房に送り届けるボディガードをやるのではなく。

「はったりだよ」トムはいった。「あの手の男は情報通だから。クレイグの身上書でも読んだんだろう」

「それはちょっと……」わたしは首を振った。「クレイグのほうも彼のことを知っていたわ」

トムはわたしの腕を引き、わたしはさからわずに歩きはじめた。職員専用の通用門まで来たところで、「もう平気よ」と彼にいう。「現場にもどってちょうだい。ここからはエスコートなしでもひとりで行けるから」

同じことを二度いう必要はなかった。

わたしが通用門のセキュリティを通過しないうちに、トムの姿は歩道にあふれんばかりの護衛官たちにまぎれて消えていた。


ホワイトハウスの厨房の常勤スタッフはたったの五人だ。でも国賓晩餐会があるときは、その数が二十人くらいまで膨れ上がることが多い。わたしがヘンリーへの贈りものを取りに行っているあいだは、エグゼクティブ・ペイストリー・シェフのマルセルが代役を務めてくれた。マルセルの黒くて気品のある顔は男性誌の表紙を飾ってもおかしくないほどだけど、ひとたび興奮すると、大きな目をむきだして、黒い肌のマペット人形みたいになる。

「オリヴィア！　いったい（ケス・ク）……」マルセルは衣類ロッカーの前にいるわたしにいった。わたしは上着を脱いで着替えるところだ。「何があったんだ？」

マルセルは気持ちが高ぶると母国語のフランス語で乱暴な表現をすることがある。わたしもパリで勉強していた時期はフランス語をそれなりに理解できたけど、語彙（ごい）は俗語よりも料理関係のほうがはるかに多い。だから彼が興奮してまくしたてると、いまひとつ意味が理解できなかった。それでもマルセルがしゃべるのを聞いていると楽しかった。最近も、彼が早口でわめいた言葉がわからず辞書で調べたことがある。ただ、人前で使っても良い言葉かどうかを確認できるまでは、使用を控えるつもり。

マルセルはおちついて、英語でつづけた。

「建物が封鎖されたよ」

「みたいね」わたしはスツールに腰をおろした。「シークレット・サービスが話していたわ」

「え？　かわいい（モン・プティ・シュ）オリヴィア……英語でなんていうのかな……いまのきみは、日にちのたったチシャの葉みたいだよ」

「それはどうもありがとう」わたしはため息をついた。ささやかな冒険は、大きな被害をもたらしたらしい。もう安全だし、厨房という安息の地にもどってはきたものの、冷静を装ういつもの仮面にひびが入ってしまったようだ。なんとか笑顔をつくりながら、マルセルの心配げな顔を見上げ、「わたしは大丈夫よ」と嘘をついた。

「そうか（ウィ）、でもこのマルセルの目はごまかせないよ」

立ち上がってロッカーから白い調理服とコック帽を取り出す。手が少し震えて、きちんと着ることができるかどうか不安になった。

いやでも無口になるのは、緊張のためだけではない。さっきの事件について、どこまで話してよいものかがわからないのだ。たぶん、できるだけしゃべらないほうがいいだろう。ただ、侵入事件はノース・ローンで起き、あの周辺では観光客がいつもビデオカメラを回している。そろそろCNNやFOXニュースが一部始終を放送するのではないか。それに、トムはわたしに口外禁止とはいわなかった。

そんなこんなを考えると、完全に口をつぐむ必要はないように思えた。マスコミの取材へリは四六時中飛び、わたしたちは最新の情報に囲まれて暮らしている。侵入事件もすでに広まっているかもしれなかった。

「シークレット・サービスが侵入者を捕まえたの」

「おいおい」マルセルは厨房とほかの小部屋を結ぶ通路に出て、窓から外をのぞいた。「少しまえに護衛官たちが走っていくのを見たよ。でも、いまは静かだな。どこで起きたんだ？オリーは侵入者を見たのかい？」

「そうなの、見たの」これでマルセルが好奇心を満足させてくれるといいのだけど。「そのあとマッケンジーが、ここまでわたしをエスコートしてくれたの。だから問題なしよ」

「そうだな」マルセルはにやっとした。「とびきりハンサムなトーマス・マッケンジーが付き添ってくれたのなら、何もかも問題なしだ、オリーにとってはね」

わたしは彼の言葉を無視して厨房に入っていった。気持ちを切り替えて仕事に集中しなくては。

「何か変わったことはない？」わたしはマルセルに訊いた。

「何もなし。墓のように静かだ」

「それをいうなら墓地ね」

マルセルは首をすくめた。「ヘンリーはいまもホワイトハウス・メスにいるよ」そして顔をしかめる。マルセルはこの呼び名が気に入らないのだ。〝メス〟は西棟にある厨房と食堂で、海軍が運営し、スタッフは二十四時間常駐している。「じきにもどってくると思う。そういえば、ヘンリーへの贈りものは？　店に取りに行ったんだろう？」

しまった、あやうく忘れるところだった。わたしが事情を説明しようとしたそのとき、総務部長のポール・ヴァスケスが厨房に入ってきた。ホワイトハウスの〝母屋〟であるエグゼクティブ・レジデンスの全職員の長として、ポールはときどき厨房に立ち寄り、ヘンリーとメニューの打ち合わせをした。きょうのポールは顔を少しこわばらせ、白髪まじりの髪をしきりに手でかきあげている。これは何か心配事があるときの癖だった。

「オリヴィア、ちょっといいかな？」

あら……。

わたしは彼について廊下に出て、チャイナ・ルームに入った。ここはわたしのお気に入りの部屋のひとつで、いつか母を案内したいと思っている。母もわたしと同じように、展示されている歴代大統領の陶磁器（チャイナ）コレクションと、そこから見えるアメリカの歴史の豊かさに魅了されるにちがいない。ホワイトハウスに採用された当初、わたしは頻繁にこの部屋に来た。どの陶磁器がどのファースト・ファミリーのものなのかを覚えようと心に決め、いまではかなり頭に入っている。

ポールはわたしに椅子にすわりなさいと手を振った。暖炉の横にあるふたつのうち、ドアに背を向けているほうだ。気持ちをおちつけようと、わたしは覚えた陶磁器の復習をした。ポールの用件が何であれ、厨房にいるべきわたしが戸外にいたことと関係があるのだろう。

彼はまた髪をかきあげると、まっすぐわたしの目を見ていった。

「外で起きた事件のことを、ついさっき聞いてね。シークレット・サービスによると、きみも関係していると……無謀にも」

わたしは反論しかけて、ポールの鋭い視線に射すくめられた。

「きみは銃撃戦のど真ん中にいたらしいな」

「そんなつもりはなくて、ただ厨房に行くまえに――」

「きみに大事な用件があったことは知っている」

べつに驚くことではなかった。ポールはホワイトハウス内のことはすべて把握しているのだ。

椅子に深くどっしりとすわっているポールに対し、わたしは椅子の縁に浅く腰かけ、膝の上で両手を組んで、まるで女子生徒だった。侵入者をフライパンで殴ったことでホワイトハウスを解雇されたりしないだろうけど、シークレット・サービスの任務を妨害したとみなされれば、解雇はまず免れない。

わたしは黙っていた。静かな部屋で、息をする音だけが聞こえるのはつらい。

「ヘンリーへの贈りものはどこにある？」ポールが訊いた。

わたしはびっくりした。ポールが知らないなんて……。

「シークレット・サービスが持っていきました」

彼は満足げにうなずいた。最後に残った不明点が解消されたのだろう。

「護衛官のサンダーソンが、きみを事情聴取するためにこちらへ向かっている。当然ながら、彼は動揺……興奮しているよ。警備を突破されたのだから」ポールは暖炉の周囲に彫られたレリーフに目を向けた。でも、たぶん見てはいないだろう。「きみの行動は、職員全員に深刻な余波をもたらしかねない。わたしたちは自分の命を危険にさらしてはならないんだよ。なぜなら、ひいてはそれがホワイトハウスと……ホワイトハウスにいる者全員の命を危険にさらしかねないからだ」ポールの目がわたしの目と合い、彼の表情がいくらかやわらいだ。

「ただしオリー、わたし個人としては、きみは非常に勇敢だったと思っている」

ポールがわたしの背後に目をやったのでふりむくと、護衛官のクレイグ・サンダーソンが険しい顔つきで入ってきた。

ポールは部屋を出ていくとき、わたしの肩を軽く叩いてかがみこみ、耳もとでささやいた——「心配しなくていい」

近づいてくるクレイグは、足に怒りをこめて絨緞を踏んでいるように見えた。椅子に腰をおろし、わたしをにらみつける。そうしてずいぶん時間がたってから、口を開いた。部屋の空気がぴりぴりして、展示された陶磁器までカタカタ揺れそうだった。

「パラスさん」

クレイグとわたしは日ごろ、ファースト・ネームで呼び合っていた。だけどいま、ケンタッキー訛りのゆっくりした口調に、これまでにはない威嚇がこもった。しかもオリーどころかオリヴィアとも呼ばず、わたしは縮みあがった。ああ、どうしたらいい?

「はい、サンダーソン護衛官」

彼は険しい目でわたしを見た。ちゃかすのはよせ、という警告だろう。でも、きょうのわたしの行動が問題なら、すぐにそういってほしかった。わたしなりに精一杯、事情を説明させてもらうのに……。

「きみと緊急通報オペレータとの通話テープを聞いたよ」

わたしは黙っておとなしくつぎの言葉を待った。

「オペレータはきみに、よけいなことはせず、動かないようにと指示した」

「そのとおりにしたつもりだけど……」

彼の眉がぴくっと上がり、一語一語ゆっくりと話しつづけた。

「では、シークレット・サービスが機動している最中、武器を持った侵入者をフライパンで攻撃した理由を説明してほしい」

「男はわたしが隠れていたすぐそばまで走ってきて、阻止できるのはわたししかいないと思ったから。だからフライパンで殴ったの。それに……男は武器を持っていなかったわ」

「武器の有無は、きみには判断できなかったはずだ」

「でも、見たもの。男は逃げる途中で護衛官から奪った銃を捨てたの。それに、ほんとにすぐそばまで来てから殴ったのよ」そこで、黒い書類フォルダーのことを思い出した。たしかに……男が武器を持っているかどうか、実際のところはわからなかった。わたしは逆に質問してみることにした。「あの男は、あなたに家族のことを訊いたでしょ？　あなたたちは知り合いだったの？」

　クレイグは驚いたらしい。ここに来てはじめて、彼の顔に感情がもどった。わたしは答えを聞くまえに、彼の腕に手をのせた。

「あの男はほんとうに、大統領に何かを警告しようとしていたの？」

　彼の腕がわたしの手の下で緊張するのがわかり、わたしは手を離した。

「いや、あの男は不法に侵入し、いまも侵入者として勾留されている。そしてきみは——」

　わたしをにらみつける。「今後はセキュリティ・スタッフの指示に——制服警備員も通報オペレータの指示も含めて——従ってもらわなくては困る。わかったね？」

　話したいことはまだあったけど、この場ではよしたほうがいいと思った。

「はい、わかりました。そうします」

　クレイグは許してやるとばかりにうなずいてから、口調をやわらげて訊いた。

「では、あのときの状況を、きみの視点から話してほしい。侵入者がきみにいったことを正確に教えてくれ」

　わたしは最初から漏らさず話した。男がわたしにわめきもせず冷静に伝えようとしたこと、わたしの恐怖と困惑——。クレイグはプロらしく無表情で聞き、わたしはその裏にある感情をさぐろうとしたけどできなかった。

　話し終えたところで、クレイグは立ち上がった。

「総務部長のヴァスケスには、きみの職員ファイルに今回の件は記載しないようういっておく。

記録上は、きみの過去から永遠に消えさるよ。ただ、いいかい、二度とあんなことはするんじゃないぞ」彼は恐ろしい目で念押しし、背を向けてドアに向かった。

　わたしはだまされなかった。個人ファイルから事件が抹消される理由はただひとつ――精強なるシークレット・サービスが取り逃がした悪者を、小柄な女のアシスタント・シェフが捕まえたとあっては、彼らの面子(メンツ)が立たないのだ。

　クレイグの背中をにらみつけたいのを、わたしはこらえた。


　忙しくしていれば気もまぎれる。わたしはあとで使う予定の新鮮なトマトとタマネギをみじん切りにした。厨房ではいつも誰かがみじん切りをしているといっていい。数分ほどして、仲間のアシスタント・シェフのシアンが現われた。ジャケットを脱ぎ、わたしと同じ白い調理服に着替えるあいだずっと、興奮ぎみにしゃべりつづける。

「あたりはマスコミだらけよ。ラファイエット・パークなんか、ごった返してるわ。何があったの？　大統領の記者会見はあしただと思ってたけど。違った？　きょうじゃないわよね？　大統領が帰国するのはきょうの午後の予定だもの。マルセルはコーヒーをいれてくれた？」

「あっちよ」コーヒー・ポットはいつもの場所にある。シアンは何でもいいからしゃべっていたいらしかった。彼女はわたしよりいくつか若く、背はわたしより高い。といっても、たいていの人はわたしより高いけど……。シアンはハーフポニーの赤毛を揺らしながら、ポットのほうへ行った。

わたしは彼女が話したことを考えていた。たしかに、大統領はまだホワイトハウスに帰ってきていない。侵入者がけさ、大統領に警告したくて来たのなら、まちがった情報に基づいていた、ということかしら？

「マルセルはどこ？」と、シアン。

「メスにいるヘンリーに会いに行ったわ」

「贈りものは受け取ってきた？　ヘンリーがもどって来るまえに見てもいい？」

思いがけない事件で記念品のフライパンをなくしたことが、フライパンで頭を殴られたのと変わらない衝撃でよみがえった。

「ここにはないの」それ以上の説明は勘弁してほしかった。少なくとも、いまは。

無口を心がけ、仕事をつづけた。タマネギをみじん切りにするとき、わたしはコンロに何も置かずに火だけつけて、その隣で切る。シアンはわたしのそんなやり方に慣れていたので気にもとめず、コンピュータ画面の前に立ち、きょうのスケジュールを確認した。スケジュールはきのうの夜遅く、ヘンリーとわたしで更新してある。

「えーと、つぎの予定は……」シアンはカレンダーをクリックした。

「インドの首相の歓迎晩餐会よ。首相はきょうの午後に到着して、夕刻に大統領と会談。メニューはこのまえ打ち合わせたでしょ？」

「覚えてるわよ。ヘンリーの休暇中にオリーが考えたメニューよね。あんなに早くから準備しなきゃいけないなんて、ずいぶん酷だわ」

わたしは笑った。「それでもここで働いているのは、なぜでしょう？」献立は細部にわたるまで綿密に練るので、何週間もまえから準備に入る。当日すべて滞りなく、予定どおりに仕上げるためだ。

「料理は思いつくままにつくりたいわね」

「そうだ、思いつくままといえば」わたしはふりかえって彼女の目を見た。「きょうは何色？」

「エメラルドグリーンよ」シアンはコンタクトレンズを見せつけるように、大きな目で何度もまばたきした。

わたしは首を振りながら、みじん切りを再開する。

「そんなにしょっちゅう替えていると、もともと何色だったか忘れちゃうわ」

「青よ」シアンはにっこりした。「名前と同じ、三原色の青（シアン）」

「おはよう！」

大統領がさっそうと厨房に入ってきた。

みじん切りの手が止まる。

ハリソン・R・キャンベル大統領は、顔立ちは少年のようでも、物腰や雰囲気はまさしく政治家だった。選挙で現職の大統領に大差で勝利し、一月に就任。調和と団結を訴える演説が大きな勝因だったといわれている。

「レイキャヴィークにいらっしゃるとばかり思っていました」わたしは思わずそういった。

ダークスーツ姿のシークレット・サービスがふたり、大統領について入ってきた。厨房の通路は、キャビネットとカウンター、作業場にはさまれて、どちらかといえば狭いほうだ。シアンとわたしは大柄ではないものの、威風堂々たる大統領と背後の巨漢ふたりが入ってくると、通路がふさがれたように感じた。

「予定が変わったんだよ」大統領はアシスタント・シェフに居場所を訊かれても抵抗なく、気さくに答えた。「昨夜遅くに帰国してね」そういうと、わたしが刻んでいたタマネギとコンロの火を指さした。「あれは涙の防止策かな？」

わたしはびっくりして口ごもった。

「あ、はい……そうです」

「わたしの母が、いつもあんなふうにしていたんだよ」

わたしはほほえんだ。「うちの母もです」

大統領が昨夜ホワイトハウスにいたことを知って、わたしは侵入者の無謀な試みについてまた考えてしまった。あの男は結局、まちがっていなかったのだ。大統領はけさ、予定を変更してホワイトハウスにいた。そしてあの男は大統領に警告しなければ、といっていた……。

そんな考えを頭からふりはらい、わたしはコンロの火を消して手を拭いた。

大統領は背後のシークレット・サービスに小さく手を振ると、わたしを見てにっこりした。

「オリヴィア、ちょっと話せるかな？」

いやです、なんていえる？

「ええ」わたしは答えたとたん、自分の言い方にぎょっとして、いいなおした。「はい、もちろんです、大統領」おちつける場所をさがしてきょろきょろすると、シークレット・サービスがシアンを部屋の外へ連れ出した。

部屋が静かになったところで、大統領は明るいブルーの瞳をわたしに向けた。

「けさのきみの働きには感謝しているよ」

わたしは仰天し、「いえ」というのがやっとだった。ばかなことを口走ったらどうしようとびくびくしつつ、「光栄です、大統領」とつづける。

厳しい記者会見に臨むときと同じ表情で、大統領はうなずいた。

「シークレット・サービスはほかの部署と協力して事件を調査しているし、侵入者も拘束された。きみはここで、ホワイトハウスで、自分の身の安全に不安を覚える必要はない。それをいいたくて来たんだよ」

わたしの身の安全？

「不安はありませんでした……」さまざまな言葉が頭をよぎったけど、どれも不適切に思えた。これほど言葉選びに悩んだことはない。「つまり、その……わたし自身に関しては。侵入者は大統領に近づこうとしていたようです。大統領に警告しなくては、といっていました」

「きみは侵入者と話をしたのか？」

「いいえ」倒れた男の横で、フライパンをふりかざしていた自分を思い出す。「侵入者のほうは何か話したいようでしたが」

大統領は無言だ。

「男は……大統領に危険を知らせたいといいました」

大統領の表情は険しい。

「いまはこんな時代だからね」大統領にとっても、庶民のわたしにとっても、ずっしりと重い言葉だった。「警備の関係者が今後きみにいろいろ尋ねるかもしれない。呼び出されても驚かないでくれるかな」

大統領はわたしがちらっと時計を見たことに気づいたらしい。

「きょうは朝食を食べそこねたんだよ」と、大統領。「スクランブルエッグとトーストでいいから用意してくれるかな」にっこりほほえむ。「妻から聞いたんだが、今夜の晩餐会メニューはきみが考えたそうじゃないか」

わたしはうなずいた。

「ディナーを楽しみにしているよ」

「ありがとうございます。みなさんのお気に召すといいのですが」

「大丈夫だ、みんなきっと気に入る」

大統領は手を差し出した。わたしが大統領と握手するのはこれが二回めだったけど、はじめてのときと同じように感激して背筋がぞくぞくっとした。

「それから、オリー、もうひとついっておきたいことがある」大統領は青い瞳でまたわたしを見つめた。「けさの事件について、シークレット・サービス以外の者には話さずにいてほしい」

3

「オリー、大丈夫かい？　何があったんだ？」その後すぐ、エグゼクティブ・シェフのヘンリーがあわただしく入ってきた。「廊下で大統領とすれ違ったよ。ここにいたのかい？」

わたしは事情を説明しかけ、あわてて口を閉じた。ヘンリーの後ろにシアンとマルセルが見えたし、ほんの三十秒まえ、アメリカ合衆国大統領から口止めされたのだ。もっと慎重にならなくては。

「大統領がね――」と、わたしはいった。「朝食にはスクランブルエッグがいいって」

ヘンリーは大統領が去った方向に目をやり、わたしに意味ありげなまなざしを向けた。

「大統領自身がわざわざオリーにそれを伝えに来たのかい？」

わたしはうなずいた。

ヘンリーは六十七歳の誕生日に引退する予定だけど、いまも活力にあふれ、とても頭の回転が速い。そしてわたしが師事した料理長のなかで、もっとも才能あるシェフだった。ただ、ここ二年ほどは味見の回数が増えて、そのせいかお腹まわりがぽっちゃりしてきたし、力のいる仕事はわたしたちに頼るようになった。明るい茶色の髪も薄くなり、こめかみには白髪が目立つ。だけどよく通る声は、前政権でわたしがアシスタント・シェフになったときとぜんぜん変わらなかった。

シアンは目をまるくした。「大統領はそれだけいいに来たの？　どうしてオリーに直接いわなきゃいけないの？　しかも人払いまでして。けさの騒動と関係があるんじゃない？　事件があったとき、オリーは外にいたとか？」

ヘンリーはその話に、おや、という顔をした。シアンは自分の失言に気づいていない。

「騒動？　オリーは出かけていたのかい？」

わたしは首を振り、「通用門に鍵を忘れたの」といった。ヘンリーには嘘をつきたくなかったけど、大統領から口止めされたし、贈りものは渡す当日まで内緒にしておく予定だったから、選択の余地はない。

ヘンリーはほほえんだ。

「オリーは鍵束を首からぶらさげたほうがいいな」安心したように、小さなため息をつく。

「騒動については、そのうち詳しいことが伝わってくるだろう」

シアンがわたしのほうに来た。「それで大統領は、ほんとは何ていったの？」

「とくに何も」わたしはコンピュータ画面を指さした。「キャンベル大統領は今夜の晩餐を楽しみにしているって。それから、朝食を食べそこねたらしいわ。さあ、そろそろスクランブルエッグにとりかからないと」

「ねえ、ほかに何かあったはずよ。教えてちょうだい」シアンは大きく息を吸いこんだ。きっとまだまだわたしを攻めたいのだろう。

ヘンリーが手を上げ、彼女を制した。

「おしゃべりはやめて仕事に集中しなさい」そしてわたしをふりむく。「オリー、もう何も話さなくていい。わたしたちの第一の責務は大統領の食事をつくることであり、いまはそれがスクランブルエッグだ」

こうして二度めの朝食の準備にとりかかった。今夜は公式晩餐会があるから時間的にはきついけど、わたしたちにやってできないことはない。

メニューはスクランブルエッグのほかにベーコン（カリカリにして）、ライ麦パンのトースト、コーヒー、オレンジ・ジュース、そしてヘンリー特製のハッシュドポテトだ。ヘンリーはハッシュドポテトにハーブも使い、これがつくられるときはいつも、わたしはよだれが出そうになる。大統領とファースト・レディはこのレシピをいたく気に入り、公式の朝食会にはかならず加えるようにといわれた。

ヘンリーのフライパンさばきは貫禄十分で華麗だった。特製レシピの材料をリズムよくはじかせて、熱い油がジュッジュッと音をたてる。

「さ、もたもたするんじゃないぞ。腹をすかせた大統領なぞ、国のためにならん」

料理がお皿に盛られ、大統領一家の部屋に運ばれると、わたしたちは厨房を片づけ、昼食の準備にとりかかった。それがすんだら、インドの首相を迎える晩餐会の料理に集中する。といっても、今回は国賓晩餐会ほど大きなものではなかった。国賓晩餐会となると、ゲストの数は百人を超え、十人以上のアシスタントを一時的に雇わなければならない。でもきょうの歓迎夕食会はもっとなごやかなムードで、全力を尽くす点では変わりないものの、常勤スタッフでもなんとかまかなえるものだった。

わたしは風味豊かなメニューを考え、ファースト・レディに試食してもらい、了承された。なかでもわたしたちの得意料理は、アスパラガスの冷製スープ、ピスタチオとスグリの実を添えたヒラメとバスマティ米、ビブレタスと柑橘（かんきつ）類のヴィネグレットソース、マルセルの見目麗しいデザートなどだ。新鮮さと質が落ちない範囲内で、事前にできるだけのことはしておく。そしていよいよそのときが来て、チーム一丸となって働いた。

会話は必然的に、目前の一大テーマに集中した――ファースト・レディはヘンリーの後任に誰を指名するのか？

何カ月にも及ぶ面接や審査を経て、候補は二名にしぼられた。ローレル・アン・ブラウンと、わたしだ。ローレル・アンは以前この厨房で働いたことがあり、いまはテレビの人気料理番組〈クッキング・フォー・ザ・ベスト〉のスターだ。わたしはホワイトハウスに勤めるかなりまえ、学校を卒業したばかりのころに、一流レストランで彼女といっしょに働いた。その後、彼女を飛び越えて昇進。彼女はそれをけっして許さず、わたしに対する敵意を隠そうともしなかった。今回、ヘンリーの後任選びの実技審査でここに来るだろうけど、できることなら顔は合わせたくない。

「ローレル・アンがきみに勝つチャンスはないと思うよ」と、マルセルはいった。彼の〝チャンス〟の発音は〝シャンツ〟に聞こえる。マルセルはチョコレート製の薄い花びらを器用に重ね、蓮の花をつくっていた。晩餐のしめくくりは、カルダモン・チョコレートとカシューナッツ・アイスクリームを添えたマンゴーだ。マルセルは何日も夜遅くまで残って、チョコレートのデリケートな花びらをていねいにつくっていた。そうしていま、蓮の花は息をのむほどすばらしく花開いた。チョコレートの花びらはほんの少しも欠けることなく可憐だ。

「ヘンリーが推薦したのはオリー……だろ？　参考意見としては最優先だ」

シアンはアスパラガスを四分ほどゆでて取り出し、少し冷めるのを待ってから、スープ用にスライスしながらいった。

「そうよ、オリー。どっしりかまえていればいいわ」

そこへ、常勤スタッフ五人の最後のひとり、バッキーが入ってきた。ほかの四人とうちとけて話すことはあまりなかったけど、わたしはとくに気にしない。前政権のとき、彼とローレル・アンはこの厨房でいっしょに働いていた。その後、ローレル・アンは退職したけど、ヘンリーはその理由をけっして語ろうとはしない。でも結果的に、彼女が去ってわたしが採用され、彼女に代わってバッキーがわたしを第一標的にした。

彼が入ってくると、みんなぴたりと話をやめ、わたしはちょっと胸が痛かった。

といっても、バッキーに話を聞かれたところで、とくに問題はないとも思う。ローレル・アンがエグゼクティブ・シェフの最有力候補であるのは、誰もが認めるところなのだ。わたしはシアンの視線をとらえていった。

「そういってくれるとうれしいわ、ありがとう。だけど……」カットしたグレープフルーツに切り込みを入れ、ジュースを搾る。「ファースト・レディはローレル・アンの番組にゲスト出演したわよね。それもこの四カ月の間に二回も。彼女はかなり点数を稼いだと思うわ」残りのグレープフルーツをさいの目に切り、渋い顔をしてみせる。「ローレル・アンは審査を受けなくてもいいくらいよ。まえのファースト・ファミリーは彼女の料理を四年も楽しんだし、大統領夫人はきっともう心に決めているわ。実技審査なんて……かたちだけのショーよ」

わたしの隣でヘンリーは前菜を準備していた。身の薄いヒラメは火加減がむずかしいので、わたしはシンプルにフライパンで焼くレシピにしていた。使うヒラメはアラスカ産の真空パックだ。鮮度を保つため氷といっしょに、ただし氷が直接ヒラメに触れないようにして空輸される。それを片面だけオリーブオイルできつね色にして、あとはフレーバーバターで焼きあげるのだ。ヘンリーはヒラメの身を手際よく切りながら首を横に振った。

「オリー、必要以上に自分を卑下することはない。大統領夫人はオリーのこともちゃんとご存じだよ」ヘンリーは父親のような温かい笑みを浮かべ、励ましてくれた。「そしてこのわたしも、オリーのことはちゃんとわかっている」

「ありがとう」わたしはヘンリーに笑顔を返した。

「それに――」と、シアン。「テレビ番組が逆に不利になるかもしれないわ。ホワイトハウスはスタッフが副業的なことをするのをいやがるもの。ローレル・アンのことだから、華々しいことはずっとつづけたいでしょう」

離れた場所で黙って仕事をしていたバッキーが大きな声でいった。

「実技審査に関するローレル・アンのインタビューが、ゆうべローカル局で放送されたよ」

わたしは手を止めた。そしてほかの三人も。

「彼女はアイダホ出身だろ？　ファースト・レディと同郷だよね」視線をあげてこちらを見る。わたしたち三人の視線は彼ひとりに集中――。「もしエグゼクティブ・シェフになれたら、ローレル・アンは喜んで〈クッキング・フォー・ザ・ベスト〉を降板するといっていた。彼女の新しい仕事は〝大統領のための料理（クッキング・フォー・ザ・プレジデント）〟だからだって」

バッキーはピスタチオの殻むきにもどり、わたしは大げさに、にらみつけてみせた。するとは、頭の後ろに目がついているかのようにこういった。

「なあオリー、ローレル・アンが選ばれたら、彼女はきみの上司になるよ」

「まだどうなるかわからないわ」わたしはほっぺたの内側を噛むようにして、冷静な声を保った。「彼女がここを任されたら、わたしのお勤めもそう長くはないかも」

ヘンリーがやさしくわたしの背中を叩いた。

「それはホワイトハウスにとって損失だ」

招待客が到着するまえに、わたしはステート・ダイニングルームをのぞきに行った。ここに来るたびに、その壮麗さに息をのむ。スタッフは忙しく立ち働き、円形テーブルに置かれたウォーターグラスやキャンドルの位置の最終調整をしていた。テーブルにかけられたシルクのクロスはサフラン色だ。フローラル・デザイナーのケンドラが花鋏(はなばさみ)を持ったスタッフを率いて、緑色のグリーンマムと鮮やかなピンクの薔薇の微調整をする。インドの首相に敬意を表し、象をかたどったアレンジメントだ。部屋の隅々まで注意がゆきとどいていることに、わたしは誇らしい気持ちになった。暖炉の上には、ジョージ・P・A・ヒーリーが描いたエイブラハム・リンカンの肖像画がある。わたしはそれを見上げ、第十六代大統領は、現大統領のために懸命に働くわたしたちを見守ってくれているような気がした。

そして何より胸がどきどきしたのは、わたしの献立が使われるということだった。料理は晩餐会の主役だ。それをわたしが考えたのだ。ひとりのアシスタント・シェフにすぎないわたしが——。

頬がゆるむのが自分でもわかった。ただのアシスタント・シェフでも、ひょっとするとエグゼクティブ・シェフになれるかもしれない。テーブルの前に立ち、ディナー・プレートの縁に指をすべらせる。このお皿はクリントン元大統領がつくらせたもので、周囲を縁どる太いゴールドの帯には、ステート・ダイニングルームやイースト・ルーム、ディプロマティック・レセプションルームを象徴するデザインがあしらわれている。そして中央を飾るのは、ホワイトハウスの北面だ。公式の食器にホワイトハウスが描かれたのはこれが最初らしい。とても豪華な、みごとなディナー・プレートだった。

わたしなりに一味違うものにしようと精一杯考えたメニューが、これほどすばらしい食器で供されるなんて……。誇らしさと感動で、わたしは小さなため息をもらした。

厨房にもどろうと部屋を出かけたとき、扉のところにクレイグ・サンダーソンがいた。横にもうひとりいて、おそらくシークレット・サービスだろうけど、一般にＰＰＤと呼ばれる〝大統領護衛部隊（プレジデント・プロテクション・ディテイル）〟の人ではなかった。

「サンダーソン護衛官――」わたしはファースト・ネームで呼んでいいものかどうかわからなかった。「ここにいるなんて驚いたわ」

彼はすぐ、となりの男性に向かっていった。

「彼女が先ほど話したアシスタント・シェフのオリヴィア・パラスです。オリヴィア、こちらはシークレット・サービスのジャック・ブルースター副部隊長だ」

その男性は赤ら顔で、鼻が大きく、クレイグより長身で年齢も上のようだった。片眉をぴくりと上げて、わたしの頭から爪先までをざっとながめる。

「あなたがけさの騒乱に巻きこまれたという女性？」

「はい」わたしはわけもなくそわそわした。

「ここのアシスタント・シェフとして働いている？」

「はい」

彼はじっとわたしを見つめた。そしてうなずき、こういった。

「いずれまた、お話をうかがいたい」

わたしはそそくさとその場を去った。気が変わって〝いずれ〟が〝いまここで〟にならないうちに——。

その晩、帰宅してから、テレビのチャンネルをCNNに合わせ、心地よい赤のパジャマに着替えて歯を磨き、鏡の前で髪をとかした。ワインをつぎ、冷凍庫にマグカップと、冷蔵庫にサミュエル・アダムズのビールがあるかどうか確認する。

インドの首相の公式晩餐会は滞りなく終了して、ファースト・レディの秘書官マーガレット・シューマッハがわざわざ厨房に顔を出し、ディナーがいかに好評だったかを伝えてくれた。

わたしは心の底からほっとした。

自分がワシントンDCの、世界でもっとも重要な台所で働いていることが、いまだに信じられないときがある。母とナナはいまも、シカゴの二階建てのアパートで暮らしているのだ。日が暮れたのは、二時間まえだった。わたしがフライパンで侵入者を——ナヴィーンという名の男を殴り、シークレット・サービスが彼を連行してから、半日どころか一年くらいたったような気がする。

窓の外、バルコニーの向こうに広がる濃紺の、星々きらめく夜空をながめる。母とナナも同じ星をながめているだろうか。わたしがふたりを思うように、ふたりもわたしを思ってくれているだろうか。母とナナをこちらに呼びよせたいのだけど、ナナにはナナの生活があり、母はそんなナナのそばを離れてわたしと暮らそうとは、まったく考えていない。

きょう厨房で、ローレル・アンがエグゼクティブ・シェフになったら、わたしはホワイトハウスを辞めるかもといった。でも、簡単にあきらめてはいけないとも思う。せっかく夢の仕事につくことができたのだ。ローレル・アンに屈するまえに、悔いのないよう精一杯の努力をしなくては。

ふと思いついて、空のテープをデッキに入れ、ニュースを録画しながら見ることにした。例の事件がこの時間帯でも報道されているかもしれない。わたしはナヴィーンのことをもっと知りたかった。彼は何を警告しようとしたのか。クレイグ・サンダーソンとはどのような関係なのか。

だけど本音をいえば、わたしも映っているかも、と期待したのだ。たぶん無理だとは思うけど、いつの日かこのテープを引っぱり出して、孫たちに自慢できるかもしれない。

革のソファに腰をおろし、ゲヴェルツトラミネールをゆっくり味わう。ドイツの白ワインが喉にじわりとしみて、からだがぽかぽかしてきた。

CNNのハンサムなキャスターが、深刻な面持ちで重大ニュースを伝えている――中東で内紛が起き、アルクムスタンのサメール王子が兄でもある元首のムハンマドを追放し、全権を掌握、中東に平和をもたらすという声明を発表した。

わたしはため息をついた。きょうも不安定な中東情勢と実現しない約束を知らせるニュースだ。できればもっと喜べる知らせを聞きたいと思う。そうこうするうち、ようやくあの事件がとりあげられた――「ホワイトハウスに侵入しようとした男の、緊迫する映像がワシントンＤＣから届きました」

その録画映像には、男が建物に向かって走るところが映っていた。わたしが見た方向とは違い、男の背後から撮ったものだ。おそらく、正面のフェンス沿いだろう。これを撮影した人は、思いがけない大金を手に入れたにちがいない。映像のなかで、侵入者の姿はどんどん遠ざかり、その後ろを男がふたり追っている。侵入者の行く手では、シークレット・サービスらしき男性が五人、銃を構えていた。

でも、その映像のどこかにひっかかるものがあった。何かがおかしい……。

いや、よけいなことを考えるのはよそう。あっという間の出来事で、わたしはこのカメラよりずっと近くにいたのだ。しかも恐怖と闘っていた。この映像はそんなわたしとはぜんぜん違う視点で撮られている。

広角撮影で、逃げる男の姿は小さく、粒子も粗い。男は左側にフォルダーを放り投げてふりかえり、追って来るシークレット・サービスに向き合った。画面はそこで切り替わり、手かせをつけられた男が連行されるところが映った。覆面車に押しこまれ、そむけた顔はカメラからは見えない。

キャスターは説明した——「男の身元は公表されていませんが、ファルザド・アル・ジャファリと思われます。シークレット・サービスは当初、男が投げたもののなかには爆弾が入っていると考えたようです」

血の気が引いた。脚に力が入らない。あれが爆弾？　男はあれを拾い、わたしが殴ったときもまだ持っていた。もし頭でなく、爆弾を叩いていたら……。

テレビに見入れば見入るほど、部屋が縮まっていくような気がした。

「アル・ジャファリは逮捕され、最近ヨーロッパでたてつづけに起きた爆破事件への関与を疑われています。実際に爆弾を所持していたのか、ホワイトハウスで何をしようとしていたのかはまだ発表されていません」

わたしの行為が報道されないのは、べつに驚くことでもない。シークレット・サービスがなかなか捕まえられない男を、料理人が銀のフライパンで殴って倒した、なんて知ったら、世間はどう思うだろう。ある意味、わたしは胸をなでおろした。こういうときは、名前を知られないほうが無難だ。

ワインをもうひと口飲んで、ニュースの続きを見る。終了したところでビデオのスイッチを切り、チャンネルを替えた。ローレル・アンが料理長と進行役を務める〈クッキング・フォー・ザ・ベスト〉が始まる時間だ。

自虐的かもしれないけど、わたしはライバルの番組を見たくて仕方なかった。ヘンリーは退職を発表する直前、後任にはきみを推薦したよ、とこっそり教えてくれた。わたしは感激し、このうえなく光栄に思い、ほんのちょっぴり〝スターのたまご〟気分になった。もしヘンリーの後任になれたら、わたしはホワイトハウス初の女性エグゼクティブ・シェフなのだ。

テレビ画面では、ローレル・アンがカメラに向かって首をちょこっと傾けた。表情豊かな顔がクローズアップされる。

「〈クッキング・フォー・ザ・ベスト〉にようこそ。この番組では最高の料理をご紹介します。最高のあなたのために！」

ローレル・アンは絶世の美人ではないけど、なんともいえないオーラがあった。最盛期を過ぎたジュリア・ロバーツのように、いつも小さくほほえんでいる。愛してやまない視聴者と軽く冗談をいい合っている、といった感じだ。そしていつも、自信に満ちあふれていた。

それに比べ、わたしはちっぽけだった。黒髪で目は茶色、背も低い。身長は彼女のほうが十五センチは高いだろう。すらりとした長身が、彼女の力強い雰囲気にひと役かっている。とはいえ、いっしょに働いてみると、堂々として自信たっぷりなのは上辺だけだとわかる。大事な場面に限って感情が爆発し、厨房ではむしろ、それがふつうだった。冷静であることが晩餐会メニューの成否を左右するというのに、自分の思いどおりにならないと、感情の抑制がきかなくなるのだ。

彼女を見ていると気分がおちこみ、わたしはテレビを消した。代わりに録画したCNNのテープを巻きもどして再生する。自分が映っていないのはさておき、さっき画面を見てなぜもやもやしたのかを解明したかった。頭の奥のほうで、大事なことだというささやき声が聞こえたのだ。

あの男が走っている。遠くから撮影したものだ。でも、やっぱり何かひっかかる。

こまかいところまで見ようと、しつこく三回、再生する。画像が粗いうえに、男がカメラに背を向けているから、顔はわからない。でも、けさ見たとおり、黒髪は風になびいていた。

思ったより背が低く見えたけど、たぶん、カメラのアングルのせいだろう。男は追ってくるシークレット・サービスをあれよあれよという間に引き離していく。

男が黒いフォルダーを左に放り投げたところで、画面を一時停止した。あれは爆弾の可能性があったらしい……。静止画像を見ながら、自分が実際に見た光景を頭のなかで再生してみる——男はシークレット・サービスから必死で逃げていた、なのにあえてふりかえり、追っ手と向き合った。でも、どうしてそんなことを？

静止画像は、わたしの記憶とどこか違っていた——腕を高くかかげた男、空中で回転する黒いもの、追いかけるシークレット・サービス。

男はあれを放り投げたとき、カメラのほうに顔を向けた。これまでわたしは、爆弾かもしれない黒いものに気をとられていたけど、今度は男の顔だけじっくり見てみよう。

身をのりだし、テレビ画面に近づく。

でも、あまり近づきすぎると、画面の光でよく見えない。

少し身を引いて、目を細める。

「あの鼻！」思わず声が出た。

もっとよく見える場面はないかと、ビデオを先送りしたり巻きもどしたりしてみる。だけどどうやっても、男の姿は小さい。それでもわたしは、男の鼻と顎が自分の見たものと違うような気がしてならなかった。

立ち上がって、画面から五、六十センチ離れて見て確信した。この男は、わたしが殴った男ではない。

あのときわたしはパニック状態だったけど、地面から起き上がる男の顔ははっきりと見た。それを見間違えることはない。

画面の男は、あの男ではなかった。

椅子にすわり、画面を見つめる。わけがわからなくて、髪をかきむしる。こんなことって、ありえない。観光客が別人を撮影するなんてことがある？　いくら考えてもおかしい。

そういえば――。

わたしはビデオを巻き戻した。

キャスターは、「匿名の提供者による映像」だといっている。

匿名の提供者？

古いシチュー肉のようなにおいがした。

叫びたかった。これを誰かに話したい。でも話せる相手はここにはいなかった。

ドアのチャイムが鳴るまでは。

4

わたしはドアを開けた。すぐさまトムをソファにすわらせ、録画したニュースを見せる――つもりだった。ところがドアを開けるなり、彼はわたしに向かって花束をつきだした。しかもスーパーで売っているようなできあいの花束ではない。薔薇、ヒナギク、葉物のほかにも、さまざまな花が美しく競い合う豪華な花束だった。

「きれいねえ……」わたしは可憐なキンギョソウに顔を寄せ、さわやかな香りをかいだ。トムは部屋に入ってドアを閉める。思いがけないプレゼントにまごつきながら、わたしは花束の理由を訊こうとした。でも彼が、口を開きかけたわたしを制した。

「記念日おめでとう」

「記念日？」トム・マッケンジーとわたしは一年まえからつきあいはじめ、四月の思い出の日にディナーで祝ったばかりだ。彼がそれを忘れているはずはなく、いまここで確認するのも失礼だと思った。「でも……」

「十三カ月だね」

トムらしくなかった。トムはジェントルマンだけど、心配りが独特なのだ。たとえば、わたしが古い映画スターの誰それが好きだというと、その日のうちに彼は〈キャプテン・カレイジャス〉や〈ローマの休日〉、〈スミス都へ行く〉を買ってきてくれ、わたしたちは何晩も、白黒映画を寄り添って見た。信じられないほどやさしくなれる人で、思いやりを欠かさないけど、花を買ってくるような人ではなかった。

「そうね……」わたしはまだ困惑していた。もう少し、説明してほしいと思った。というのも、何かふつうでないことがあるような予感がしたからだ。「あしたでちょうど十三カ月ね」

彼はにこっとして、わたしの腰に両手をまわした。青い瞳がわたしを見おろす。

「たしかにあしただけど、夜中の十二時にきみを置いて花屋に行くのはロマンチックじゃないと思ったから」

「あら、そういうこと？」わたしはおおげさにいった。「今夜は泊まっていくのね？」

トムはまわした腕に力を込めた。「そのつもりだけど」

彼とこうしていると、しあわせだった。たくましい胸にもたれ、太い腕に抱きしめられるのはとても気持ちがいい。シークレット・サービスの一員、ＰＰＤのエリート護衛官として、トムはアメリカ合衆国大統領（POTUS）とホワイトハウス、そしてそこに関わる人びとを守る任務についている。タフで手ごわい護衛官。そんな彼といっしょにいると、自分も守られているような気がした。少しからだを離して彼にいう。

「お花がつぶれちゃうわ」

トムは腕の力をゆるめた。「何か食べるものはある？」

わたしは笑顔で、「さあ、どうかしら」といった。

彼が冷蔵庫のなかを物色しているあいだ、わたしはお花を花瓶にさして、彼と過ごす夜のひとときを想像した。

「冷凍庫にマグカップが入っているわよ」

「いらない」

「そうだ！」わたしは指を鳴らし、彼のところへ飛んでいった。「見てほしいものがあるの」

彼はペプシ缶を開けるとごくごく飲んでから、わたしの頭からつま先まで、そしてつま先からまた頭までながめていった。

「ぼくがまだ見ていないものがあるってことかな？」

わたしは笑いながら彼の腕を叩いた。

「違うわよ。ニュースを録画したの。けさの事件なんだけど、少しおかしいのよ」わたしは首をかしげた。「ペプシだなんて、どうしたの？」

「いまは待機中なんだ。呼び出しがあるかもしれない」

わたしは目をまるくした。「何があったの？」

トムはわたしから目をそらして首をすくめた。

「今夜テレビで〈風の遺産〉をやるよ、スペンサー・トレイシーが主役の」

彼はテレビのリモコンをつかみ、チャンネルを替えた。小さな画面にフレドリック・マーチの顔がアップで映し出される。トムはソファの真ん中のクッションに深くすわると、ペプシ缶をコーヒーテーブルに置いた。ソファの隣の場所を片手で叩く。

「さあおいで。この映画はきみのお気に入りだろ」

「そうだけど……いまは録画したニュースを見てもらいたいの」事件に関し、シークレット・サービス以外には口外無用と大統領から指示された。そしてわたしの愛する人はシークレット・サービスだ。彼には早くニュースを見てもらいたかった。おかしな点について、彼も同じように疑問を感じ、興味をもってくれるのではないか。

わたしがリモコンを取ろうとすると、トムに腕をつかまれた。

「どうしたの？」わたしは笑った。「いつもはリモコンを押しつけ合うのに。きょうはわたしが喜んでリモコン操作するわ」つかまれた腕を引く。

するとトムが引っ張り返した。ソファにもたれ、わたしを引きよせる。自分のからだの上にのせ、わたしの首に鼻をこすりつけた。

「きみはほんとにいい香りがする」

わたしは首に触れられると弱かった。全身が心地よく、ぞくっとする。

でもいまは、あのニュースの映像が頭から離れなかった。トムがキスしようとしてきても、けさの事件のことを話すまで気持ちがのらない。

わたしはからだを引いた。

「お願い、トム」声が少しかすれる。「そのまえに、テレビの録画を見てくれない？」

「いやなのか？」わたしの顔に鼻を寄せて笑い、温かい息が耳をくすぐった。「ほんとうに？」わたしを抱き寄せ、わたしは彼にキスしたいのを必死でこらえた。

「気になって仕方ないのよ」

トムは両手でわたしの肩をつかむと腕をのばし、まじまじとわたしの顔を見た。その目は暗くかげっていた。

「何がそんなに大事なんだ？」

険しい口調にわたしはひるんだ。でも、早いにこしたことはないとも思った。からだを離して、デッキのほうへ行く。

「ニュースを録画したの」

「それはもう聞いたよ」

「ええ、でもどうしても見てほしいの。放送された映像は改ざんされてるんじゃないかしら」

トムの反応を見ようとふりかえったけど、彼はソファから立ち上がり、キッチンへ行った。

「腹がへってるんだ」

再生の準備は整った。「五分だけ待って。見終わったら何かつくるから」

冷蔵庫の扉が開く音がして、くぐもった声が聞こえた。

「きみが見ろよ」

「わたしはもう見たの」彼に聞こえるよう、少し声を大きくした。大きいだけでなく、こわばっていたのが自分でもわかる。大声を出さずにすむよう、キッチンへ行った。「どうしたの？　何かへんじゃない？」

トムは冷蔵庫を閉めた。オリーブのベーコン巻きのお皿を持っている。首をすくめてカウンターにお皿を置き、わたしに背を向けた。ラップをはがし、楊枝に刺したオリーブをふたつ口に入れる。

「温めたほうがおいしいわよ」わたしがいうと、彼は背を向けたまま、また首をすくめた。

「冷たいものに慣れておかないとね」

「どういう意味？」

トムはふりむかない。わたしは歩いて彼の脇にぴったりとくっついた。彼はもうふたつ口に放りこみ、ゆっくりと嚙む。わたしと目を合わせようとはしなかった。

彼の腕に触れ、小さな声で訊いた。

「トム……どうしたの？」

彼は楊枝をつまむと、ころがっているオリーブを刺した。

「きみに花を持ってきた。ふたりの記念日だからね。なのにきみのしたいことといえば、ニュースの録画を見ることだけか？　いったように、ぼくはいつ会議の呼び出しを受けるかわからないんだ」

わたしは眉をぴくりと上げ、トムはようやくわたしの顔をちらっと見た。

「だめだ、具体的には話せない」いったん言葉をきってから、つづける。「のんびりするどころか、きみはでっちあげのニュース番組をぼくに見せたがっている」

わたしはまごついた。彼は愚痴をいうような人ではない。わたしが出会ったなかでもとびきり冷静沈着な人で、そういうところにわたしは惹かれた。その彼がこんな不満をいうなんて……。いったいどんな会議だろう？　おそらく重大事項にちがいない。だからめずらしく神経質になっているのだ。

「うん、わかった」わたしは彼の腕に触れた。「せっかくの時間だから大切にする。ごめんなさいね、待機状態なのを忘れたわけじゃないのよ。それに……番組そのものはでっちあげじゃなくて、きちんとしたものなの」

「ほんとに？」彼はつまんだ楊枝を揺らしながらふりむいた。「きみが大好きな、くだらないリアリティ番組もどきのニュースじゃないのかい？」

彼の言い方に、わたしは少し傷ついた。でもそれよりもっと傷ついたのは、彼がわたしの話を真剣に聞いてくれていなかったということだった。

「トム……」彼がこちらをきちんと見てくれるまで待つ。「何かへんなのよ。ちょっとだけでいいから見てくれない？　あなたの意見が聞きたいの」

「ぼくは花を持ってきた」また、おなじ台詞だ。

「ええ、ありがとう、とってもきれいだわ」だんだん腹がたってきた。いったいどういうこと？　お花を持ってきたから、自分のいうとおりにしろ？　花束で女性が思いどおりになるとでも？　わたしはそういう関係はいやよ。

「五分でいいから、ソファにすわって見てくれたらうれしいわ。ただあなたの意見を聞きたいだけなの。それでもだめ？」

信じられなかった。トムは即答せずに、考えこんだのだ。わたしは静かに返事を待った。

玄関ドアをちらっと見るようすから、彼はこのまま帰ることも考えているらしい。わたしは
背筋をのばしていった。

「トム？」

彼の表情が変わった。ただし、どう見ても、しかめ面だ。

「わかったよ。五分だね」

ふたり並んでソファにすわり、わたしはリモコンのボタンを押した。画面であの男、ナヴ
イーンが走っている。男がフォルダーを投げたところで、わたしは一時停止した。

「気がついた？　おかしいと思わない？」

トムはオリーブのベーコン巻きをふたつ、口に入れた。

わたしは立ち上がってテレビの横に立つと、画面の気になるところを指さした。パワーポ
イントを使ってプレゼンテーションするように、ほがらかにいう。

「ね？　これはあの男じゃないわ」

「どういうことだい？」

湧きあがる感情をぐっと抑える。「けさの男と違うでしょ」

「いや、あの男だよ」トムは首を横に振り、テーブルの上のオリーブとペプシを見つめた。

「あの男でなきゃ、誰だっていうんだ？　けさ、またべつの男がホワイトハウスに侵入した

という報告を、少なくともぼくは聞いていないね」

「トム……」テーブルを見つめる彼が、視線を上げるのを待ってからつづける。「もっとよく見て。けさの男じゃないわ。テレビ局に映像を送った人は、男の顔を変えたのよ」

トムの視線は揺れなかった。だけど顎が引き締まる。何かある、とわたしは感じた。腰に両手をあてて尋ねる。

「何のためにそんなことをしたのかしら？」

「きみは幻を見てるんだよ」トムは立ち上がると、半分に減ったオリーブのお皿を持ってキッチンに行った。「自分に関係ないことで思い悩むのはよしたほうがいい」眉をひそめてこちらをふりむく。ニュースを見るときによくする、懐疑的なまなざしだった。「マスコミがどういうものかは、きみもよく知ってるだろ。連中はほしい映像を撮るんじゃなく、でっちあげるんだ」

わたしは停止した画面を指さした。

「けさ、わたしはあそこにいたわ。映像自体はほんものよ。でも、男の顔が違うの」

「いい加減にしてくれ。きみが見ているのは幻だ」

わけがわからなかった。そして彼にもそういった。観察力をほめてもらいたかったわけじゃない。かといって、ここまですげなくあしらわれるとは予想もしなかった。彼の棘(とげ)のある言い方に、わたしは傷ついた。

「トム……」当惑して彼を見つめる。同じ映像を見て、わたしは疑問に思い、彼は平然としているのだ。ひとり言のようにつぶやくしかなかった――「わたしはあそこにいたのよ」

そこでふと、ひらめいた。トムは映像が改ざんされた理由を知っているのではないか。何もかも最初からわかっていたにちがいない。だから幻だなんていった。だから、なかなか見ようとしなかった。

わたしは花束を見つめた。〝記念日〟は気をそらすための道具だったのだろう。自分の鈍感さにわれながらあきれた。

「ファルザド・アル・ジャファリなんて、あそこにいなかったわよね？」ニュースで聞いた名前をいってみる。「クレイグはあの男を〝ナヴィーン〟と呼んだわ。ふたりは知り合いなんでしょ？」

トムはうんざりしたように唇をなめただけで何もいわない。

「どうして画像を改ざんしたの？　理由がわからないわ」

「誰も改ざんなんかしていない」

それが真っ赤な嘘であることは、トムもわたしもわかっている。怒りがこみあげてきた。仕事柄、彼には話せないことがたくさんある。それはわたしも承知している。だけど見えすいた嘘をつかれて、黙って信じろ、というのはあんまりだ。

「わかった」と、わたしはいった。「あなたの好きにしていいわ。でもひとつだけ教えて。彼は無事なの？」

「彼？」

「ナヴィーンよ。頭を力いっぱい殴ったから、ちょっと心配なの」

「気にするな。大統領に近づこうとした、頭のいかれたやつだ。きみに感謝していいくらいだよ、殴られて少しは正気にもどったかもしれない」

「勾留されているの？」

「首都警察に引き渡した。今後は警察の管轄だ」

そのとき、トムのポケットベルが鳴った。番号を確認し、彼は弱々しくほほえんだ。

「さ、仕事だ」

トムはわたしの額にキスをして、背を向けた。

「また連絡するよ」

わたしはうなずき、彼の後ろについて玄関まで行く。こんなかたちで別れたくない、もやもやした気分のままで終わりたくないと思った。もう少し、ここにいっしょにいてほしい……。

「気をつけてね」

わたしがいうと、彼はわかったというように手を上げた。

そして二秒後、ドアが閉まった。わたしは花瓶の花をぼんやりながめる。釈然としなかった。まったく、理解できなかった。

5

朝、総務部長のポール・ヴァスケスが緊急告知を終了すると、全員が拍手した。ポールが感謝の言葉を述べて演台から退き、集まった職員はいっせいに雑談を始める。公式発表が終わってみんなリラックスし、何人かがホワイトハウスの新任室長のもとへ挨拶をしにいった。

文化や信仰、伝統儀式の観点から新設された式事室の室長ピーター・エヴェレット・サージェント三世は、アルマーニのダークスーツの胸に赤のポケットチーフをさし、見るからに誇らしげだった。男性にしては背が低いほうだけど、ポールにひけをとらない凛とした風格がある。といっても、目尻や口もとの皺から、ポールより十歳くらいは年上に見えた。

新任室長はヘンリーと握手をかわし、厨房スタッフをぐるりと見渡した。わたしたちもまた、興味津々で彼を見つめる。

「そういえば」ヘンリーの挨拶を受けて、彼がいった。「わたしのことは〝礼節指導官〟とでも呼んでくれたらいい」やわらかな調子で一語一語確かめるように発音し、映画〈雨に唄えば〉のシーンをほうふつとさせた。そして皮肉っぽい笑みを浮かべてつけくわえる。「そちらのほうが、わたしの名前よりずっと呼びやすいだろう。どうかな？」

シアンは目をまるくし、鼻の下をのばしてあきれた顔をした。わたしは目で彼女をたしなめる。新任室長は緊張しているだろうから、シアンがただおどけただけとは思わないだろう。わたしがスタッフに加わったときは、こういう大々的な紹介はなかった。部署の責任者ではなくアシスタント・シェフだから当然なのだけど、それでもわたしはかしこまり、早くみんなにとけこみたいと思った。そういう思いは〝礼節指導官〟だって同じにちがいない。

ヘンリーが脇に下がったので、わたしは新任室長に握手の手を差し出した。

「オリヴィア・パラスといいます」

サージェント室長は首をかしげた。「身長は？」

わたしはとまどい、「百五十五センチです」と答えた。

室長はヘンリーのほうを向いた。

「こんなに小さいと、厨房の効率の妨げにならないか？」

ヘンリーはすぐには答えなかった。いつもの陽気な顔に、わたしと同じとまどいがよぎる。それでもすぐもとにもどって、ヘンリーは明るくいった。

「オリーは料理人として有能ですよ。ヨーロッパの一流シェフにもひけをとらない。体格とは関係なく、才能がありますから」

サージェント室長は唇をなめた。からだのうち、動いたのはそこだけだ。わたしの名前をなめて味わってみたが気に入らない、といったようすで「オリヴィアだからオリーなんだな」といった。

わたしは差し出した手をどうしたらいいかわからず、目でヘンリーに救いを求めた。でもヘンリーの鋭い視線は、自分で考えろ、といっている。もしエグゼクティブ・シェフになったら、はるかに厳しい場面に遭遇するぞ、という言葉も聞こえてきそうだった。

「はい、オリーです」心なしか声が上ずり、ちょっと元気が良すぎたかもしれない。「みんなそう呼んでいます」メリー・ポピンズにも負けないくらい、明るく堂々という。サージェント室長は握手をする気配がないので、わたしは差し出した手で彼の手を握った。「お目にかかれて光栄です」

短い握手の後、彼は眉間に皺を寄せてうなずき、その場を去った。

キッチンへもどりながら、わたしは愚痴った。

「ああいう人が室長になるなんてねえ……」

「オリー、口をつつしみなさい」ヘンリーはそういったものの、ふりかえってサージェントを見る顔つきは、リンバーガー・チーズをうっかり切らしたときに見せるものと同じだった。

「初日で緊張しているだけだよ」

「たぶんそうね」わたしはとりあえずうなずいた。

シアンは目をくるくるさせている。きょうのコンタクトは青紫色だ。

「見てよ、あの歩き方。背中に棒でも差しこんでいるみたい」

「シアン！」

彼女は首をすくめ、ヘンリーにすみませんとあやまるようにほほえんだ。

「厨房のチーフがああいう人でなくてよかった、といいたかっただけなの」わざと身ぶるいしてみせる。「堅苦しい人が上司だったら毎日つらいわ」

マルセルは午後出勤の予定だった。彼は新任室長にどんな感想をもつだろう。わたし自身は今後、ピーター・エヴェレット・サージェント三世から寵愛（ちょうあい）を受けることはないとほぼ確信した。

わたしたちの後ろを歩いていたバッキーがいった。

「規律をしっかり守らせるのは当然だよ」

ヘンリーの首筋が赤くなった。

「もちろん」バッキーはわたしたちを追い越しながらつづけた。「ぼくらのエグゼクティブ・シェフがいい加減だとはいっていないよ」ふりかえってヘンリーに笑顔を向ける。だけどその目は笑っていなかった。

わたしはヘンリーの背中を軽く叩いてささやいた。

「バッキーはご機嫌ななめなのよ。新任室長に挨拶しても無視されたから。あれはひどいとわたしも思ったわ」

ヘンリーはウィンクした。「たしかにそうだな」

きょうの大統領のランチは特別だった。午前と午後にホワイトハウスで会議があるため、二階の私室で夫人とおちついた食事をしたいとのこと。大統領夫妻が限られた時間のなかでふたりきりで食べるとなれば、それにふさわしい料理を出したい。

わたしは包丁差しからアメリカ製のマック包丁を抜いて仕事にとりかかった。まずはカニとほうれん草のクロスティーニに使うカニ肉を刻む。バッキーは付け合わせのチェリートマトを煮込み、ヘンリーとシアンはリゾットを準備した。わたしはトリュフ・オイルを手元に用意しておく。リゾットを大統領の私室に持っていく直前に、これと削ったトリュフを少量加えるのだ。トリュフは少しの量でも絶大な効果を発揮し、きょうの昼食にはこの贅沢な食材がふさわしいように思えた。

大きなノック音がして、わたしたちはいっせいにドアに目をやった。

ピーター・エヴェレット・サージェント三世だった。いまの彼は、たとえるなら不機嫌なリスといったところで、見つけた木の実を守るように両手を合わせ、せわしなくきょろきょろしている。疑い、警戒し、おちつきがない。

「わたしたちのキッチンへ、ようこそ」ヘンリーがいった。

冒頭の強調の仕方に、わたしはついにっこりした。

「いやいや……」サージェントはかたちばかりの笑みをうかべた。「この機会を利用して、ホワイトハウスの敷地のレイアウトにわが身をなじませておこうと思ってね」ずいぶんむずかしい言い方だけど、要するにざっと全体を見てまわる、ということだろう。「加えて、組織構造もね」

わたしを見た途端、顔から微笑が消える。

そこまで彼に嫌われるようなことをしたかしら？　わたしを拒否するにおいが、リンバーガー・チーズの香りさながら、全身から漂ってくる。

ヘンリーはシンクで手を洗い、流れる水の音に負けないよう大きめの声でいった。

「いま少し立てこんでいて、厨房のなかを案内できませんが、食事の準備について質問があれば答えますよ」

サージェントは鼻の横を掻いた。

「内部の案内は無用だよ。処理上の変更を説明しに来ただけだ」

ヘンリーは水をとめ、手を拭きながらいった。「というと？」

「早急の効率化を図るために、国賓晩餐会のメニューはすべてわたしの執務室を通してほしい」

「でもメニューは……」わたしは一歩前に出た。

「待ちなさい、まだ話は終わっていない」鼻を掻いていた人差し指を立てる。

シアンとわたしは顔を見合わせた。総務部長のポール・ヴァスケスはこの変更を承認したのだろうか。

サージェントはわたしの考えを読んだように、こうつづけた。

「この件について、総務部長とはじっくり話し合ったよ。その結果、多様な職務を管理する観点から、わたしが全メニューの最終決定権をもつべきだという結論に至った」

「あなたが味見をするということですか？」わたしは思わず口走っていた。

サージェントはうなずいた。

ヘンリーはしばし天井を仰いだ。そしてつかつかとサージェントの前まで行き、小柄な彼を上から見おろすようにしてファースト・ネームで呼んだ。

「ピーター……」背筋をのばし、太い首をぽりぽり掻く。「ピーター、悪いが、それは受け入れがたい」これにサージェントはびくっとした。「わたしたちはファースト・レディの意向に従って料理をつくっている。ホワイトハウスの厨房の伝統というだけでなく、それがわたしたちのポリシーでもあるからだ。なんなら、わたしがポールとじかに話そうかね」

サージェントはヘンリーの前から数歩脇にずれ、両手を上げた。

「勘違いしないように」

「何を？」

「わたしが最終決定権をもつという意味は、ファースト・レディとともに最終決定する、ということだ」彼は話しながら三度も首をすくめた。「話は以上」

ヘンリーはわたしたちをふりかえった。ホワイトハウスを訪れる要人に喜んでもらえるよういくつもメニュー案をつくり、なおかつ大統領夫人を満足させて了承を得るのは、そう簡単ではない。夫人はとくにうるさい人ではなかったものの、確実に好みの味があった。わたしたちはいまもまだ、それを勉強中なのだ。そのうえ、サージェントの好みまで考慮するとなると、さらにハードルが高くなる。わたしはどうしてそんな変更がなされたのかが理解できず、それを正直に口にした。

サージェントはばかにしたような目でわたしを見るだけで、答えない。でもそのかわりにこういった。

「メニューを考え、わたしに試食を持ってくるときは――」わたしたちの顔をひとりずつ順繰りに見ていく。ただし、ヘンリーの鋭い視線は避けた。「その考案責任者の名前もかならず報告しなさい」

「なんのために？」ヘンリーが訊いた。

「わたしは礼節指導官であると同時に〝良き師〟でもあるからだ」少しあとずさってから、ドアのほうへ向かう。「そのうち、厨房の名声にもっとも貢献している者は誰か、誰がもっとも足手まといになっているかが見えてくるだろう」腕をのばしてドア・フレームに手を当て、もたれかかるようにしてしゃべる。「わたしは人を育てるのが好きなんだよ」

そこでわたしは、はっと気づいた。厨房メンバーで、彼より小柄なのはわたしだけなのだ。だからサージェントはわたしを選んだのかもしれない。自分より小さいほうが、いたぶりやすいと思って――。

もしほんとにそうだったら、公園のいじめっ子と変わりない。

サージェントが去ると、ヘンリーはコンピュータの前に行った。そして新しいドキュメントを開く。わたしは彼の背中をながめながら、新しい大統領が一月に就任してからきょうまでのさまざまな変化と、サージェントから指示されたことについて考えた。この数カ月は、じつにあわただしかった。今度の変更も、そのうちのひとつだ。

「何をしてるの？」

ヘンリーは首をすくめた。「手順が変更されるなら、準備を整えないとな」

「どうするの？」

彼は顔だけこちらに向けた。

「オリーだって、ファイルや表はさんざんいじってきただろう。やり方はわかっているはずだ」

「ううん、そうじゃなくて、ヘンリーはこういう変更に、どうやって対応するの？　これまでもこんな感じだったの？　上層部が替わるたび、それに合わせて調整する。そうするしかないのはわかるけど、どんな変更にも疑問を抱かずに従わなくちゃいけないの？」わたしはドアに目をやった。「ああいう人が全体の統括を任されるなんて……」

「オリー」ヘンリーはからだ全体をこちらに向け、まっすぐわたしの目を見ていった。「わたしたちは世界でもっとも重要な場所の料理人なんだよ」

「わかってるわ」

「わたしたちの国の行方は、大統領にかかっている。そして大統領は、わたしたちを頼りにしてくれている。ホワイトハウスの門をくぐったら、わたしたちはもう一般市民ではないのだよ」ヘンリーは北の方角をながめた。その目はまるで、ラファイエット・パークで抗議の声を上げる群衆を見ているかのようだった。「ここにいるときは、口論、憎しみ、動揺とは無縁でなくてはいけない」

こういうときのヘンリーは、いつも少しずつ声が大きくなっていく――「選挙で票を投じるときは、わたしたち一人ひとりがこの国の意思決定者だ。しかし投票所を出て、ここに――」人差し指でカウンターを叩く。「来れば、わたしたちは国の名を汚さないよう、自分の役割に専念しなくてはいけない。政策や方針を変えるためにここにいるわけではないんだよ。むしろある意味、それに忠実に従い、支えるのが務めだ。細心の注意を払い、意見の衝突は避けなくてはいけない」太い指で天井を、二階を指す。「キャンベル大統領のために、わたしたちは料理をするんだ。世界でもっとも影響力のある人物とそのゲストのためにね。国の指導者たちも、おいしい料理を食べれば満足して心穏やかになるだろう。それでこそ、賢明な判断ができるというものだ」

ヘンリーは満面に笑みを浮かべた。

「料理人の力は絶大なんだよ、オリー」

この話は以前にも、ヘンリーから聞いたことがある。そして大小問わず疑問を感じたとき――たとえば敵対していた国との国交正常化を決断した大統領の思いとか、記者会見で選ぶネクタイの色とか――わたしはヘンリーの話を思い出した。ヘンリーもわたしも、やり方は異なれど、信念や持論をわきに置いて仕事に励むのだ。それはほかのスタッフも同じだった。ホワイトハウスの全職員が、政策や政局はさておき、自分にできる方法でこの国のために働いている。それがわたしの、職員たちの誇りといっていいだろう。

静まりかえった厨房で、バッキーがゆっくりと拍手した。

「すばらしいスピーチだ！　鏡の前で練習でもしたのかな？」

わたしは両手を腰にあて、まな板の上のタマネギに視線をおとした。バッキーのような人がチームの一員になったのも、わたしにとっては疑問のひとつ。

ヘンリーはわたしの思いを察したのだろう。隣にやってきて、耳もとでささやいた。

「ホワイトハウスの料理人は、団結(ユニオン)よりもオニオンに集中しないとな」

わたしは思わずほほえんだ。

ヘンリーのいうとおりだと思う。民主主義を象徴する施設ともいえるホワイトハウスは、初代大統領ジョージ・ワシントンの時代に大統領公邸(プレジデント・ハウス)として建設が始まったものの、ワシントン大統領は完成した建物を見ることなくこの世を去った。設計者はジェイムズ・ホーバンで、竣工は一八〇〇年。最初に入居したのは第二代大統領のジョン・アダムズだ。

そんなホワイトハウスの壁には長い歴史が刻みこまれている。わたしたちはそれを汚さないようがんばらねば――。

するとしばらくして、サージェントがまた顔を見せた。

「ひとつ、いい忘れたことがあった」厨房のさまざまな音に負けないよう声高にいう。わたしたちは再開した作業の手を止めた。「全員の履歴書を届けてほしい。できれば本日中、遅くともあしたには」そしてまたしても、わたしをじっと見ていった。「監督下の人間のことはすべて把握しておきたいからね」

サージェントが去ると、バッキーが鼻を鳴らした。「なんて横柄なやつだ」

ヘンリーはバッキーをたしなめかけて、思いとどまった。

「厨房はいつからあの人の監督下に入るの？」わたしはヘンリーに訊いた。

「早いうちにポールと話してみるよ。何とかなるだろう」

わたしは両手でお皿を持って、高くかかげた。

「わたしが何とかしてもいいわ。このお皿を彼の頭にふりおろして……」

「おいおい」ヘンリーは笑った。「石頭が相手だと、お皿のほうがもったいないぞ」

6

ナヴィーンという名前が頭の隅にいすわっていたものの、わたしはなんとか仕事に集中した。昼食ができあがり、給仕人に後を任せると、わたしたちはつぎなる作業にとりかかった。やるべき仕事はいくらでもある。わたしはコンピュータの前に行った。来週、ファースト・レディ主催の女性限定昼食会が開かれるので、最後の仕上げをしなくてはいけない。コンピュータ画面にスケジュールのアラートが現われた。そうだ、ソムリエに連絡しなくては――。今夜の夕食については話し合い済みだけど、来週の昼食会についても相談しておく必要があった。

料理はプロシュットとメロン、その後にメリーランド風チキンを出す予定だった。キャンベル夫人は、かつてのジョンソン大統領夫人がふるまったメニューと同じようなものを希望していたからだ。わたしはコンピュータ画面を見つめ、当時といまの時代の差をいやでも感じた。

警備体制も長い歳月のあいだにずいぶん変わった。わたしが生まれるまえ、ホワイトハウスを見学したい人たちは外に並びさえすれば、一週間のうちほぼ毎朝、自由に入ることができた。それがいまでは事前に予約・了承を得なくてはいけない。公式の依頼文を提出し、社会保障番号を明示するのだ。

わたしはため息をついた。

警備がより強固になったのは、ナヴィーンのような侵入者がいるからだ。そしてわたしは侵入者を阻止したというのに、なぜか素直に喜べない。

ヘンリーが横に来て、サージェントが語った変更点については自分がかならず確認するからもう心配するなといった。でも、わたしを暗い気分にさせたのはサージェントではなく（もちろん、彼の件もひっかかってはいたけど）、あの謎の男、ナヴィーンだった。ヘンリーにうちあけたところで、わたしがいちばんに考えるべきは大統領だ、といわれるだけだろう。

きょうの夕食には、大統領の成人した子どものひとりも加わることになっている。だからキャンベル家の大好物——クラストが極薄のピザを出す予定だった。アーティチョークとドライトマト、シカゴから取り寄せたイタリアン・ソーセージのピザで、わたしたちの得意料理のひとつだ。こうしてわたしがコンピュータのキーボードを叩いているあいだ、シアンは生地をこねている。

ピザをつくるのに不安はない。でも、今後数週間の計画を立てるのは大仕事だった。参加者が十人未満の〝内輪〟の夕食会が七回、二十人以上のゲストを招く大きめの会が四回、人数の異なる昼食会が三回あり、それぞれの段取りを考えるのに、午後いっぱいかかった。種々の事前調査書類に目を通し、アレルギーを考慮して、主菜、付け合わせ、デザートの組み合わせを練る。こうしてなんとか、解けたルービック・キューブの面のように、料理のラインナップが整った。

仕事を終えて夕闇のなか、わたしはマクファーソン・スクエア駅までの三ブロックを歩いた。そして道すがら、いつものように携帯電話の留守録を確認する。トムの明るい声が聞けてうれしかったけど、忙しいからまた連絡するというメッセージ。きょうの夜はさびしくひとりで過ごすことになりそうだ。ゆうべ、あんな別れ方をしてしまったから、早く彼の顔を見て仲直りしたいけど……。

地下鉄の駅も車内も、夜になると人が少ない。この時間帯ならたいてい窓側の席にすわることができ、電車がファラガット・ウェスト駅に入ったところで、わたしは外のホームをながめた。メトロ警察の巡査がふたり、アラブ系の男性と話しているのが見え、わたしはその姿にナヴィーンを思い出した。そしてきのうの事件がまたよみがえる。

巡査は男性をとがめている感じではなく、表情もおちついていた。何を話しているのだろう？　そう思っているうちに電車は発進し、またひと駅、わたしの家に近づいていく。だけど……頭のなかは、あの事件でいっぱいになっていた。トムの話だと、ナヴィーンは首都警察に引き渡されたらしい。警察署はおそらくすでに彼の記録をつくっているだろう。

自分が見たこと、知っていることをつなぎ合わせてみる。

男がひとり、ホワイトハウスの庭に無断で入り、逃走して捕えられた。

その男は、シークレット・サービスのひとりとファースト・ネームで呼び合う仲だった。

男の侵入を録画した映像はニュースでは流れなかった。いや、正確にはそうではない。一般視聴者向けに、逃走劇の一部が放送されはした。そしてそれには、巧妙な修正が施されていた。といっても、現場にいた者なら気づくような修正だ。

わたしはあからさまに鼻を鳴らした。通路の反対側の席にすわっていた年配の男性が、うさんくさげにわたしを見る。わたしはやさしくほほえんだ――まじめな勤め人ですから、ご安心ください。

シークレット・サービスはあの場にいた。そしてまた、頭のなかで事件を再生する。

そして、わたしも。

シークレット・サービスは、ナヴィーンの顔を公開したくなかった。その理由は何か？ホワイトハウスのフェンスを越えるなど、無謀なことをする人間には精神的な問題、もしくは何らかの秘めた目的があるとしか思えない。おそらくナヴィーンは後者だろう。ふつう、不法侵入で捕まった人間（たいていは男だ）は、カメラごしに視聴者に向かって何らかのメッセージを叫び、たちまち有名人となるケースが多い。

なのに、ナヴィーンは……

叫ばなかった。

ハンドバッグのなかで携帯電話が鳴った。着信番号を見ると、トムが忙しい合間をぬってかけてくれたらしい。地下鉄のなかでも電話が通じることが、いまだにふしぎでならない。

わたしは通話ボタンを押した。

「やあ」と、トム。

「いまどこにいるの?」

「車で移動中だ」電話の向こうがざわざわしているのがわかる。そして、人の声も。

「ひとりじゃないのね?」

「うん」

「もしかして、クレイグといっしょ?」

「きみは名探偵だよ」

わたしは笑った。トムとわたしがつきあっていることは、同僚たちに公表していなかった。といっても、料理人仲間の一部はうすうす勘づいてはいる。そしてトムは、電話をしてくるとき、相手がわたしだとわからないように話した。

「まだ仕事中なの?」

「うん」

「それでもわたしの声が聞きたくなった?」

「まあね」

「わたしはあなたにとってかけがえのない人で、わたしがいないと何もできないから?」

彼はうめき声をもらしただけだった。電話の向こうのあきれ顔が目に浮かぶ。

「あなたはわたしに夢中だものね」わたしは明るくいった。クレイグがそばにいれば、いいかえしたくてもできないのを承知でからかう。「あのニュース映像について、いつか教えてちょうだいね」

沈黙。

「またかけるよ」トムはそういって電話をきった。

あら……。少し調子にのりすぎたと反省する。

トムにはわたしにいえないことがあり、それはそれでかまわなかった。機密事項を守るのも彼の仕事、厳粛な任務の一部なのだから。でもトムは、機密でも何でもないのに教えてくれないことがある。わたしがあれこれ分析して意見を述べるのが、どうやらお気に召さないらしい。わたしはそれが楽しいのだけど。

トムはトムなりに、わたしがよけいな知恵をつけすぎて、知らなくていいことまで知ってしまうのを心配してくれているのだ。彼のそんな気持ちはありがたいと思う。だけど今回は、ちょっとばかり違うような気がした。

窓の外をながめる。大勢の戦没者が眠るアーリントン墓地が、夜の明かりに照らされていた。父のことを考え、ずいぶんお墓参りをしていないと思った。勇敢な兵士にとって、この世界は危険でいっぱいだ。

そう思ったとたん、ある考えにとりつかれた。

ナヴィーンは死を覚悟でキャンベル大統領に警告しようとしたのではないか。

そう思うと、顔が一気に熱くなった。そしてたちまち血の気がひく。わたしを見上げるナヴィーンの目はうつろでもなければ、狂気にぎらついてもいなかった。彼はわたしに本心から何かを伝えたかったにちがいない。大統領が危ない、と彼はいった。

でもトムは、とりあわなかった。シークレット・サービスはナヴィーンの警告にまともに耳を貸そうとはせず、彼は首都警察に送られた。

わたしは窓の桟に腕を置いた。考え始めるとおちつかなくて、窓のガラスをこつこつ叩く。ナヴィーンはわたしに話しかけた。頭を殴られてもなお、大統領に危険が迫っていることをわたしに伝えようとした。

わたしは唇を嚙んだ。

電車がホームに入り、自分をむりやり現実にひきもどす。

これから何をすべきか——。アパートに着くころ、わたしの心は決まっていた。

7

「勾留されている人に連絡をとることはできますか？」こんな言い方でいいのかどうかわからないまま、わたしは尋ねた。ケースにひびが入りそうなほど、携帯電話を握りしめる。

「ある人と話がしたいのですが」

女性の話しぶりは有能そうで、淡々として、わたしにその場を動くなといった例の緊急通報オペレータそっくりだった。まさか拘置所で夜勤のアルバイトをしているわけはないだろうけど……。

「収容者の名前は？」彼女が訊いた。

「ホワイトハウスの庭に侵入して逮捕された人です。きのうのことです」

「名前は？」彼女はくりかえした。

「ナヴィーンだと思います」

「それは苗字ですか？」

わたしは当てずっぽうでいった。「ファーストネームです」

「苗字を教えてください」女性の声に苛立ちがのぞく。

「苗字は……」見当もつかなかった。「ええと……その……」心臓が破裂しそうだ。自分でもやりすぎだとは思ったし、こんな電話をする立場にないこともわかっている。電話をかけるときはかなり緊張し、いまはほとんどパニック状態だ。〝ホワイトハウスの侵入者〟といえば通じると思いこんでいた自分がばかだった。結局、これまでに何人もの〝ナヴィーンたち〟がいたのだろう。

「もしもし？」

「わたしは彼の恋人なんです」

ちょっと唐突すぎたかしら？

「それなのに苗字を知らないのですか？」

わたしは腹をくくり、幼稚でふしだらな女になることにした。

「だって……」なんとか時間をかせごう。そのあいだに情報を引き出せるようなまともな理由を考えるのだ。「わたしたち、知り合って間がないし、彼の苗字って発音するのがすごくむずかしいんです。だから綴りもわからなくて」

女性の長いため息が聞こえた。ひょっとしてうまくいくかもしれない。

「ナヴィーンですね」彼女はくりかえし、綴りをいった。

「そうそう、それよ」ほんとうにそうだといいと願いながら答える。

クレイグの怒りの顔がよみがえってぞっとしながら、わたしは電話を耳に当てたまま、部屋のなかをうろうろした。女性がキーボードを叩く音を聞き、心のなかで手を合わせて祈る。

きのうホワイトハウスの緊急通報にかけたときと同じように、この電話のあとで大叱責されませんように……。だから念のため、固定電話ではなく携帯を使った。拘置所の着信履歴には、番号だけでわたしの名前は残らないはずだ。拘置所には毎日、被収容者に関する問い合わせ電話が何百と入ってくるだろう。ナヴィーンを探している人間がいたところで、わざわざ調べるとは思えない。と、少なくともわたしはそう願った。

電話の向こうで、またため息が聞こえた。そして舌打ちが何度か。

「申し訳ありませんが」しばらくして女性がいった。「こちらにそういう名前の人はいませんね」

「でも聞いたのよ……」

「申し訳ありません。誰から聞いたのであれ、その情報は間違っています。ホワイトハウスの不法侵入者の記録はありません」

「あの……」

「ほかに何か？」

願いはかなわず、わたしは肩をおとして立ち止まった。

「いえ……。ありがとうございました」

論理的思考をつかさどるわたしの脳は、平均以下の量かもしれない。いったい何のために、ナヴィーンと話そうなんて考えたのか？

わからない——。でも自分が何かを台無しにして、それを修正しなくてはいけないという思いは確実にあった。わたしの行為が発端でナヴィーンが逮捕されたことに後悔はない。だけど彼の頭を殴ったことはとても悔やまれる。彼はわたしを脅したりしなかった。それどころか、彼はわたしに協力を求めたのだ。

わたしはキッチンカウンターにもたれ、目をこすった。忘れなくてはいけない。それは自分でもよくわかっている。

だけど……。

インターネットでざっと調べるくらいならいいかも。わたしは自分にいい聞かせた——ほんとにざっとよ、手短によ。それで何も見つからなかったら、きっぱりとあきらめる。

ナヴィーン、ホワイトハウス、不法侵入、シークレット・サービス、首都警察、逮捕、そしてニュースで報道されていた「ファルザド・アル・ジャファリ」という名前。さまざまな組み合わせで検索してみたけど、ゆうべニュースで報道された以上のことは見つからなかった。だったら画像を検索してみようか、と思ったところで電話が鳴った。

「いまちょうど、あなたのことを考えていたの」わたしはトムだとわかるなりいった。

「よし、よし。もう寝ているかと思ったんだけどね」

彼は笑いとうめきのまじった声をあげる。

「あら、まだそんな——」コンピュータ画面の下の時刻を見る。「いやだ、もう二時になるのね」

「そうだよ。こっちはようやく仕事が終わって——」あくびの音こそ聞こえなかったけど、声には疲れがにじみ出ていた。「いま、家に帰るところだ」

「わたしももう寝なきゃ。これじゃ、あしたは睡眠不足だわ」

「こんな時間まで何をしていたんだ？」

わたしは答えかけ、思いとどまった。どういえばいいのか――ネットで調べていたのよ、あなたが何も教えてくれないから。

なんてことはいえない。トムは任務で疲れていながら、こちらの急所をついてくる。

「オリー？」

「ネットでちょっと調べものをしたの。たまに時間を忘れて夢中になるから」

「何を調べていた？」

時計の針の音だけが聞こえる。

「たいしたこと……じゃないわ」

彼は不満げな声をもらした。あるいは非難の声か、わたしにはわからない。でも隠し事があるのを見ぬいたのはまちがいなく、わたしはおろおろした。これまでも、デートやプレゼントで彼を驚かそうとして成功したためしがなかった。彼はとても鼻がきくのだ。勘がいいといってしまえばそれまでだけど、トムの場合は職業柄もあるだろう。ふつうの人なら気にもとめないことを、徹底して訓練された護衛官は見逃さない。彼をだまそうとしたところで、時間と神経の無駄遣いで終わってしまう。

「何を調べていた？」

わたしは無理に笑い、「嘘はつけないわね」といった。トムから聞いた話では、優秀なスパイは嘘をつくとき、できるかぎり真実に近い話をするらしい。わたしはそれを実践してみることにした。

「あの侵入者のニュースを調べていたの」拘置所に電話したことは伏せておく。

「頼むよ、オリー」トムはいらついて顎でも掻いているのだろう、ぼりぼりという音がかすかに聞こえた。「もう終わったことだ。一件落着、無事終了」

「あの男が大統領に何を警告しようとしたのかは、わかったの?」

「必要なことはすべてわかったよ」

「どういうこと?」

「毎年、頭のおかしなやつが何人も、ホワイトハウスの塀を乗り越えようとする。あいつはそのひとりにすぎない。いまは拘置所のなかだ。話は以上、これでおしまい」

ナヴィーンは拘置所にいないのよ、といいかけてやめた。どうして知っているのかと訊かれるにきまっているからだ。わたしは違う戦法をとった。

「彼の苗字はなんていうの?」

「どうして?」

「ナヴィーンだけじゃ、ネットで見つけられないから」

「そうか。それならそれであきらめるしかないだろう。いいかい、この件はシークレット・サービスがすでに処理した。それがぼくらの仕事だからだ。いやというほど経験して、何をどうやればいいかはわかっている。きみが侵入者に遭遇したのは不運としかいいようがない。でもな……」ゆっくりと、一語一語に力をこめる。「ぼくらが、すでに処理したんだよ。ぼくらには経験がある。シェフに協力してもらう必要はない。いいね？」

わたしは顔をしかめた。

トムはいいすぎたと思ったのか、こうつづけた。

「だったらチョコレートムースの揚げ方をいってみろ、なんて反論しないでくれよ」

わたしは笑った。「ムースは揚げたりしないのよ」

「ぼくのいうこと、わかってくれた？」

ここは素直に降参しよう。時間をかけてさんざん調べたのだ。やらなくていいことまでやって、収穫は何もない。ここで終わりにすればトムも満足し、わたしも〝いい子〟になれる。失うものはひとつもないのだ。

「うん、わかった。もうやめる。でもひとつだけ、お願いがあるの」

「何だい？」

「事件について、詳しく教えてね」あわててつけくわえる。「もちろん、機密解除されたあとでいいから」

トムがあくびをして、伸びをするのがわかった。

「きみは思い込みが激しいからな、小さな探偵さん。さて、そろそろ寝ようか。あしたまた会おう。ん、あしたじゃなくて、きょうだね」

わたしはにっこりしてうなずいた。

「待ちきれないわ」


大きな音がして、飛びおきた。時間は四時十五分。恐怖が全身を貫いた。数秒たってようやく、ドアがノックされているのだとわかる。そんなに強くたてつづけに叩かなくても聞こえるのに、とぼんやりした頭で思いつつ、玄関へ向かった。

鍵を開けようとして、それより先に覗き穴を見なくては、と思う。そうしたら、ドアの向こうにトムとクレイグが立っていた。クレイグは典型的な警戒姿勢をとり、両手とも腰の右側につけている。目は油断なく、短い廊下の端から端をうかがっていた。

「オリー、起きてくれ。ドアを開けてくれ」

わたしは覗き穴を見たまま、まばたきした。「トム?」

その小さなかすれ声に、トムもクレイグも瞬時に反応した。

トムはわたしが見たことのないような目つきをしている。でもこれは、わたし個人に向けられたものではないだろう。

「部屋に入れてくれ」

ふたりが危険人物でないのははっきりしているから、わたしはドアを開けた。すると廊下の向かいの部屋のドアが開き、ウェントワースさんが出てきた。からだを支えるように、関節炎の手でドアの縁をつかんでいる。トムとクレイグがわたしの部屋に入るのを見て、彼女は訊いた。

「警察を呼びましょうか？」

トムたちはすかさず老婦人をふりむいた。でも、ウェントワースさんはひるまなかった。

「いいえ、大丈夫です」わたしは笑顔をつくった。「ふたりとも友人ですから」

トムとクレイグはどちらも顔をしかめた。わたしのとっさの嘘は、この状況ではまずかったのかしら？　全身が熱くなってきた。まさか、ヘンリーの身に何かあったわけじゃないわよね？

「それならいいけど、あとであなたの死体が発見されたら、わたしはこの人たちの顔から服装まで、全部警察に話しますよ」ウェントワースさんは薄い白髪をかきあげ、「聞こえたわよね、非常識なおふたりさん」といいながら部屋のなかにもどっていった。

「おやすみなさい、ウェントワースさん」わたしは声をかけてからドアを閉め、そのままドアにもたれかかった。「彼女は面倒見がいいのよ」

ふたりの不機嫌な表情は消えなかった。それどころか、もっと険しくなる。トムはリビングのほうへ歩き、クレイグはわたしの真ん前に立った。両手を下げ、恐ろしい目でわたしを見る。

「どうしたの？　何かあったの？」

「すわってください、パラスさん」クレイグがキッチンを指さした。彼の後ろで、トムは両手を握りしめている。

わたしは背も低いし筋肉隆々でもない。炭水化物を毎日大量に食べないかぎり、この体型のままだろう。ただし、見た目のわりに柔じゃない。といっても、このふたりは知り合いだし――それも片方とはきわめて親密――こんな時刻に訪ねてきた用件を確認するまで、とりあえず黙っていわれたとおりにしよう。

わたしはキッチンのテーブルの椅子にすわった。

クレイグは向かいの椅子に腰をおろす。トムは床のリノリウムの模様を記憶に刻みつけるかのように見つめながら歩きまわっていた。

「どんな用件で来たのか、説明してくれない？」

「いいかげんにしてくれよ、オリー」トムが立ち止まり、怒りのまなざしでわたしを見た。

「何のこと？」わたしは両手を広げた。胃が縮んでいくのがわかる。〝何のこと〟かに思い当たったからだ。

「携帯電話はどこにある？」クレイグが訊いた。

やっぱり。

「黙秘します」つまらない冗談でかわそうとしたけど、すぐに「ごめんなさい、ちょっといってみたかっただけ」とあやまった。

クレイグは耳を貸さず、ケンタッキー人らしいゆっくりめの話し方に力がこもった。

「その反応を見るかぎり、深夜の訪問理由に心当たりがあるようだ」

クレイグの口調は相手を萎縮させる、まさしくシークレット・サービスのそれだった。

トムはまたうろうろしだした。

攻撃は最大の防御なり。これはフットボールに限ったことではないはず――。

「わたしの電話を盗聴したの？　もしそうなら、ずいぶんだわ。それに盗聴は違法よ」いったとたん、自信がもてなくなってトムを見た。「違法……よね？」

トムは立ち止まった。「発信者番号通知、というのは知っているか？」

「ええ、知っているわ」あたりまえでしょ、といわんばかりに。「だけど、番号は番号でしかないでしょ？」頭のなかで断片をつなぎ合わせようとしたけど、うまくいかない。「シークレット・サービスは、ホワイトハウスの職員の電話をチェックしているの？　電話の相手を全部把握しているっていうこと？」

クレイグの唇だけが動いた。ほかは微動だにしない。

「自分をかいかぶりすぎだよ、パラスさん」

そこまでいわなくても――。わたしは背筋をのばした。

「それどころか、わたしは自分で思う以上に重要人物だったんじゃないの？　たまたま拘置所に電話しただけで、こんな時間にわざわざあなたたちが会いに来るんだもの」

「たまたま？」と、クレイグ。「まるで目的もなく電話をしたように聞こえるが？」

そうか、そういうことか。わたしにもやっとわかった。トムとクレイグは、わたしの電話先に疑問をもってここに来たのではなく、拘置所のナヴィーンに接触しようとした人間を追跡したのだ。いいかえると、シークレット・サービスはいまもナヴィーンを監視している。

拘置所の着信履歴でわたしの番号を見たクレイグは、その番号の持ち主は共犯者の可能性ありと疑った。ところが、蓋を開けてみれば、アシスタント・シェフのひとりが気まぐれで電話したのだとわかり……ふたりのシークレット・サービスはいまキッチンで、わたしを絞め殺したいと思っているにちがいない。

「ごめんなさい」わたしはうなだれた。

「ごめんなさい？」と、トム。「この件は処理ずみだといったはずだよ」

クレイグがびくっとして顔を上げた。「マッケンジー――きみはこの訪問のまえに、事件についてパラスさんと話をしたのか？」

わたしはこれ以上トムに迷惑をかけたくなかった。

「クレイグ……」彼の顔をこちらに向けさせる。「わたしは〝オリー〟よ。わたしたちは友だちじゃなかった？　ナヴィーンの事件があってからは、友だちでもなんでもなくなったの？」

意外なことに、彼はわたしの話をさえぎらなかった。わたしはつづけた。

「もちろん、トムとは侵入事件について話したわ」トムはまぶたをかたく閉じたけど、わたしは気づかないふりをした。「彼はあの事件の後、通用門までわたしを送ってくれたもの。それに、ヘンリーの記念品のフライパンを取りあげたわ、証拠品だからって」トムはまたうろうろしはじめ、わたしは彼に聞こえるように声を少し大きくした。「あのフライパンは、まだ返してもらっていないのよ」

「なぜ拘置所に電話をかけた？」

きつい質問だった。わたしはトムのほうを見ないようにして答えた。

「あのとき、わたしは力いっぱい頭を殴ったの。そのあと、男があなたを名前で呼んだとき
……」

クレイグの目じりの皺がひくひくっとした。

「……彼を殴ったのは間違いだったような気がしたの。大統領が危ないといったときの彼は、嘘をついているようには見えなかったわ」言葉が自然に出て、止まらなくなった。「彼が犯罪者であれば拘置所に送られるでしょう？　だから電話してみたの。でも、電話に出た女性は、そんな人はいない、不法侵入者の記録はないといったわ。だから、いまでも気になって仕方がないの。大きな怪我はしていない？　彼は無事なの？」

トムとクレイグは顔を見合わせた。トムの目が、ほら、予想したとおりだろ、といっているように見えた。

クレイグは舌を口のなかで這わせながら考えこんだ。そして口を開いたとき、彼のゆっくりした話し方はソフトになっていた。

「オリー」彼がニックネームを使ってくれて、わたしはほっとした。「きみが優しい心の持ち主であることはわかった。そして不慣れな状況にとまどったこともわかった。しかし、いい機会だからはっきりといっておく。今回の件に関し、これ以上無用な干渉をしてはならない」

「そんなつもりは――」

彼は手を上げて制した。「ここに来たのは、トムとぼくと、ふたりだけで話し合った結果だ。その意味では、きみがとった行動と、ここでの会話を上に報告する義務はない。しかし、ホワイトハウスの招かれざる客に接触を試みる者がいた場合、拘置所はそれをぼくらに報告することになっている。きみは今後二度と、そのような真似をしないように」

「それじゃ、彼は拘置所にいるけど、わたしには教えなかったということね？」

クレイグはむっとした。「それについて、自分は答えられる立場にない」

このアパートは東向きなので、空が一日の始まりを告げる淡いピンク色に染まったのがわかった。その温かい色が、非常事態の終幕を告げてくれたように思えた。

「迷惑をかけてごめんなさい」

クレイグは立ち上がり、トムにうなずいた。

玄関に向かうふたりについていきながら、大急ぎで出勤支度しないと遅刻する、と思った。

クレイグがドアのところでふりかえる。

「私的な秘密調査はけっしてしないように。わかったね？」

「はい、神にかけて」わたしは胸に十字をきった。でも〝誓います〟まではいわなかった。

8

「眠ってないの？」わたしはトムに訊いた。

トムは首をすくめるだけだ。

十七番通りにはお土産ショップが軒を連ね、その間にホットドッグ・スタンドがいくつもある。わたしたちはそのひとつで落ち合った。トムはポリッシュソーセージとザワークラウト、わたしはお決まりのマスタードとトマトケチャップをかけたホットドッグだ。もしわたしひとりだったら、タマネギものせていた。

季節はずれの暑さで、わたしたちは木の陰に入った。トムは買ったものを見て顔をしかめる。

「きみは豪華な料理をつくるのに、ふたりで食べるのはこれか？」

「家庭の味よ、少なくともわたしにとっては」シカゴ・スタイルのホットドッグを思い浮かべる。それは伝説の味だった。「わたしの質問に答えてちょうだい」

彼はまた首をすくめた。

「目の下に真っ黒いくまができてるわよ。いまにも倒れそうだわ」

「お、そうかい？」彼は目をくるくる回した。

「よしてちょうだい」彼の腕に触れる。「あなたのことが心配なのよ」

長い沈黙。わたしはホットドッグをひと口食べ、トムは少し離れた場所を見つめている。わたしはそちらに目をやったけど、とくに変わったものは何もない。わたしは待った。どんな話になるかは見当がついていた。

「きみは自分のしていることが、ちゃんとわかっていたのかな？」

ベンチが空いた。わたしはそちらへ手を振り、答えるのを先延ばしにした。

「あそこにすわりましょう」

トムは不満げな声をもらしながらも、ベンチに向かった。

腰をおろすと、彼は話しはじめた。人に聞かれないよう声をおとしてはいるけど、いわば小さな声で怒鳴っているという印象。

「ゆうべ、きみのおかげでぼくがどんな思いをしたか想像がつくかい？　きみの電話番号だとわかったとき、クレイグは怒りくるうにちがいないと思ったよ。彼がもし、きみの電話の通話記録まで調べたら？　そうしたらどうなったと思う？　最近の履歴に、ぼくの番号があるのがわかる。そしてぼくときみは、山のような質問に答えなくてはいけなくなる」

「つきあうことに問題はない、とあなたはいったわ。職員同士の交際を禁止する規則はないって」

彼はしかめ面をして視線をそらした。両手でポリッシュソーセージを握りしめているけど、包みを開けようともしない。わたしは自分のホットドッグを見おろした。お腹がすいていたから、三口で食べきってしまえそうだ。でも、責められている最中に食べるのは不謹慎に思えた。

「問題はそういうことじゃない」

「だったら何が問題なの？」

彼は視線をもどしてまたわたしを見た。その目があまりに怖くて、わたしは思わず身を引いた。

「あの事件は終結したといったはずだ。きみは巻きこまれた。たまたまあそこにいたのは不運だったとしかいいようがない。だが、いまのきみの務めは、いっさい関わらないということだ。わかるね？」

わたしはうなずいた。

「きみを信じているからね」

トムはソーセージの包みを開き、がつがつ食べはじめた。

わたしもホットドッグをがぶりとひと口。もぐもぐ嚙んで、のみこんで、そしていった。

「でもこれだけはいわせて」

トムの表情がくもった。

「何だい？」

「わたしは自分のしたことが不安になったの。それと……大統領のことが心配だった。ナヴイーンの話だと――」

「あいつをナヴィーンと呼ぶな」

「でも、それが名前でしょ？」

「いいからよせ。まるであいつがきみの知り合いのように聞こえる。でもそうじゃない。今後も知り合いになることはない」

話の流れを少し変えてみよう――。

「わたし、たまに、しつこくなるから」

「ずいぶん控えめな表現だ」

皮肉を無視し、もうひと口食べてからつづける。

「あの男をつかまえたのは、わたしなのに」少しばかり甘えた口調で。「それでも何も教えてもらえないのね」

トムはソーセージをほおばった。

わたしは待った。それしかできないときもある。

「機密事項は教えられないんだよ」

「そこまでは望んでないわ」

彼はうなずいた。「クレイグとぼくは、きみのアパートに行くまえに話しあった。しかし意見が食い違ってね。ぼくとしては、わかっていることはきみに教えたほうがいいと思った。ぼくはきみをよく知っているからだ。自分が納得するまで、ああだこうだと考えまくるにきまってる」誉め言葉でないのは、いわずもがなだった。「クレイグはぼくの意見に同意しなかった。彼は毅然とした、厳しい対応をするほうを選んだ。か弱いアシスタント・シェフにはそのほうが効果的だと考えたんだ」きょうはじめて、トムはにっこりした。「あいつは何も知らないってことさ」

氷がとけていくのを感じた。うれしくて、わたしもほほえむ。

「きみへの対応の仕方を、ぼくはクレイグにうまく伝えられなかった。その結果があれだ」はやる気持ちを抑えようと思った。でも声は、どうしてもはずんでしまう。

「いまの話だと、事件は機密解除されたように聞こえるけど？」

彼はわたしをにらみつけた。だけどかたちばかりなのはあきらかだった。

「まあ、ある程度はね。ごく一部に限りだ」

「その〝ある程度〟を教えてくれない？」

彼はベンチの上でからだをひねり、わたしを正面から見た。

「話せることは話すよ。きみに限らず、ホワイトハウスの職員に訊かれたら、誰にでも同じように話す。ただし――」人差し指を立てる。「きみの場合、つまらない独自調査は二度としないという約束がほしい」

わたしはホットドッグの残りを口に入れた。黙っているよりはましだと思ったからだ。これで口を開いたら、ホットドッグを噴き出しながら彼の言い方に抗議しそうだ。だけど結果はひとつしかないようにも思う。ここでいい合っても傷つくだけだ。

「拘置所には電話しないわ。約束する」

彼は眉をぴくりと上げて続きを待った。

「それからナヴィ……あなたたちがつかまえた男の居場所を探ったりもしません」

これは本心だった。ほんとうにそのつもりだった。

トムはほっとしたらしい。

「彼がどこにいるのかは教えられないが、名前がナヴィーンだというのはまちがいないよ」すかさず片手を上げる。「苗字はいえない」

わたしはうなずいた。

「ナヴィーンの仕事はぼくらと同類だ。組織は違うけどね」

CIAなの？　と訊こうとして、トムの目つきに思いとどまった。

「そして、彼はクレイグを知っている」トムはつづけた。「これは機密情報じゃないよ。同じく、キャンベル大統領が狙われていることを示唆する情報も機密扱いではない」

「大統領の暗殺計画があるの？」

「オリー……」トムはたしなめるようにいった。「大統領への脅迫はつねにある。具体的な暗殺計画の存在を把握したところで、きみに教えられるわけがない。ぼくに話せるのは、あの件については深刻にうけとめ、さまざまな側面からの追跡調査を怠らないということだけだ」

「ナヴィーンという人が悪徒でないなら」わたしは理屈どおりのことをいった。「どうしてシークレット・サービスから逃げたの？」

　トムはため息をついた。「彼は有能なエージェントだ。トップクラスといっていい。ふつうなら見逃しかねない気配や前兆をとらえて密議をいくつも暴いてきた。ただね、彼には狂信的なところがある。陰謀を前提にして、ともかく疑ってかかるんだよ、敵も味方も関係なしに——」心底困ったような顔をする。「彼の主張によれば、シークレット・サービスの高官のなかに内通者がいる」

「彼の話を信じるの？」

「現時点では信じるしかない。否定するだけの必要十分な根拠がないかぎりはね」

　わたしは考えこんだ。

　トムはまた遠くをながめてから、意を決したようにいった。

「じつは、この話にはまだ続きがあるんだ、オフレコだけどね」

「わかったわ」

「いずれ職員には公開する予定だが、多少早めにきみに伝えても問題ないだろう」

　わたしはホットドッグの包みを丸めた。話を聞きたくてうずうずする。でもトムを急かしたところで相手にしてくれないだろう。彼は煽られて揺らぐような人ではない。わたしは丸めた紙をぎゅっと握った。

「情報は広まるよ、あっという間に」トムは唇をなめた。手にはソーセージの最後のひと口がまだ残っている。彼は胸いっぱいに大きく息を吸いこみ、ふうっと吐き出した。

「ナヴィーンの話では、カメレオンのつぎの標的はホワイトハウスの人間らしい」

標的——。その言葉をいったときのトムの目に、わたしは背筋がぞくっとした。

「カメレオンっていうのは？」

トムの声は、いまではささやき声だった。

「報酬次第で誰の命でも狙う、プロの暗殺者が存在することは知っている？」

わたしはうなずいた。

「カメレオンは強欲、非情な暗殺者だ。もしつかまれば、護衛官はひとり残らず歓声をあげるだろう」

「どうしてカメレオンと呼ばれるようになったの？　冷血だから？」

「いや違う」トムは立ち上がった。「歩こう」

わたしたちはごみ箱に包み紙を捨て、十七番通りを北へ向かった。トムは絶えず周囲に目を配っている。アイゼンハワー行政府ビルを通り過ぎ、建設工事を避けて道路を渡り、西側を歩く。歩行者が対面から、あるいは背後から近づいてくると、彼はぴたっと話すのをやめた。

「カメレオンと呼ばれる所以(ゆえん)は、どんな環境にも溶けこむことができるからだ。いまだに、彼を見た者はひとりもいない。名前は何か、どんな外見をしているかも不明だ。忠義、忠誠の対象もね。そんなものがあるとしてだが……」不快げに鼻を鳴らす。ペンシルヴェニア通りの東側に渡る交差点で信号待ちをしたとき、わたしを見おろす彼の目が笑っていた。拘置所への電話というわたしの大失態は、許してもらえたのかもしれない。「はい、おしまい。これ以上の情報は、きみには必要ない」

「わかったわ」

「それから、ほかの職員に情報開示するまでは、きみひとりの胸にしまっておくこと。いいね？」

「了解」

わたしたちは歩きはじめた。

「まあね」と、トム。「きみに話そうと思ったのは、ぼくらとは違う視点が参考になるかもしれないと考えたからだ。何か変わったことがあったら……たとえば配達人がいつもと違うとか、ちょっと変だなと感じることがあったら、ぼくたちに知らせてほしい」

わたしは最後にひとつだけ尋ねた。

「あの人は……ナヴィーンは、いまどこにいるの？」

「安全な場所で保護している」

わたしは北を指さした。「ブレアハウスとか？」

「まさか。ブレアハウスだと注目を浴びる。この件はできるかぎり内密にしておきたいからね。ナヴィーンがシークレット・サービスに情報提供していることをカメレオンに知られたら、対処すべき問題が倍増する。いまのところナヴィーンの存在は伏せてあるが、例の不法侵入騒ぎでカメレオンが勘づき、警戒している可能性も否定できない」

「それでニュース画像を改ざんしたのね！」

「声が大きいぞ」

「これくらいは平気よ」わたしはそういいながらも声をひそめた。「ごめんなさい」

トムは周辺を見まわした。近くには誰もない。

「大丈夫みたいだな。で、ともかくぼくを信頼してくれ。シークレット・サービスはこういう事態に備えて訓練を積んでいる。そしてきみは、調理の訓練を積んだ。きみもぼくも、それぞれの職務に専念しよう」そこで立ち止まる。「このあたりで別れたほうがいいな」

「そうね」わたしたちが護衛官とシェフ以上の関係にあることを察している同僚もいるとは思う。でもとりあえずはふたりだけの秘め事にしておきたかった。

「ぼくはこれから少し、周辺道路を巡回するよ」トムはラファイエット・パークのほうに歩きかけ、ふと足を止めた。「そういえば、エグゼクティブ・シェフの後任はいつ決まるんだ？」

胸がざわついた。わたしも知りたいくらいなの――。

「候補者のローレル・アン・ブラウンがまだ実技審査を受けていないの」

「テレビに出ているあの人？」

「そう」

トムの眉間に皺が寄る。

やっぱりね。やっぱりみんな、ローレル・アンで決まりだと思うのよね……わたしのボーイフレンドも含めて。

「総料理長の座を射止めるのはオリヴィア・パラスさ」本心かどうかはさておき、トムはそういってくれた。「射止めるといえば、今度の週末、射撃場に行かないか？　ぼくは練習しないといけないから」ＰＰＤ護衛官は八週のうち二週間、技能の維持向上のための訓練を受ける。トムはいつもそのまえに自主練習をするのだ。

「もちろん行くわ」

彼は小さく手を振ると背を向け、歩いていった。

わたしはホワイトハウスの北東ゲートに行き、いつもの甲高い認証音を聞いて敷地に入った。と、そのとき、携帯電話が鳴った。きっとトムが道の向こうからかけてきたのだ。わたしはほほえんでバッグから電話を取り出した。でも画面を見たら、まったく知らない番号だ。

「もしもし？」

「オリヴィア・パラスさん？」

声に聞き覚えはあったけど、アクセントは独特だった。

「はい、そうですけど」

「わたしはナヴィーン・ティルダッド。あなたが探していた男だ」

9

「えっ？」わたしはくるっとふりかえり、大きな黒い門まで走ってもどった。「どうしてわたしがわかったの？」

ペンシルヴェニア通りの反対側を見る。ラファイエット・パークにトムがいないかしら。あるいは、ナヴィーンが……。なんとなく、わたしはナヴィーンに見張られているような気がした。いまわたしが立っている場所は、シークレット・サービスから逃げるナヴィーンを目撃した場所とほとんど同じだ。

「どこにいるの？」

「その質問に答えるまえに、あなたがわたしの居場所をつきとめようとした理由を知っておきたい」

「そんなことはしてないわ。わたしはただ……」

「きのうあなたは拘置所に電話をし、わたしに接触しようとした」

ど、どうして……どうしてそのことを知っているの？　わたしは嘘をつこうと思った。でも、怖くてからだが震えた。クレイグとトムは、わたしが電話したことを知っている。そしてナヴィーンは、彼らの保護下にある同志だ。だから電話のことを知っているのかもしれない。わたしは消え入りそうな声で答えた。

「ええ、電話をかけたわ。でも——」

でも——何だろう？　あれはわたしの愚かな好奇心がさせたことでしかない。好奇心は猫をも殺すという諺があるけど、わたしが猫だったらとっくに死んでいただろう。

「あなたはわたしが北東ゲートの近くで遭遇した若い女性だね？」

ていねいな言い方だった。わたしはほんの少しほっとして、通行人を探るのをやめた。フレディが怪訝な顔で詰め所から出てきた。

「そのままちょっと待っていてください」わたしはナヴィーンにいった。

フレディはいかにも困惑したようにわたしのそばまで来た。わたしはつくり笑いをし、「なんでもないから」というと、足早に東通用門へ向かった。そして電話を再開する。

「フライパンで殴ったりしてごめんなさい」

「あれがフライパン？　巨大なハンマーのようだった」

「プレゼントなの」いったとたん、自分が間抜けに思えた。ヘンリーの名前が口をついて出そうになるのをこらえる。「血が出るほど殴ったりして、ほんとうにごめんなさい」

「あやまる必要はない。あなたは正しい行動をとった。大統領を守ろうとしたあなたを、わたしは称えたいと思う」

「それは、どうも……ありがとう。でもあなたこそ……」言葉が見つからなかった。「狂信的な……」ごくっと唾をのみこむ。「立派な目的をはたそうとしたのよね」

「つまりあなたは、そのようにシークレット・サービスから聞いたわけだ」

そこでとつぜん思い出した。わたしはトムと、今後事件にかかわらないと約束したのだ。ところがいま、わたしはまさに事件の中心人物と話している。これを知ったらトムは、激怒するどころではないだろう。

わたしから電話したわけじゃない、と言い訳したところで、トムにとってたいした違いはないはず。

「わたしはあなたとは話せないの」

「どうして？」

「その……拘置所に電話したこと自体がいけなかったから。もう切るわね」

「ちょっと待って」考えこんだような声が漏れる。「彼らはあなたに、わたしが傍受した談合について話した？」

「いいえ。でもともかく、電話を切るわ」

「では、あなたはなぜ、わたしに接触しようとした？」

東通用門に着いたけど、電話しながらセキュリティを通過することはできない。そこでわたしは円を描いて歩きながら話した。罪悪感で思い悩む暇がないよう、早口でしゃべる。

「ひどい怪我だったらどうしようと心配になって、無事なのを確認したかっただけ」

少し間があいた。そして――「わたしの予想どおりだ」

「お話しできてほんとによかった」ありきたりというか、能がないというか。「あなたが無事で安心したわ」

「切らないで！　あなたに話したいことがある」

「仕事にもどらなきゃいけないの。もうすでに遅れているのよ」

「わたしと会ってほしい」

「だめよ！」トムの怒りの形相が目に浮かび、強い口調で即答した。でもすぐに、好奇心がむくむくと頭をもたげる。「なんのために会う必要があるの？」

「わたしは情報をもっている。それは――」

言葉がとぎれた。〝それは暗殺計画〟といおうとした？

「情報って？」

「傍受した談合は、大統領に伝えるべき重要なものだ」

「それならシークレット・サービスに伝えないと」

「彼らのなかに内通者がいる」

「まさか」

「いや、事実だ」

わたしは首を横に振った。

「オリヴィアと呼んでもいいだろうか？」

わたしは反射的に「もちろん」と答えてから、顔をしかめた。

「ではオリヴィア、わたしが正しかったらどうなるかを考えてほしい。シークレット・サービスに裏切り者がいたらどうなる？　それでもあえて、あなたはわたしの話に耳をふさぐか？」

とんでもない展開になってきた。それにわたしは、早く厨房に行かなくてはならない。

「ごめんなさい」トムのいうとおり、ナヴィーンはなんでも疑ってかかるのだろう。「わたしはアシスタント・シェフでしかないの。今回の事件とは何の関係もないのよ。誰か信頼できる護衛官に話したほうがいいわ」

「シークレット・サービスは信頼できない」

「ほんとにもう仕事に行かなきゃ――」

「お願いだ」

その言葉に、あの場面がよみがえった。わたしがフライパンで殴ったとき、彼は「お願いだ」といった。なのにわたしはもう一度、フライパンを振りおろした。ナヴィーンの仕事は自分たちと同類だとトムはいった。あのとき、わたしはナヴィーンの言葉に耳を貸そうともせず、いままた彼から話を聞いてほしいといわれた。これであのときの償いができるかもしれない……。

「わかったわ。重要な情報って何？」

「電話では話せない。ふたりだけで会いたい」

かみあわない会話の典型のような気がしてきた。

「それはできないわ」

「できなくてもしなくてはいけない。わたしはあなたの行動から、信頼できる人だと確信した。命がけでわたしを阻止したのは、大統領を守ろうとしたからにほかならない。わたしは警備関係者以外に情報を伝える。それがわたしの務めだからだ。現時点で、信頼できるのはあなたしかいない」

わたしが反論しかけると、彼はすかさずつづけた。

「約束するよ、あなたをフライパンで殴ったりはしない」

思わず笑みがこぼれた。「ほんとかしら？」

気持ちが揺らいだ。彼もたぶんそれを感じとっているだろう。

「明日。あなたがわたしを怖がらずにすむオープンな場所で」

自分でもびっくりした。わたしはもう彼を怖がっていないみたいだ。世間知らずというべきか、愚かというべきか――。

「たとえばどこ？」わたしは東通用門の警備員に手を振った。「急いでるの。職場に行かなきゃ」

「では、回転木馬の横のベンチで」

そこならわかる。ナショナル・モールの回転木馬を知らないDC市民はいないだろう。スミソニアン協会本部、通称キャッスルのすぐそばだ。

「時間は？」

「十二時」

「深夜の？」

笑い声らしきものが聞こえた。

「違うよ、オリヴィア。昼の十二時。正午だ。いいだろうか？」

「まだちょっと……」

「お願いだ」

彼は何度もその言葉をいわなくてはいけない状況にある、ということだ。

わたしはため息をついた――「わかったわ」

10

なじんだ料理やお菓子をつくれば、難題を頭から追い出せるかもしれない。だったらクリスプ・トリプル・チョコレートチップ・クッキーを焼こう。これはわたしの大好物なのだ。

そんなことを考えながら厨房のドアを開けると、さらなる衝撃が待ちうけていた。ピーター・エヴェレット・サージェント三世が、入口を塞ぐように背を向けて、なにやらスタッフに演説しているのだ。わたしが聖域に入るのを、その背で阻んでいるかに見えた。わたしは彼の横をすりぬけようと、その肩に軽く触れ「すみません、失礼します」といった。

ところが彼は、パンチをくらったかのようにのけぞった。

「休憩時間はとっくに終わっている。いままで何をしていた?」

ホワイトハウスに侵入した男と電話で話していました、と報告する義務はないだろう。

「お昼ごはんを食べていました」

サージェントはわざとらしく腕時計を見た。ドアの前から動かず、わたしをなかに入れてくれない。

「きみの〝お昼ごはん〟に割り当てられた時間は？」

その言い方に、鳥肌がたった。なぜかわたしの居場所を知られたような気がしたからだ。

返事をするまえに、部屋の向こうからヘンリーがいった。

「緊急ミーティングのことを知っていたら、オリーももっと早く帰ってきたよ」わたしを手招きし、サージェントもしぶしぶ脇にどいてわたしを通した。「オリー、つぎの国賓晩餐会について、いま、このピーターから説明を受けていたところだ」

〝ピーター〟ね。ヘンリーが彼をファーストネームで呼んだのが妙にうれしかった。

わたしがマルセルとシアンの間に立ったところで、サージェントがいった。

「きみがのんびり食事をしているころ、わたしは次回の国賓晩餐会がいかに重要かを説明していたんだ」

考える間もなく、言葉が口をついて出た――「厨房スタッフはみんな、晩餐会はどれもすべて重要だと考えています」

サージェントは一瞬びっくりしたものの、すぐにフンと鼻を鳴らし、胸を張ってつづけた。

「つぎの事項は、ローレル・アン・ブラウンの実技審査だ」

胃がキリキリして、顔が熱くなった。サージェントはローレル・アンの名前がわたしにどう響くかを知っていたかのように、鋭い目でわたしを見る。顔のほてりが増した。

「わたしの理解では――」サージェントはいった。「この厨房はいまだにブラウン女史の実技審査の日程を決めていないようだ。諸君が多忙なのはわたしも承知している。また、勤勉さの欠如が進行していることもね」ふたたびわたしをちらっと見る。「昼の休憩を延長するよりは、ホワイトハウスの任務を遂行すべきであるのはいうまでもない」

ヘンリーの口から奇妙な音が漏れた。怒りを抑えたせいか、もしくはわたしへの注意喚起――冷静になれよ――だろう。

わたしは唇を嚙むと、自制心を保てと自分にいいきかせた。ここ数週間、ローレル・アンの代理人とは毎日のように接触している。彼女はテレビの人気者だから、収録その他で忙しく、代理人を通じての打ち合わせだった。

これまで実技審査は二度予定され、二度とも彼女は直前にキャンセルした。

「そこで――」サージェントはつづけた。「ブラウン女史がしかるべき機会を与えられるよう、わたしが手配した。日程は、あすからちょうど二週間後だ。当日は、諸君もブラウン女史に協力するように」

それはおかしい、とわたしは思った。少なくともわたしは彼女の競争相手なのだから、利害の対立するわたしを審査向けの調理に参加させるべきではないだろう。でもサージェントにはまだいいたいことがあるらしかった。

「わけても喜ばしいのは、ブラウン女史が〈クッキング・フォー・ザ・ベスト〉の人材だけでなく――」にっこりする。「カメラマンも同行してくることだろう。プロデューサーが審査用の調理のようすを撮影し、放映することに同意した」

わたしはヘンリーと顔を見合わせた。彼も一見してとまどっている。

「ホワイトハウス内の撮影は許可されていないよ」ヘンリーがいった「過去に例がない」

サージェントは首を横に振った。反論は想定ずみだったらしい。

「今回は例外扱いにしてもらう。そうなるようにわたしが調整する」

「総務部長も了解しているんですか？」わたしが訊くと、サージェントは唇を引き結び、しぼりだすようにして同じ台詞をいった。

「このわたしが調整する」そしてすぐに背を向けた。「ほかに質問がなければ失礼するよ。つぎの会議があるんでね」乱暴に腕を振り、「仕事をつづけなさい」といい残して出ていく。

ヘンリーは鼻をつまんだ。「いいかげんにしてほしいよ」

シアンとマルセルは同意する声をあげ、サージェントの登場で中断された仕事にもどった。幸か不幸か、バッキーの姿はない。わたしはヘンリーの背中を軽く叩きながら訊いた。

「それで、次回の国賓晩餐会はいつ？　国賓はどなた？」

ヘンリーは大きな頭を上げ、厨房の仕事にふさわしい話題になったことでほっとした顔をした。

「来週の水曜日で、国賓は首相と国王、二カ国だ」

「来週の水曜？」わたしはあっけにとられた。国賓晩餐会となれば、ふつうは数カ月まえから準備をするのだ。しかも——「二カ国？　同時にってこと？　いったいどこの国？」

ヘンリーもあきれ顔で天井を仰いだ。長いまつ毛がアーチを描いてはっきり見える。

「詳細を明かすのは時期尚早である——というのがサージェントの説明だ」

「どういうこと？　準備期間は一週間ちょっとしかないのに、迎える国賓が誰かも教えてくれないの？」

「ああ、サージェントは教えてくれなかった」ヘンリーはコンピュータのそばのスツールに腰をおろした。広い肩が大きな重圧に懸命に耐えているように見える。

「それでどうやって献立を考えるの？」

「一週間か――。わたしはもっと短い期間で国賓晩餐会の準備をしたことがある。だが、迎える国賓を知らずにやったことはないな」大きな頭を左右に振る。「気まぐれなタレント料理人とその取り巻きのお相手をしたこともね」

ふたつの爆弾が同時に落ちた。これから数日で、大あわてで準備をしなくてはいけない。国家的な行事の場合、最低でも二カ月まえには通知があった。おそらく総務部も頭を抱えているだろう。異常事態というほかない。ふつうは招待客リストを仕上げるのに数週間かかり、カリグラファー三人が二十四時間体制で招待状を作成、送付する。ただ、きわめて珍しいとはいえ、ぎりぎりで決定した例もなくはない。それはいまでも職員のあいだで語り草になっている、一九九九年のイスラエル首相エフード・バラック氏の訪米だ。このときは会談を兼ねた十八人の昼食会が、五日間で五百人の招待客を迎える大晩餐会へ突如変貌した。そして結果は成功。

当時のチームにそれができたのなら、わたしたちにもできる。

といっても二カ国で、しかも情報は未公開となると、献立を考えるのは不可能に近い。試食会をする時間も厳しくなるだろう。

「総務部長とは話したの？」わたしはヘンリーに訊いた。「例の指示命令系統について」

「厨房はサージェントの監督下だ。彼はどうも絶対的権力をもっているらしい。どうしてなのか、理由はさっぱりわからんけどね」

最悪の知らせといってよかった。「これからどうするの？」

わたしが昼食からもどってはじめて、ヘンリーの目が笑った。

「そうだな、これからどうしたらいいかな。オリーはエグゼクティブ・シェフを目指しているんだろ？」

わたしは唇を嚙み、うなずいた。

「だったら、来たる晩餐会を成功させるのは、わたしだけでなく、きみの務めでもある。エグゼクティブ・シェフの仕事も、ほかの仕事と変わりないよ。いいときもあれば、苦しいときもある。きみはエグゼクティブ・シェフになるかもしれないし、ならないかもしれない」

「ローレル・アンのお迎えの仕方を見れば、わたしが選ばれることはなさそうよね」

「決めつけるんじゃない」ヘンリーは両手をぱちんと合わせると立ち上がった。「さあ、いまやるべきことをやろう。ファースト・レディに試食してもらう料理を考えないとな」そこで口をとがらす。「良き友ピーターにもご試食いただく料理だ」


総務部長のポール・ヴァスケスに会いに行くと、運のいいことに、彼は執務室にいた。

日々、職員にかかわる山のような業務に追われているポールだけど、いまはひと息ついているようだ。

「少しよろしいですか、ポール？」

デスクの電話が鳴り、彼は受話器を取りながら、わたしに入りなさいと手を振った。

三十秒ほどのあいだに、彼は電話の相手に二度了承の返事をして、否定の返事を一度して、ありがとうというと受話器を置いた。そしてわたしに顔を向ける。

「厨房の調子はどうだ？」ポールは穏やかにいったけど、目は〝いったい何があった？〟と訊いていた。わたしはよほどのことがないかぎり、執務室を訪ねたりしないからだ。そこで前ふりになしに本題に入ることにした。

「ローレル・アンの実技審査の日、わたしは厨房にいなくてもいいでしょうか」

ポールの表情がこわばった。眉間に皺を寄せ、デスクの上の書類をめくって確認する。

「実技審査は二週間後だよ」

「はい。でも緊急の国賓晩餐会を控え、その混乱でお願いするのを忘れてしまいたくなかったので」

ポールはよくわかるというようにうなずいた。

「心配する気持ちは理解できるよ。献立が決定され次第、厨房には仕事に集中してもらわなくては困る」頭を横に振りながら、苦しいことを思い出したかのように目を細める。「購買調達の担当者は今夜、短い時間のなかでどう手配しようかと、髪をかきむしって思案にくれるだろう」

「事前予告がなかったのはどうしてですか？」

　ポールはあいまいな笑みを浮かべた。

「やむをえないというほかないな。特殊な状況を有効活用する大統領は、さすがだよ」指で書類の文章をなぞりながら話す。「きみの要望に話をもどそう。きみがローレル・アンと厨房でいっしょにいたくない理由は？」

　わたしは背筋をのばした。

「エグゼクティブ・シェフの後任候補は、彼女とわたしだからです」

　ポールは無言で、わたしは話をつづけた。

「彼女の実技審査の調理に、利害の対立するわたしが参加するのはよくないと思います」

　彼はほほえんだ。何の含みもない、純粋な笑い。

「きみは自分が妨害行為をするかもしれないといっているのか？」笑みが満面に広がる。

「なあ、オリー、きみがそんなことをする人間でないことは、みんなわかっているよ」

「もちろんしませんけど……」ほっぺたが熱くなった。「でも、外部から見た場合、わたしがいないほうがいいと思いました。それに、厨房はそう広くもありませんし」つまらない言い訳だと思う。でもともかく、わたしはローレル・アンや取り巻き陣と同じ部屋にはいたくなかった。「カメラマンとか、テレビ番組の関係者も同行するようなので」

　ポールは笑った。「どうして同行するなんて思う？」

「サージェントから……ピーター・エヴェレット・サージェント三世からそう聞きました」

ポールは椅子の背にもたれ、ゆっくりとまばたきしながら考えこんだ。まちがいない、この件は彼には初耳だったのだ。

「わたしのほうで確認しておくよ」

チャンスかもしれないと思った。少し欲ばってみようか……。

「サージェント室長は、国賓晩餐会の主賓を教えてくださいませんでした」

これにもポールは驚き、今度は立ち上がった。

「それはきみの誤解だろう」

わたしは首を振った。「ヘンリーもわたしも、どういう献立にしてどんな材料を用意すればよいかの手がかりもなく困っています。せめて、どの地域の方なのかくらいは――」

「中東だよ」ポールはきっぱりといった。「サロミアの首相と、アルクムスタンの国王だ。招待客全員の食事関係の調査書類を、本日中に完成させるよう指示しておく」

「ありがとうございます」

ポールはすぐにでも受話器を取って指示を出したそうだった。わたしは立ち上がり、「最後にこれだけは――」といった。

ポールは顔をあげ、わたしは気持ちをひきしめた。

「今後も厨房で、時間を惜しむことなく、全力で仕事に励みます。その点は信じてください」ポールはうなずき、わたしのつぎの言葉を待った。「ただ、ローレル・アンの実技審査の際は、わたしを退室させていただければと思います」

聞き入れてもらえそうな予感がした。ポールは小さくうなずく。

「ファースト・レディに伝えよう。最終判断をするのはキャンベル夫人だ」

「ありがとうございます」

部屋を出るとき、背後で電話機のボタンが押される音がした。

頬がゆるみそうになるのをこらえる。わたしは心の底からほっとしていた。

11

あくる日、ヘンリーのもとに食事関連の調査書類がとどいた。

「びっくりしたわ――」わたしはヘンリーにいった。「ポールからサロミアとアルクムスタンだって聞いたときは」サロミアのジャロン・ジャッフェ首相と、アルクムスタンのサメール・ビン・カリファー国王は敵対関係にあった。両国は何十年も戦争状態なのだ。国民間の敵意は、憎悪という言葉ではなまぬるいほど深く、恐ろしく、すさまじかった。「それもサメール国王だもの。クーデターを起こしたばかりの人でしょ？」

「そうだな」と、ヘンリー。「ただし、クーデターといっても無血だよ」

わたしたちは書類に目を通し、今回の同時訪米の目的について、急きょ用意された概要を読んだ。キャンベル大統領はこれまでの会談から、停戦合意も不可能ではない、少なくとも貿易協定は結べるのではないかと考えたようだ。その概要には、経済活動で連携できれば、ひいては両国民に平和がもたらされるだろう、と書かれていた。

「サメール国王の最初の声明は、建前だけではなかったのね。中東に平和をもたらすといっていたから、アメリカでの会談がその第一歩になるといいけど」

「うん、そうだな。ジャッフェ首相と追放されたムハンマドはお互いにまったく譲らなかった。今度の会談はすばらしいよ。ホワイトハウスでまた新たな歴史がつくられるだろう。貿易協定が締結されてもされなくても、未来への明るい一歩になるのはまちがいない」

ホワイトハウスで働くのは意義深いと思う。と同時に大きな責任も伴う。それは日々感じてはいるけど、月日がたつにつれ、世界的に有名な人物や権力者の名前に慣れてしまったのも事実だった。わたしたちの仕事は要するに、彼らの料理の嗜好をさぐり、話し合い、特有の習慣や傾向を学んでいくことなのだ。わたしはわたしなりの方法でＶＩＰを理解し、ホワイトハウスという大きな世界の一員として働くことにゆっくりとなじんできた。

とはいっても、今度の国賓晩餐会は別格だった。反目し合っていたサロミアとアルクムスタンの貿易協定交渉は、新しい時代の始まりを告げるものになるかもしれない。

招待客リストと食事資料が届くと、ヘンリーはがぜん張り切りだした。参会者をあっといわせ、喜んでもらえるような献立を考えるのだ。朝食の準備が終わるとすぐに、ヘンリーはコンピュータの前に来るよう、わたしを急かした。

彼の隣のスツールに腰をおろすと、わたしはさりげない調子でいった。

「きょうはね、外でランチを食べようと思うの」

ヘンリーは首をかしげた。

「昼食をとりながら、いっしょに献立を練るつもりでいたが」

「あら……」言葉につまった。「ちょっと……所用があるの」

「所用?」

ヘンリーには嘘をつきたくなかった。だけどナヴィーンに会うとはいえない。ためらっていると、ヘンリーが「デートかな?」といった。

「ううん、違うわ」そう答えて考えなおす。「でも、似たようなものかな」

ヘンリーは顎をさすりながら時計を見上げた。

「よし。それなら昼までに少しでも先に進めておこう」太い指で名簿の最初にあるジャッフェ首相の名前を指す。「オリーは賓客の母国の文化をアメリカ料理にとりいれるのが好きだからな。主菜で何かアイデアはあるか? 首相と……」つぎのふたりの名前を指す。「このご夫妻が喜びそうなもので」

つぎのふたりは、サメール国王とヘッサ妃だった。わたしはあらためて、来たる晩餐会の重要性を実感した。カーター大統領がエジプトのサダト大統領とイスラエルのベギン首相を招いて実現したキャンプ・デービッド合意以来といってもいいだろう。わたしはコンピュータ画面を見つめた。献立プランはかならずコンピュータに残しておくのだ。指で唇を軽く叩いて考えながら、わたしは正直にいった。

「アイデアはまだ浮かばないわ。文化的には近いのに、食べるものはずいぶん違うのね……。もっと調べたほうがいいみたい」

ヘンリーはうなずいた。「昼ごはんはどこで食べるんだ?」

思いがけない質問にわたしはとまどった。

「あの……モールのほうに行くつもり」

彼は怪訝な顔をした。「モール？　あのあたりで何を食べる？」

答えようとすると、ヘンリーがさえぎった。

「すまない、よけいなことを訊いたね。ただ、昼食に出かけるのなら商店街のほうだと思ったんだよ。ちょっと買いものをしてきてもらえないかな？」からだをよじり、紙に本のタイトルをメモする。「これなんだけどね。十三番通りの書店で注文して、入荷の連絡があった。もちろん無理することはないよ」

どうしよう……。半端なことを口走ってしまった。わたしはモールの待ち合わせ場所に直行し、話を聞いたらすぐにもどってくるつもりだったのだ。書店に寄ると最低十五分はかかるし、厨房の仕事も時間に追われている。でもヘンリーが人におつかいを頼むなんて珍しい。だからわたしはほほえんで、問題ないといった。

「助かるよ。この本には面白いアイデアがつまっていてね。首を長くして待っていたんだ。今度の晩餐会にも役立つだろう」

大きなバッグにヘンリーのメモを入れ、ナヴィーンとの待ち合わせ場所に向かった。時刻は十二時十分まえで、地下鉄を使ってもいいけど、たぶん歩いたほうが早いだろう。この待ち合わせのために買ったジャッキー・オーのサングラスをかけ、ペンシルヴェニア通りを右に曲がって、変装道具をバッグから引っ張り出しながら十二番通りに入った。

髪の毛をひねってシカゴ・ベアーズのキャップのなかに押しこんでも、不審がる通行人などいない。キャップの縁をサングラスの上あたりまでぐっと下げる。ナショナル・モールが近くなったところで足を速め、最後の小道具——皺の寄った紺色のウインドブレーカーと、古い三十五ミリのフィルム・カメラを取り出す。ストラップを首にかけてカメラの位置を整える。これで一見、国会議事堂を見学するありふれた観光客だ。身長はごまかしようがないけど、ここにきて、ヒールの高い靴を用意すればよかったと思う。でももはや手遅れだ。

たいした変装ではないものの、しないわけにはいかなかった。ナヴィーンとの会合はできるだけ手短にすませたい。重要な情報を伝えるという彼の思いが満たされたら、わたしはすぐホワイトハウスに帰るつもりだった。ただそうはいっても、ナヴィーンを監視するシークレット・サービスに気づかれては困る。せめてこの程度の変装はしておくべきだと思った。

精一杯、町の風景にとけこむ努力をする。ただし、恐れていることがひとつだけあった。それはトムの存在だ。思いつくかぎりの変装をしたところで、トムなら瞬時にわたしだと見抜くだろう。どうか、べつの任務についていますように。

回転木馬が見えてきて、わたしは歩く速度をゆるめた。子ども連れでもないかぎり、回転木馬に駆け寄る大人はいない。しかも季節はずれの暑さのなかでウインドブレーカーをはおり、風が吹いてくれればまだしも、からだがほてってくる。キャップとサングラスのあいだに指をはわせると、眉毛が汗でびっしょりだった。

汗をかいているところなど、人に見られるのはいやだ。

と思ったところで、われながらあきれて笑いだしそうになった。

いまはそんなことを気にしている場合ではない。

頭上の太陽、キャップ、そしてウインドブレーカーに加え、はりつめた神経も汗を——恐怖の冷や汗を噴き出させているのだろう。でももう、後もどりはできない。ナヴィーンが何を伝えたいのかを知るまでは。

音楽が聞こえてきた。幼い子たちが色鮮やかな馬の背で、上へ下へと揺れている。その横では、保護者が子どもを守るように、やさしく背中に手を添えていた。この国の首都の、穏やかでありふれた日常のひとこまだ。

だけどここにひとり、それどころではないのがいる。

わたしは歩きつづけた。回転木馬に近づくにつれ、ほんとうにこんなことをしていいのか、という疑問が大きくなってくる。

腕時計を見た。十二時ぴったりだ。

ナヴィーンはどこにいるのだろう。アイスクリームの屋台のそばのベンチには、老夫婦がすわっている。どちらも赤い短パンに、白いサンバイザー、ラップアラウンド型のサングラス。回転木馬のチケット売り場には大人が三人、それぞれ子どもを連れて並んでいた。ほかには回転木馬の外側で、乗っている子に向かってカメラを向けたり、手を振ったりしている大人が六人いたけど、どの顔もわたしが記憶しているナヴィーンの顔ではなかった。

回転木馬が速度をおとした。そして終了ベルが鳴り、乗り手は木馬をおりて出口に向かった。

わたしの横を通り過ぎていく人びとの顔を確認する。そしてもう一度時刻をチェック。彼はたしかに十二時といったわよね……。

待つしかなかった。ここでシークレット・サービスに気づかれてはまずいと思い、両手でカメラを持ってファインダーをのぞき、シャッターを押す——回転木馬に国会議事堂、ワシントン記念塔。さぞかしいい写真が撮れたことだろう、なかにフィルムさえ入っていれば。カメラ持参は土壇場で思いついたから、フィルムを入れる余裕がなかった。

でもね、変装初体験のわりにはいい出来、だと思いたい。

ぶらぶら歩いてアイスクリームの屋台をのぞくと、アーモンドクラストのチョコレートバーがあった。きょうの昼食はこれだけかもと考えて、お財布をとろうとバッグに手を入れた。

そのとき、誰かに肩を叩かれた。

「これを落としませんでしたか?」

ふりかえると、ナヴィーンだった。ほほえんで何かを差し出す。それは一枚の紙だった。折りたたまれた紙。小学生が授業中にこっそり回し読みするようなメモ紙だ。

それを受け取り、わたしはお礼をいった。すると彼は背を向け、そのまま歩いていく。いったいどういうこと?

近くのベンチにいた赤い短パンの老夫婦が立ち上がり、空いた場所にナヴィーンが腰をおろした。そして新聞を広げて読みはじめる。わたしのことはまったく無視だ。なんとなくピンときて、わたしはそこから少し離れた場所まで行った。

おいしそうなアイスクリームのことはすっかり忘れてメモを開く。ナヴィーンが伝えたがった重大な情報が書かれているにちがいない——。

『回転木馬のチケットを買え。ベンチシートを選べ。そこで合流する』

期待していた情報ではなかった。少しあせっていらいらしてくる。早く用件をすませて本屋に走り、頼まれた本を受け取りたい。それでいつもの生活にもどり、シークレット・サービス、わけてもトムのことで気をもまずにすむ。トムがこの小さな冒険を知ったら怒りくるうだろう。

まわりくどいことは、いますぐやめようと思った。ナヴィーンに面と向かって、何を考えているのかを尋ねよう。わたしはベンチをふりかえった。

ナヴィーンは消えていた。

あの男は頭がいかれているのかもしれない……。いや、この場を考えると、逆にきわめて鋭敏なのかも。彼はシークレット・サービスに尾行されているはずだ。わたしも彼らに見とがめられないよう、細心の注意をはらわなくては。

腹をくくろう。メモの指示どおりにやってみるしかない。

回転木馬の終了ベルが鳴りはじめ、わたしはチケット売り場へ急いだ。

どすん、と走ってきた男にぶつかった。

「すみません」わたしはすぐにあやまった。

男はわたしをにらみつける。すさまじい非難のまなざしに、わたしはたじろいだ。男の髪は白に近い金髪で、目は淡いブルーだ。彼はわたしを腕で払いのけると、無言で走り去った。

「ちょっと、あなた！」はじかれてよろめいたわたしは、彼の背中に向かって叫んだ。まったく、世のなかにはとんでもなく無礼なやつがいる。チケット売り場に着くと、窓口に二ドル差し出し、チケットを受け取った。最後に忘れずに、ガラスの向こうの女性に礼儀正しくありがとうと声をかけてから乗り場に向かう。

並んで待っている人たちの最後尾につく。わたしの前は男性で、男の子ふたりと手をつないでいた。きょきょろすると怪しまれる、と思いつつ、どうしてもナヴィーンを探してしまう。ほんとにもう……わたしはいったい何をしているの？　これじゃ、わけのわからない陰謀に加担しているだけじゃないの？

やっぱり、ここでやめたほうがいい。あの赤いベンチにすわって、まわりを観察するのがせいぜいだ。

回転木馬の係員が、つぎのお客さんのためにゲートを開けた。すると、背中をそっとつつかれた。

「ふりかえるな」男がいった。「監視されている。いっしょに木馬には乗らない」

わたしが列からはずれようとしたら、ウインドブレーカーをつままれ、引きとめられた。とても小さな声だったので、わたしの前でゆっくり前進する子連れの男性には聞こえなかっただろう。ナヴィーンはいった――「あなたは乗るんだ。わたしは待つ。障害がなくなれば、つぎの回でいっしょに乗る」ウインドブレーカーを放してささやく。「わかったか?」

わたしは小さくうなずき、そのまま進んでゲートを過ぎた。ナヴィーンは歩き去る。

頭のなかが白くなりはじめた。

カラフルな木馬の輪をいくつか抜けて、中心にある小さなベンチに向かう。でも、そこはすでにあの赤い短パンの老夫婦にすわられていた。途方に暮れて、外の輪に向かう。十歳くらいの子に体当たりされてよろめき、真っ青なドラゴンのような木馬にぶつかった。仕方なく、乗り手のいない馬のひとつにまたがる。それは白馬で、アメリカ国旗と同じ赤、白、青の鞍(くら)をつけていた。

全員の場所が決まったところで、回転開始の甲高いベルが鳴り響いた。木馬は目的地もなくひたすら回りつづける。わたしは馬の背で、上へ、下へ、また上へ——。自分がどうしようもなく愚かに思えた。

ぐるぐる回る木馬から、ナヴィーンの姿がときおり見えた。スポーツサングラスをかけ、ネイビーブルーのランニングパンツをはいている。グレーのトレーナーは袖を切りおとし、太い腕はじつにたくましい。一見、地元のランナーといったところで、のんびりした風情は第二の皮膚をはりつけたとしか思えなかった。一連の事情を知らなければ、わたしは彼に目をとめることすらなかっただろう。

彼は新聞を引っぱり出し、またあのベンチまで行くと腰をおろして読みはじめた。

回転木馬のフェンスのすぐ外に、道路のカーブミラーに似たものがふたつ立っている。場所は円周の三分の一と三分の二あたりで、係員はその凸面鏡を見れば木馬全体のようすがわかる仕組みだ。

わたしは自分の木馬がベンチに背を向けるたび、西側の鏡に映る光景にナヴィーンを探した。

時間はゆっくりと過ぎ、変わったことは何も起きない。

彼はベンチで新聞を読みつづけている。

もしやこれは、すべていたずらだったりして？　アシスタント・シェフの愚かさ加減を見てみようとか？　どこかに隠しカメラがあって、テレビ番組の司会者が、じつはどっきりカメラでしたと笑いながら飛び出してくる……。

回転木馬は回りつづけた。わたしは上へ下へと揺れながら、視界にナヴィーンが入ってきたらさりげなく目を向ける。そして、いたずらではないと確信した。ナヴィーンのからだが緊張したのだ。黒い眉がサングラスの上でアーチを描く。彼は何かを見た、あるいは見たと思ったにちがいない。

回転木馬の速度がゆるくなった。ナヴィーンは立ち上がってチケットを買いにいこうとはしない。またわたしひとりで乗るのだろうか。それならいっそ、疑り深い保護者がわたしを怪しみ、警備員を呼んでここから連れ出してくれるほうがいい。もしくは子どもが、大人が木馬に乗りつづけるせいで自分が乗れないと泣きだすか——。

音楽はまだ流れているけど、回る速さは少しずつ遅くなっていく。

その後の何周かで、あきらかに速度がおちた。木馬を降りたらすぐナヴィーンのところへ飛んでいこう。わたしは決心した。彼の隣にすわり、〝重要な情報〟とやらを白状させるのだ。彼が拒めばわたしは帰る。いわずもがなだ。なにもここでわたしがおろおろする必要はない。

このばかげた用事のあとで本屋のおつかいをすませたら、厨房に帰り着くのがまた遅くなるかもしれない。それはどうしても避けたかった。

木馬はほとんど止まりかけている。

ベンチのナヴィーンが、いきなりすっと背筋をのばした。

男がひとり、そちらへ近づいていく。さっきわたしとぶつかった男だ。足の運びがずいぶん速い。異様なほどに――。

ナヴィーンが男の顔を見て、身をかわそうとした。

しかし男はすぐそばまで来ていた。

ほんの数歩のところ。

男はシークレット・サービスではなかった。わたしにもそれはわかった。

木馬が完全に停止した。わたしが鐙（あぶみ）を踏んで降りかけたとき、終了ベルが鳴り響いた。

その甲高い音に、奇妙な音が混じった。

ナヴィーンのからだがベンチの上でぐらりとし、そのまま地面に落ちていった。

金髪の男はすっくと立って、のんびりと歩き去る。

「ナヴィーン！」わたしは叫んだ。

ナヴィーンは地面にうつぶせになったまま、ぴくりともしない。

わたしは馬から飛び降り出口へ走った。叫べば男の注意を引くことに、走りながら気づいた。男がくるっとこちらをふりむき、わたしたちの目が合った。これで二度めだ。そして今度も、男の青い目はこごえるほど冷たかった。

男は方向を変え、こちらに向かってきた。足どりは、のんびりとはほど遠かった。

選択の余地はない。

わたしは身をひるがえし、駆けだした。

12

この短い脚ではレースに勝てそうもなかった。助けが必要だ。それも、いますぐ。

全力疾走したくても、砂利道に足をとられる。男の正体がなんであれ、わたしの頭には逃げることしかなかった。オレンジ色のベビーカーの前を横切るとき、前輪が足の先に引っかかってころびそうになる。腕をくるくるまわしてなんとかバランスをとったものの、サングラスが飛んでどこかに消えた。ともかく逃げる。がむしゃらに走る。首からぶらさげたカメラがはずみ、わたしの胸を打つ。

良心の咎(とが)めから、ちらっとふりかえると、ベビーカーは倒れていなかった。なかの赤ん坊も無事でほっとする。

ただ、金髪の男は確実に近づいていた。

わたしは青と白の観光バスの案内所へ走った。あそこなら電話がある。警察を呼んでもらえるはずだ。

「助けて!」建物の左手に回り、窓を手のひらでばんばん叩く。なかにいた女性が怖がってあとずさった。「警察に電話して!」わたしはわめいた。「殺し屋に追われているの!」

思わずそう叫んだけど、現実は言葉どおりだった。

ナヴィーンは殺された。

緊急事態だ。

世界がぎゅっと縮まって凍りついた。そこにはわたししかいない。自分の叫び声が耳のなかでむなしく響く。男は迫ってきていた。その顔は悪魔の仮面のようにグロテスクだった。つかまる、と思った。つかまって、ナヴィーンのように殺される――。

考えるな。走れ。

まわりに人がいるかどうかもわからなかった。三メートル先も見えない真っ暗なトンネルにつっこんでいくようだ。形があるようでないものが通り過ぎ、さまざまな色が明滅する。頭のなかで血がどくどく流れるのが聞こえた。そこに自分のあえぎ声が重なったかと思うと、わたしは縁石を飛び越え、車道に出ていた。

車に轢かれたら轢かれたでいい。殺し屋は目的を果たせなくなるだろう。

クラクションの大合唱がとどろきわたった。

わたしは止まらない。前しか見ない。

道の向こうに、赤いれんがの建物――。芸術産業館が、天国に見えた。あそこなら警備員がいる。わたしは階段を駆け上がると、扉を力いっぱい引いた。

びくともしない。

またクラクションが怒声をあげた。

耳をつんざくようなブレーキ音。

「助けて！」自分の悲鳴で自分をとりもどし、サインボードを見る――改築のため閉館。

わたしはふりかえった。

車道の真ん中に、あの金髪の男がいた。倒れ、からだを丸めている。どうやらタクシーとぶつかったらしい。まわりで人びとが助けを呼んでいた。

ああ、神さま――。わたしは胸をなでおろした。

ところが信じられないことに、男は起き上がった。両手をタクシーのボンネットに叩きつけ、集まった人びとを押しのけて歩きだす。

みんな唖然としていた。わたしが悲鳴をあげたとき、彼らはどこにいたのだろう？

わたしは左へ、スミソニアン協会本部のほうへ走った。あそこなら、きっと誰かいる。

「助けて！」

手遅れかもしれなかった。男はわたしの後ろに迫っている。ふたつの建物をつなぐ短いれんが道で、わたしと男の足音が重なり合うように響いた。

と、背後からカメラのストラップをつかまれ、勢いよく引っ張られた。カメラが顔に激しくぶつかる。男はわたしの腕を握ってふりむかせた。

その瞬間、トムとやった護身術の練習が実を結んだ。トムによれば〝運動学習〟というらしい。何時間も反復練習したおかげで、わたしは反射的に手のひらの付け根で男のこめかみを力いっぱい叩くと、股間に膝蹴りをくらわせた。

男はわたしが反撃するとは予想していなかったらしい。腕をつかんでいた手の力がゆるみ、わたしはそれを払いのけた。

走りながら助けを求める。みんなどこに行ったの？　悲鳴が聞こえないの？

まだトンネルのなかにいるようで、わたしは必死で目を凝らした。噴水を囲む花壇に沿って走る。紫色の花が陽光にきらめいていた。

こんなときに、花だけ目に入るなんて——。

男は立ち直ったらしく、背後に足音が聞こえた。

白シャツの警備員が三人、協会本部の正面からこちらへ走ってきた。ちょうどわたしがそちらへ曲がったときで、ひとりがわたしの腕をつかんだ。

「あの男をつかまえて！」わたしは指で背後をしめした。

黒人の警備員はつかんだ腕を握ったたままいった。

「男というのは？」

わたしはもっとしっかり指さそうとふりかえった。

男の姿はない。

「男が……追ってきて……」もう安全だ。スミソニアン協会の警備員がいる。わたしは金髪の男を探そうとした。でも警備員が腕を放してくれない。

「どこにも行かないように」

わたしは肩で息をしながらいった。

「その男は人殺しなのよ。わたしは見たの――」ナヴィーンの名前はいえなかった。数日まえにホワイトハウスに侵入した男が殺された、といえばいい？　だけど……ナヴィーンはほんとうに殺されたのだろうか。もしかすると、気を失っただけかもしれない。

そうあってほしい、と願った。

でもたぶん、願いはかなわないだろう。

「酒を飲んでいる？」もうひとりの警備員が訊いた。

わたしはかぶりを振った。

「いっしょに来て」呼吸を整えながらいう。「見てもらえばわかるから」

腕をつかんでいる警備員が、ほかのふたりに目で問いかけた。三人ともわたしと同じ年頃のようだ。そしてその顔つきから、わたしの頼みは却下されそうだった。

「こちらへ来てください」黒人の警備員はそういい、わたしを本部の正面に連れていこうとした。

「いやよ」わたしは拒否した。「ベンチにもどるの」

そこではじめて、自分が震えているのに気づいた。それも半端ではなく、全身がぶるぶる震えている。思いもよらない体験をしたことと奇跡的に生き延びたことが、からだを芯から震わせているらしい。どこかにすわりたかった。でも、できない。地面に横たわるナヴィーンをほったらかして、わたしだけすわることなどできない。お願い、誰か彼を助けて。

けたたましいサイレン音が聞こえてきた。

「よかった……。きっとあの救急車が行ってくれるんだわ」

「あなたは薬を飲んでいる?」警備員が訊いた。

「どうして疑うことしかしないの?」わたしは限界にきていた。「助けが必要な人がいるのよ。わたしは見たの、彼があの男に……」

「何かをされた?」

「彼はベンチから落ちたの。いまはもう……死んでいるかもしれない」

べつの警備員が無線を手にとり、「確認しましょう」といった。

サイレン音はどんどん近づいてくる。

わたしは腕をつかんでいる警備員を無言で見上げた。

13

警備員ふたりに腕をつかまれて回転木馬のベンチにもどってみると、ちょうど救急車が到着したところだった。

ナヴィーンは仰向けにされ、男性が心肺蘇生をほどこしている。救急隊員はそのすばらしい心がけの市民をやさしく脇にどかし、駆けつけたスミソニアン協会の警備員たちが野次馬を後ろにさがらせる。わたしは見物人のなかにあの金髪男を探した。でもあちこち移動しながら見物する野次馬のほとんどは、観光客か地元住民のようだった。わたしと同じ回転木馬に乗っていた人もいる。

勇気をふるいおこして、まっすぐナヴィーンを見た。

まちがいないように思えた。彼は息絶えている。

わたしは唇を噛んだ。ナヴィーンはわたしと話したがっていた。重要な情報がある、といった。彼がわたしの背中をつついたのは、ついさっきなのだ。

そのとき彼は、生きていたのだ。

そしていま、顔の半分は土で汚れていた。ベンチから落ちたときについたのだろう。彼を仰向けにした人は、防弾チョッキに驚いたにちがいない。チョッキの上から心肺蘇生をほどこすのはむずかしかったはずだ。でもここから見るかぎり、いずれにしろ手遅れだったように思う。金髪男の銃弾は、致命的な傷を与えた。ともかく血の量がすさまじいのだ。血は土と混じり、からだの下に大きな赤黒い水たまりをつくっていた。救急隊員も仕方なく、それを踏んで歩いている。

赤黒い足跡がついていくのを見て、わたしは顔をそむけたくなった。でもからだを動かすことができない。

ここへ来るまで、そしていまも、両脇から警備員ふたりに腕をつかまれ、ほとんど身動きできなかった。手錠こそないものの、周囲の人の目には捕縛されているように見えるはずだ。

野次馬のなかにいた赤い短パンの老婦人がわたしを指さした。

「あの女の人が逃げていくのを見たわ」隣の夫に顔を向ける。「あなたも見たわよね、エルバート？」夫が答えるより先に、夫人はまた指をつきだし、強い口調でいった。「あなたが殺したんでしょ！」

黒人の警備員が、つかんでいたわたしの腕を引っ張った。

「行きましょう」

背後で老婦人の声が聞こえた――「殺された人はテロリストだったの？」

ようやく、すわることができた。といっても、固いプラスチックの椅子で、部屋は取調室だ。カメラがぶつかったせいで顔が痛い。わたしが要求——より正確には〝お願い〟した水が、紙コップに入ってテーブルに置かれるなり、ごくごく飲んだ。干からびる寸前だった喉が喜びの悲鳴をあげる。

スミソニアン協会の警備員に代わって首都警察の警官が現われた。ひとりは白人でもうひとりは黒人だけど、わたしを見おろす顔の恐ろしさはうりふたつだった。もう少し信じてほしくてホワイトハウスの身分証を見せたけど、ふたりの態度は変わらない。

紙コップの水を飲みほす。おもてなしはたぶん、これが最初で最後だろう。

正午以降の出来事について、すでに何度も事情聴取を受けていた。そのたびにわたしは、ホワイトハウスの厨房のヘンリーに連絡したい、事情を説明したいと懇願したのだけど、まったく聞き入れてもらえなかった。

最悪だわ——。と思ったとき、ドアがノックされ、三人のシークレット・サービスが入ってきた。クレイグ・サンダーソン、わたしの知らない女性、そしてトムだ。トムはいつものように職務に徹した態度だった。でも、ちらっとこちらに顔を向けたとき、その目には怒りの炎が燃えあがっていて、わたしは頭が真っ白になった。

「ご苦労さま」クレイグが警官たちにいった。「あとはこちらでやる」

警官は出ていったけど、たぶん隣の部屋に移動しただけだ。そしてマジックミラーごしにこの部屋のようすを見守るのだろう。

「パラスさん」ドアが閉まると、クレイグは椅子に腰をおろしながらいった。「あなたの供述書の複製は手元にあるんだが、やはり直接尋ねたい。きょうの午後、あなたはモールで何をした？」

トムの顔を見たいのを必死でこらえる。約束は破っていない、と彼に伝えたかった。

「ナヴィーンから――」わたしはクレイグの目を見ていった。「電話がかかってきたの」そしてあえてトムを見る。「彼がわたしに電話をしてきたの」

クレイグは冷静にいった――「それでは説明がつかないな。なぜあなたは、死体となった元工作員とあそこにいたのか。目撃者はなぜ、あなたが殺したと思ったのか」

「殺したのはわたしじゃないわ。それをわかって訊いているのよね？　殺したのは男よ。金髪の男」

クレイグの目がきらりと光った。

「つまり、あなたは犯人を見た？」

「ええ、見たわ」これはいったい――。「報告を受けていないの？」わたしは少なくとも五回、スミソニアン協会の警備課と首都警察に事情説明し、この点についても明言したのだ。なのに彼らはシークレット・サービスに伝えなかったらしい。

「パラスさん」女性が口を開いた。彼女もクレイグと同じく、ゆっくりした話し方をする。ただ穏やかな印象を与えるクレイグに対し、彼女の場合は控えめながらも探るような響きがあった。「きょうの午後の出来事について、詳しく話してもらえますか？」

「そのまえに、ヘンリーに電話してもいいかしら？　わたしが何時間も帰ってこないから、きっと心配しているわ」

すわらずに立っていたトムは、目の前の椅子を乱暴に、タイルの床にこすりつけるようにして脇へ押しやり、ドアへ向かった。

「ヘンリーにはぼくから連絡する」わたしの顔も見ずにそういうと、トムは部屋から出ていった。

全身が凍りつくのを感じた。トムは激怒している。だけどきちんと説明すれば、きっとわかってくれる。なんとしてでも、わかってもらわなくてはいけない。

わたしは彼が出ていったドアを見つめつづけた。

「パラスさん？」女性が催促した。


ホワイトハウスにもどったときは、七時をまわっていた。大統領夫妻はチャリティ・イベントでケネディ・センターに行き、ホワイトハウスはひっそりしている。聞こえるのは厨房に向かうわたしの小さな靴音だけだ。持ち場にいる警備員はさておき、今夜は誰にも会いたくなかった。荷物を取って早く家に帰りたい。その途中でトムに連絡がつくといいのだけど……。ともかく彼に話を聞いてもらわなくては。

ヘンリーはコンピュータの前にすわっていた。わたしの足音に気づき、大きなからだをこちらに向ける。

「オリー」ヘンリーは立ち上がってわたしのほうにやってきた。「いったいどうしたんだ？」

わたしは彼の胸に顔をうずめ、その太い腕にくるまれた。痣ができた額が痛い。でも心からほっとできた。「ずいぶん心配したよ」

「何があったのかは聞いた？」わたしはヘンリーの腕のなかで尋ねた。彼の安堵のため息を感じる。

「たいしたことは何も。シークレット・サービスのマッケンジーから電話をもらったときは、事故にでもあったのかと思ったよ。でもマッケンジーが、いいや無事だというから」

わたしはからだを離した。「彼はどんなようすだった？」

「どんなって？　ふむ、そうか、わかった。トムだね。彼は……任務に徹していたよ。簡潔で要領を得ていた。それ以上でも、以下でもない。オリーの帰りは遅くなる、とはいわれたが……」時計をちらっと見上げる。「ここまでとは思わなかった。いったい何があったんだ？殺人事件のことは知っているよ。オリーはそれを見たのか？　事件の証人になったのかい？」

わたしはヘンリーにすべてを話したかった。彼はいつも前向きで、どんなことでも明快にとらえ判断することができる。ヘンリーの意見を聞くことができたらどんなにいいか……。

「話しちゃいけないことになってるの」

「そうか、それじゃ仕方がないな」ヘンリーはうなずいたものの、眉をひそめたようすから、心は裏腹なのがわかる。

ヘンリーはコンピュータの前にもどり、わたしは少し用事をすませて、あしたの予定表に数点加えた。そして帰りかけたところで思い出す。

「そうだ、ヘンリー、本を受け取りに行けなかったわ」

彼は画面を見たままふりかえらずに、「大丈夫だよ」といった。

声は静かで、あきらめたようにも聞こえた。忘れたことをからかわれたり、愚痴られたりするより、「大丈夫だよ」といわれるほうが、心が痛み、不安になる。

「じゃあ、またあしたね」わたしはヘンリーがもっと何かいってくれるのを待った。

ヘンリーはうなずいただけで、何もいわない。

小さな靴音をたてながら、薄暗い廊下を東の出口に向かう。右手に並ぶ窓の外を見ると、明かりのついた部屋はほんのわずかだった。ここを出たらすぐトムに電話しようと思う。

「オリー!」

ぎょっとして、ふりかえった。息をつめた瞬間、唾液が喉につまってせきこむ。

「びっくり、しま、した」むせながら、とぎれとぎれにいう。後ろから総務部長のポールが近づいてくるのにまったく気づかなかったのだ。うつむいて口に手を当て、早く咳を止めようとする。

「驚かせてすまない」

ポールはわたしの背中を叩いてくれようとしたけど、咳はなんとかおさまり、わたしは背をのばしてあとずさった。

「ごめんなさい、怖かっただけです」

「あんな事件に巻きこまれたら無理もない」

「え？」また咳が出た。「ご存じなんですか？」

ポールは答えを探すように、暗い、長い廊下の先を見つめた。

「きみには大変な一日だっただろう」

わたしはナヴィーンのことを思った。あと少しで、わたしも彼と同じ運命をたどるところだったのだ。

「こうしていられるだけ、まだよかったです」

ポールはうなずいた。「話したいことがあって、きみを待っていたんだよ」

わたしは誰かに胃をつかまれ、ねじりあげられたような気がした。

「どんなご用件でしょう？」

「エグゼクティブ・シェフについてなんだが……」

やっぱりだ。わたしは切られた。原因は、きょうのわたしの行動だ。こうなることは予想がついていた。

ポールはまた廊下の先を見つめ、続きをなかなかいってくれない。わたしはいたたまれず、

「なんでしょうか？」とうながした。

「ファースト・レディがおっしゃるには……」

わたしはこぶしで胃を押さえた。

「ローレル・アンの実技審査には、きみも厨房で協力するようにと」

わたしはふうっと息を吐いた。解雇されずにすんだだけで十分だった。本来ならポールの

話にがっかりするところだけど、いまは仕事をつづけられるだけでうれしい。そしてまだ、後任候補として残っていられる。きょうは大変な事件に巻きこまれたけど、この話は明るい兆しとして受けとめよう。

「わかりました。これは良い知らせ……ですよね？」

ポールはわたしに鋭い視線を向けた。〝期待しすぎるな〟とでもいいたげだった。

「夫人の言葉をそのまま伝えると、『ホワイトハウスの厨房にはローレル・アンがふさわしいとわたしが判断した場合、オリーには彼女の下で働いてもらいます』とのことだ」悪い知らせを伝えるのもやむを得ないといったように首をすくめる。「夫人はきみがローレル・アンとうまくやっていけるかどうかを見る良い機会だと考えている」

「はい」わたしは小さな声でいった。「わかりました」

「では、またあした、オリー」

「はい」

マクファーソン・スクエア駅に向かう途中で、トムに電話をした。合計三回。呼び出し音が鳴って、留守番電話にきりかわる。電源は入っているけど、トムは応答しないということだ。最初の留守番電話では、言葉が出てこなくてそのまま切った。二回めのときは説明しかけたけど、録音時間の終わりを告げられ、電話は切れた。三回め、わたしは謝罪の言葉だけ入れた。

ホームにおりるエスカレーターに乗る。携帯電話を握りしめ、「お願い、電話をちょうだい」とつぶやく。最初にホームに入ってきたクリスタル・シティ行きに乗り、電話が鳴るのをひたすら待った。

電車は夜のアーリントンに到着した。


地下鉄を降りて、自宅へ向かった。鳴ったときに備え、携帯電話は右手で持っておく。それでも聞きのがしていないかと、アパートまでの短い距離を歩きながら、何度もチェックした。ゆっくり、のろのろと歩く。まるで体重が四百キロもあるみたいだ。

深く澄みわたる夜だった。まわりの建物と近くの空港の照明が煌々と輝いていてもなお、夜空の星をはっきりと見ることができた。幾万もの星ぼし。そのなかでひときわ明るくきらめく星に、わたしは願いごとをした。

息をつめて、じっと待つ。

電話は鳴らない。

あれは星ではないのだろう。きっと惑星なのだ。

重い足取りで歩くなか、冷たい風が吹きつけた。ずいぶん寒い夜だと思う。わたしの気分にふさわしく。

笑顔をつくって、フロント係のジェイムズに挨拶した。このアパートは、いわゆるドアマンを置けるほど高級ではないけど、ジェイムズはそれに相当する仕事をしてくれている。ともかくまじめで、フロントデスクにいるだけでなく、毎晩かならず廊下を歩き、警備に似たことまでしていた。フロントは三人の交替制で、仕事の大変さを考慮し、彼らの賃料は大幅に減額されていると聞いた。埋め込み式のシーリングライトの光を受けて、ジェイムズの白髪がきらきら光る。彼は会釈してからいった。

「きのうの早朝、ふたり連れで来た男は誰だい？」

あれは、きのうだった？　何カ月もまえのような気がするけど……。

「友人よ」

「あのふたりがかい？」ジェイムズはまだ話したそうだけど、わたしは早くエレベータに乗って部屋に帰りたかった。

「ここからあなたの部屋に連絡しようとしたら止められてね。シークレット・サービスのIDを見せられたから、そのまま通した。ずいぶんぴりぴりして見えたよ。何か問題でもあったのかい？」

わたしはエレベータの「上」ボタンを押した。ありがたいことに、すぐチンという音がする。夜のこの時間ならエレベータが使われることもあまりない。

「ううん、平気よ、ありがとう」わたしはエレベータに乗り、扉が閉まってほっとため息をついた。あまりこまかく尋ねられては困る。十三階のボタンを押した。数字にまつわる迷信を信じる人もいるけど、わたしは気にしないから、この階を選んだ。賃料がほかより安いのだ。

ウェントワースさんはわたしの帰りを待ちかねていたらしい。というのも、わたしがエレベータから降りて廊下を歩くと、彼女の部屋のドアが開いたのだ。

「オリヴィア！」ウェントワースさんは片手で杖を持ち、反対側の手で紙をひらひら振った。

「こっちに来てちょうだい」

わたしは右手の自室でなく、左手の彼女の部屋に向かった。

「ごめんなさい、ウェントワースさん、わたし――」

「これってあなたでしょ？」彼女はわたしの言葉をさえぎって紙を差し出し、そこにあるカラー写真を細い指でさした。コンピュータ画面を印刷したものらしい。「インターネットで見つけたのよ。ほんとうにあなたがテロリストを殺したの？」

わたしはその紙をつかみとった。

「そんなことが書いてあるんですか？」自分の名前を探して、記事にざっと目を通す。どうかお願い、名前なんか書かれていませんように――。

「書いてないわよ、もちろん」と、ウェントワースさんはいった。「テロリストを殺した人の名前は載っていないの。だけどわたしはあなただと思ったわ。ほら、あなたの部屋にシークレット・サービスが来たでしょ。それにこのテロリストが銃で撃たれたとき、あなたはそこにいたんだもの」

クレイグとトムがシークレット・サービスであることを、どうして知っているのだろう。そうか、たぶんジェイムズから聞いたのだ。疲労のせいか、わたしはつい口走った。

「殺された人はテロリストじゃありません」

「あら、そう。だけどそこにいるのはあなたでしょ?」

「どこ?」わたしは写真をもう一度ながめた。「わたしに似た人はいませんけど……」

「ここよ」野次馬に囲まれたナヴィーンを指でさしてから、その指を写真の縁まですべらせていく。そこには鼻の端と頬の一部が、なんとかぎりぎり写っていた。「これはあなたでしょ?」

「違いますよ」わたしは顔を近づけてじっと見た。たしかにわたしかもしれない。「だって、こんな場所には行ってませんから」真っ赤な嘘をつく。

彼女の薄い青色の目がきらめき、口もとがにやりとした。

「もし行かなかったのなら、最初からそういうんじゃない?」

ずいぶん頭のきれる老婦人だ。もっと慎重に話すべきだったと後悔する。心身ともにくたくたで、頭がまったく働かない。

「わたし、もう寝ないと」

「あなたが彼を殺したの?」

胃が縮んだ。ある意味、ほんとうにそうかもしれないと思った。

「何があったのかは、わたしにはわかりません」これは少なくとも嘘ではない。「おやすみなさい、ウェントワースさん」

疑うような視線を背中に感じながらドアを閉め、そのままドアにもたれかかる。まだ携帯電話を握りしめたままだった。指の関節が痛い。

掛け時計に目をやった。この時間でも、まだトムからの電話はない。きょうは地獄の一日といってよかった。小さな携帯電話に懇願する――「お願いだから、説明するチャンスをちょうだい」

ドアからむりやりからだを離し、寝る準備をする。自宅の留守番電話にもメッセージはなかった。といっても、期待していたわけではない。トムが電話をくれるとしたら、携帯電話のほうだろう。わたしは綿のズボンとTシャツに着替え、歯を磨き、鏡に映る自分をまじまじと見た。今夜はどこか、いつもと違う。目を見れば、それがわかった。

そのときふと思いたち、わたしはアフガン編みのストールをつかむと（祖母が蝶々模様で編んでくれたものだ）、肩にしっかり巻いて、バルコニーに出た。椅子はないので、硬いコンクリートにじかに腰をおろす。眼下にはたいしたものがないけれど、上を見れば美しい夜空が広がっていた。

あいかわらず無音の携帯電話を横に置く。

ひんやりした風。静かな夜。わたしは空を見上げ、ナヴィーンのことを思った。

14

あくる日、厨房に入ると、生地をこねていたバッキーが声をかけてきた。

「おはよう、オリー！」

バッキーらしからぬ明るい挨拶と、ほかの同僚の暗い表情に、わたしは足を止めた。

シアンがわたしの視線をとらえ、自分の額を指さしながら「その痣（あざ）はどうしたの？」と訊いた。

「カメラと激突したのよ。話せば長くなるわ。それより、何かあったの？」

シアンがヘンリーをちらっと見ると、彼はこちらに背を向けた。マルセルはぶつぶつ独り言をいいながら、お砂糖で花の形をつくっている。かたやバッキーは口笛まで吹きはじめた。こんなにしあわせそうな彼を見るのははじめてかもしれない。

「いったい何があったの？」わたしがもう一度訊くと、シアンが答えた。

「ローレル・アンが、あしたここに来るのよ」

「まさか。ほんとうに？」

バッキーが口笛を止めた。「ああ、ほんとうだよ」

「だけど……」きのうの夜、ポールは廊下でわたしに、実技審査に協力するようにといっただけで、日付が早まったことには触れなかった。「来週は国賓晩餐会があるわ」

「そうだよ」ヘンリーがこちらを向いた。「しかし、予期せぬ事態のため――」きのうのわたしの行動が予想以上の波紋を呼んだといいたげな目だった。「ピーター・エヴェレット・サージェント三世は、ローレル・アンをできるだけ早くここに呼ぶのがホワイトハウスにとって得策だと考えたらしい」また背を向けて作業にもどる。

「サージェントは――」と、バッキー。「ローレル・アンの実技審査は形式的なものでしかないともいっていたよ」

絶体絶命だった。ナヴィーンに会うことに同意し、彼が殺されるところを目撃したうえ、自分の命まで失いかけ、警察の取り調べに耐えて、トムには避けられ……。わたしは涙をこらえた。それに、引退するヘンリーに贈るフライパンもまだ返ってこない。

いや、それはたいしたことじゃない。と、師であるヘンリーの背中を見て思った。ヘンリーはまちがいなく怒っている。彼はわたしを後任として推薦してくれたのだ。そしてわたしはチャンスを棒にふった。木っ端微塵（こっぱみじん）に、だいなしにした。

「そう、だったら――」わたしは気持ちを奮いたたせていった。「きょうはいつもの二倍働いて、国賓晩餐会の準備をしなきゃね」

シアンとマルセルは〝どうかしちゃったの？〟という顔でわたしを見た。バッキーは生地をこねる仕事にもどる。するとヘンリーが、大きな頭をつと上げてふりかえった。その目が少しばかり誇らしげに光る。少なくともそうあってほしいとわたしは思った。

「そうだ、まさしくそのとおりだ」ヘンリーはきっぱりといった。


夕方六時には、仮メニューが三つ仕上がった。基本はアメリカ料理だけど、そこにふたつの国の香りでアクセントをつける。バッキーとマルセルは一時間まえに帰り、シアンはあしたの実技審査の準備をもうすぐ終えるところだ。そしてヘンリーとわたしは、業者向けの注文書を記入したり、料理に合うワインをソムリエに依頼したり、国賓晩餐会に必要な残りの仕事をこなした。今回はサージェントの試食テストにも合格しなくてはいけないから、三つのコースは料理が入れ替え可能なかたちにしておく。服のコーディネートでいう〝ミックス&マッチ〟みたいなものだ。

サージェントのことだから、鼻で笑って却下しかねない。最低でもひとつ。おそらくもっと。

晩餐会準備に追われて、トムのことを考えずにすんだ。でも「おやすみ。またあしたね」というシアンを見送るとき、きっとボーイフレンドのところに行くのだろうなと思い、わたしはポケットから携帯電話を取り出した。仕事中はたいてい放置しておくのだけど、きょうにかぎってはポケットに入れていた。

メッセージなし。

しょんぼりと、うなだれる。

「オリー」ヘンリーの声がわたしを現実に引きもどし、携帯電話をポケットにしまう。

「はい？」

ヘンリーはコンピュータ画面を指さした。

「どうして松の実の前菜をはずした？」

おちこんだときの万能薬は、なんといっても仕事だ。わたしはメモを見て答えた。

「資料によると、王妃はナッツにアレルギーがあるから、松の実は避けたほうが無難だわ」

ヘンリーはちょっと考えこんだようすでわたしを見た。

「あしたに向けて、心の準備はできているか？」

あした――。

厨房が突然静まりかえった。ホワイトハウス全体が、わたしがあの名前を口にするのを待っているみたいだった。

「あしたはローレル・アンの記念すべき日ね」わたしは天井の一点を見つめた。どうかヘンリーが、わたしの質問に本音で答えてくれますように。「実技審査はかたちばかりのもの……なんでしょ？　彼女がヘンリーのあとを継ぐのは決まっているのよね？」

ヘンリーは答えなかった。

わたしはためらいがちに、彼の顔をのぞきこんだ。

「オリー……」いつもの、父親のような呼びかけだった。「オリーがそうなると信じたら、ほんとうにそうなるぞ。オリーがあきらめたら、ローレル・アンが勝つ。それも楽勝でね」

口をゆがめ、首を振る。「エグゼクティブ・シェフの座は自分の手でつかみとるものだと、わたしは思う。さあどうぞ、と銀の皿で差し出されるものではない」

そのときポールが、開いたドアの横の壁をこつこつノックして入ってきた。

「仕事中すまないが、オリーに来客だ」

ひょっとしてトム？

「首都警察が、顔写真を見てくれといっている」ポールはわたしの希望を打ち砕いた。「そのなかに、きみがあの……あのとき見た男がいるかどうか確認したいらしい。署まで来てほしいといわれたが、オリーにはホワイトハウスにいてもらわなくては困るから、そちらから出向いてくれと頼んだ。この何日か、たてつづけにいろんなことがあって、さぞかしきみも疲れているだろう」

わたしはいかにもがっかりして見えたらしい。ポールから、「いまは都合が悪いのか？」と訊かれたからだ。

「いえ、問題ありません」わたしが答えると、横にいたヘンリーがうなずき、わたしがもどってくるまで待っていようといってくれた。

ポールについて厨房から出ていくとき、わたしはヘンリーの上着をつまみ、耳もとでささやいた──「わたし、あきらめていないから」

警察の写真のなかに見覚えのある顔はなく、三十分ほどで終了した。厨房にもどる途中、秘書官がスタッフを指導している光景にでくわした。準備期間がきわめて短いことについて、マーガレットは「真摯(しんし)な態度でとりくめば、不可能なことはないわ」と語っている。

スタッフは大きなフェルト板に招待客の名前が書かれた紙を張ってははがし、はがしてはまた張ったりして、晩餐会の席順を考えているところだった。これはたいへんな仕事だと思う。おそらく招待状すらまだ出し終えていないだろう。物資の調達で頭を抱えているのは想像にかたくなかった。

厨房のドアの外で、ヘンリーが立ち話をしているのが見えた。相手はサージェントともうひとり、わたしの知らない男性だ。

ヘンリーが近づいてきたわたしに声をかけると、その知らない男性はゆっくりとこちらをふりむいた。ふさふした顎ひげ、仕立てのよいスーツ、頭には青い模様のターバン。目は半眼で感情は読みとれないものの、わたしの全身をすばやくチェックしたのだけはわかった。いったい誰かしら？　わたしは頭のなかで人物参照資料をめくり、彼はサメール国王の代理人ではないかと推測した。

「ラビーブ・ビン＝サレー大使、彼女はわたしの筆頭アシスタントのオリヴィア・パラスで——」ヘンリーがわたしを紹介しようとすると、サージェントがさえぎった。

「話は以上だ」サージェントは大使を促し、立ち去ろうとした。

でもヘンリーはそれが聞こえなかったかのように話しつづける。

「オリヴィア、晩餐会はこちらのラビーブ・ビン＝サレー大使とカシーム補佐官のご意見を聞きながら準備することになる」

わたしは大使に笑顔でお辞儀した。握手よりはそのほうがよいのだ。大使も小さくお辞儀する。

彼の話しぶりはまるで音楽を奏でるようだった――「サメール国王とヘッサ妃は、みなさんの才能あふれる料理をとても楽しみにしておられます」

「たいへん光栄です。晩餐会に向けて、どうかよろしくお願いいたします」

「補佐官のカシームは、道中ずっと体調がすぐれず、いまバーレアハウスで休んでいるんですよ」

バーレアハウスはたぶんブレアハウスのことだろう。通りの向こう側にあり、賓客の宿泊施設として使われている。

「それはそれは――」ヘンリーがいった。「早く回復なさるといいですね」

大使はまたお辞儀をした。「お心遣いを彼に伝えておきます」

「では、いいかな」サージェントがヘンリーと大使のあいだに立った。「大使も長旅でお疲れだ。そろそろゆっくりなさりたいだろう」そしてわたしたちに向かってつけくわえる。

「この続きは、あすの午後二時だ」

「あしたの午後ですか？」わたしは思わず確認した。

サージェントは冷ややかに「そうだよ、パラスさん」といった。「時刻は二時だ。これならわたしも、晩餐会メニューを事前に吟味する時間がもてる」

いいかえると、あしたの午前中には彼のために試食用の料理をつくるということだ。

彼と大使が背を向けて歩きかけたので、わたしは呼びとめた。

「すみません、待ってください」

サージェントの目がぎらっと光る。不愉快きわまりないのだろう。

大使のほうはきょとんとするだけで、不快げなようすはない。

今夜のうちに、はっきりさせておかなくてはと思った。お客さまの前で不満はいいたくないから、できるだけ冷静に話す。

「あすはローレル・アンの実技審査があるはずです」若干の期待をこめて尋ねてみる。「それとも、日程が変更されたのでしょうか?」

「もちろん、ブラウン女史は予定どおり、ホワイトハウスを訪ねてくるよ。待ち遠しいかぎりだ」同意を求めるように笑顔で大使を見る。でも大使は無言で表情は変わらず、ただまばたきしているだけだ。

背中にヘンリーの手を感じたけど、もっとはっきりいえという励ましなのか、それくらいにしておけという注意なのかはわからない。でもともかく、わたしはいっておかねばと思った。

「あしたは彼女が厨房をとりしきります。まる一日です」

サージェントはあきれたようにいった。

「そのとおりだよ。だから大統領夫人もわたしも、試食会をあすの午前中——八時半きっかりに始めるつもりだ。ブラウン女史が来たあとは、どんな料理をつくってくれるのか、夫人ともども楽しみにしている。さてと——この後も予定がつまっているのでね、失礼するよ」

ビン‐サレー大使がわたしとヘンリーにお辞儀をした。ヘンリーがわたしを肘でつつく。わたしは頭が混乱し、あやうく挨拶をし忘れるところだった。

ふたりの後ろ姿をしばらく見送ってから、わたしはヘンリーに訊いた。

「どうやってこなすの?」

ヘンリーはむずかしい顔をして厨房に入り、かなり長いあいだ考えこんでからいった。

「あしたの朝は、何時くらいならここに来られる?」

「今夜は帰らずに、ずっといるわ」

ヘンリーは首を横に振った。「それはだめだ。家に帰ってすぐ寝なさい。あしたは心身ともに全開にしないとのりきれない。ほかのメンバーにはわたしから連絡しておくよ。四時に集合して、〝スター〟のご到着までにできるだけのことをしよう」そこでやさしくほほえむ。

「ここのところ、一難去ってまた一難だな?」

わたしはサージェントが消えた方向に指を曲げた。

「ほんとに勘弁してほしいわ」


ヘンリーの言葉に従って、わたしは家路を急いだ。携帯電話の電池が切れていたけど、切れていなくたって結果は同じだ。電車に揺られながら、トムはわたしに連絡する気がないのだと思った。いまのところは。ナヴィーンの件が収束するまで。あるいは、未来永劫。

ゆうべ、わたしはありとあらゆる苦しみを背負っているような気分だった。そしていま、アパートに向かいながら、これほどうちのめされたことはないとも思った。

今夜はきのうよりもひどい。星に願いをこめる気さえ失っていた。

アパートの明るい玄関まで、最後の二十歩ほどはゆるい上り坂になっている。そこをあがっていくのに、力をふりしぼらなくてはいけなかった。それでもなんとかたどりつき、玄関ノブを握ろうとしたとき、背後で足音がした。

「オリー」

わたしはふりかえった。

トムが私道を横切って、ほんの十歩でわたしの前に来た。表情はすこぶる硬い。

「ちょっといいかな？」

15

わたしたちはジェイムズに「こんばんは」とだけいって、フロントを通りすぎた。ジェイムズは、おや、という顔をして、いろいろ質問したそうだったけど、わたしは気づかないふりをした。

ふたりでエレベータに乗ると、数階上に住んでいる女の人が、「待って！」と声をあげながら駆けこんできた。わたしもトムも無言をとおした。トムは外見もすてきだった。それも、半端ではなく。金髪の女性は、上がっていくエレベレータの階数表示を見ているけど、トムのことも気になっているはずだ（女性なら誰だってそうなる）。トムはたくましくて、服装もきちんとしている。ただ、夜の湿気で髪の先が少しはねているけど……。こんなに近くにいると、いやでも胸がどきどきした。

トムのカーキのズボンには皺ひとつなく、黒いポロシャツの襟のボタンははずしている。ほのかにアフターシェーブローションの香りがして、これはいいサインかも、と思った。どうか、そうあってほしい。彼は仕事のときは、けっして香りのあるものをつけない。デートだけが例外で、わたしが香りを好きだからわざわざつける、といっていた。

でももしかすると、彼は別れを告げにきたのかもしれない。そして残りの夜をほかの女性と過ごすため、こざっぱりした身なりで、いい香りを漂わせることにしたとか……。でもいま、彼は金髪の若い女性には無関心で、階数表示をじっと見ているだけだ。

十三階が、はてしなく遠く感じた。

ようやくエレベータの扉が開き、わたしとトムは「失礼、お先に」と女性に声をかけて外に出た。わたしは彼の前を歩き、背後で絨毯を踏むやわらかな靴音がうれしくもあり、恐ろしくもあった。今夜はどうか、ウェントワースさんが現われませんように、と願いつつ鍵を開けようとしたけど、思うように手が動かなかった。キーがなかなか鍵穴に入らない。

トムは何もいわなかった。

なんとか鍵を開けてドアを開き、彼を先に通した。そしてドアを閉めようとしたところで、ヘンリーから「すぐ寝なさい」といわれたことを思い出す。玄関の時計を見ると、もうすぐ九時だ。夜中の二時には起きなくてはいけない。だけどトムの顔を見れば、睡眠よりも大事なことがあるのはまちがいなかった。

「話があるんだ」トムがいった。

わたしたちは狭い玄関広間に立ったままだ。

「お腹すいてない？」わたしは急いで彼の横を通りすぎ、また心地よいシェービングローションの香りをかいだ。鼓動が速まり、いまにも心臓が胸から飛び出してきそうだ。わたしは小さく咳払いをして、「何か飲む?」と訊いた。

足早にキッチンに行く。ひとつは、冷蔵庫からビールをとりだすため。もうひとつは、トムの顔を直視できなかったからだ。謝罪の言葉を口にするまえに、気持ちをおちつける必要があった。一日じゅう、トムにどう話そうかと考えていた。でもいまは頭が混乱して、口も舌もまともに動きそうにない。ナヴィーンに会おうとしたことをどれだけ申し訳なく思っているか、わたしは彼に伝えたかった。ただあの状況を考えたら、ほかにどうしようもなかったような気もしている。

きのう、わたしは怯え、震えた。生まれてからこれまで、あれほど怖い思いをしたことはない。目の前で人が殺され、犯人の顔を見た。背が低く、薄い金髪で、瞳は淡いブルーだった。そしてその男が、わたしの腕をつかまえたのだ。

明るい冷蔵庫のなかを見つめる。でも目には何も見えない。深いため息をつくと、その息が胸を刺した。どれくらいの時間、そうしていたのだろう。ひんやりした空気があたりに漂う。トムがやってきて、冷蔵庫の扉を閉めた。

「オリー」

わたしはゆっくりと彼を見上げた。

「きみはぼくに嘘をついたね」

「違うの」

彼の顎がぴくりとした。「ナヴィーンに二度と接触しないといったよね」

「彼のほうから――」胸に手を当てる。「わたしに電話してきたの」声に力がこもらなかった。「あなたに約束したわ。何度もいったわ。ほんとうに、わたしからは何もしていないの」

「おい――」トムの表情が険しさを増した。「ばかにしないでほしいな。きみが先に電話をしないかぎり、彼のほうからできるわけがない」

「でもわたしはしていないの……」

「きみはぼくとクレイグにいった。まさにここで――」床を指さす。「もうよけいなことはしないといったんだ。ところが、その舌の根も乾かないうちに、ぼくらが帰ったらすぐ、ナヴィーンに連絡したんじゃないか？」

「してないの、ほんとうに」わたしは首を横に振った。なんとかわかってもらおうと、声が大きくなる。「あなたたちが帰ったあとは、何もしていないわ。信じてちょうだい。あのあともわたしたち、会って話したでしょ？」

「ああ、会ったよ」彼は頰の内側を嚙んだ。心底怒ったときの仕草だった。「きみの話で、おかしい点がひとつある。どうして彼は、きみの電話番号を知っていた？」

わたしはまた首を振った。

「わからない。見当もつかないわ。彼に訊いてみようとは思っていたけど……」

トムは視線をそらした。

「つじつまが合わないよ」

「だけど……あなたとクレイグはわたしの番号を見つけたわ、拘置所の記録から」なんとかつじつまを合わせたかった。「彼も同じことをしたんじゃない？」

トムは射るような目でわたしを見た。

「ありえないよ。ただ、仮にそうだとしても、仮にきみのいうとおりだとしても……ぼくはぜひとも知りたいね、なぜきみは、彼に会いに行くことをぼくにいわなかった？」

「彼がシークレット・サービスは信頼できないといったから」

トムは目をむいた。

わたしは消え入りそうな声でつづけた。

「彼は……内通者がいるっていったの。それも上層部に。だから誰も信用できないって」

「そしてきみは彼を信じた。ぼくよりも、彼を信じたんだ」

「とんでもないわ。そんなことない」

「だったらなぜ、ぼくにいわなかった？」トムはもう一度訊いた。鋭く、厳しく、重々しく。

わたしは答えられなかった。いまはじめて、いろんなことがはっきり見えたような気がした。トムのいうとおり、すぐに話すべきだった。口ごもりながら、言い訳をする。

「あなたには、いえなかったの。だって……約束したから。それに、もし話したら……彼に会いに行かせてくれないから」

「あたりまえだ。絶対に行かせなかったよ。きみは殺されていたかもしれないんだぞ！」声をはりあげる。

「お願い、夜だからもう少し静かに」

「できるもんか。きみは自分が大きな危険にさらされていることをわかってるのか?」

その言葉にびくっとした。でも、トムはわたしを心配してくれているのだ。

「大丈夫よ。大きな怪我もないから」

きみは何もわかっちゃいない。トムの目はそういっていた。

「いまのところはね」彼は顔をそむけた。

「どういう意味?」

トムはため息をつくと、わたしに視線をもどしていった。

「オリー、きみはカメレオンの顔を識別できる唯一の生存者なんだ」

膝から力が抜けた――「ナヴィーンを殺したのは、あのカメレオンなの?」

トムはうなずいた。

「そう、きみは名だたる暗殺者と対面したんだよ。そして向こうも、きみの顔をはっきりと見た。ぼくたちは、きみの名前や特徴がニュースで流れないようあらゆる手を打った。ナヴィーンのときもそうしたんだが……」目をつむる。「結果はああいうことだ」

わたしはふらっと椅子にすわった。頭が混乱している。

「だけど……彼らはどこにいたの?」

「彼ら?」

「シークレット・サービスよ。ナヴィーンを監視していたんじゃないの?」

「まあね」トムは狭いキッチンをゆっくりと歩きはじめた。「ナヴィーンは逃げたんだ。監視下にあるのは当然わかっていただろう。巧妙に尾行をまいた」

「わたしは自分がシークレット・サービスに気づかれるのが不安で、彼が尾行をまいていればいいと思ったけど、それはまちがっていたわね。シークレット・サービスがいれば、きっと彼の命を救ってくれた」トムの眉間に刻まれた深い皺を少しでも減らしたいと思う。「お願い、トム、聞いてちょうだい」

「お願いしたいのはぼくのほうだ。一度でいいから、ちゃんと聞いてくれ」

わたしは唇を噛みしめた。

「今後、シークレット・サービスの警戒態勢はいっそう強化されるだろう。いいかい、知りたがり屋さん、ナヴィーンはぼくたちに情報を提供し、どれも有益だった。そして、もっとはるかに有益な情報ももっていた。しかし、彼はそれを提供しなかった。なぜなら、きみに会おうとして殺されたからだ」

わたしは質問しかけ、思いとどまった。

「その新情報こそ、ナヴィーンがきみに伝えようとしたものではなかったか?」立ち止まり、誇張した言い回しをする。「残念ながら、ぼくには知る由もない」

たぶん、あなたのいうとおりね。わたしは心のなかでつぶやいた。トムはまた行ったり来たりしはじめた。わたしではなく、自分自身に語りかけているように見える。彼は両手で顔をごしごしこすった。

「ねえ、トム、わたしにできることはない?」

「カメレオンが何か大きなことを企(たくら)んでいるのはわかっている。しかし、その何かが、わからない」

　わたしはうなずいた。

「現時点でぼくたちにできることは、警戒だけだ。カメレオンの特徴に一致する人物はすべて監視する」トムは大きなため息をついた。

「きみには似顔絵作成に協力してほしい」

「ええ、もちろん協力するわ」

「すぐに手配するから、あすにでも担当者に会ってくれ。きみは貴重な目撃者なんだよ。似顔絵はできるだけ早いほうがいい」

　心が沈んだ。トムが今夜ここに来た用件はそれだけ？　わたしの協力をとりつけたら、それで終わり？

「できるだけ早くというのは……わたしがカメレオンに襲われないうちにってことね？」

　トムの顔が怒りにゆがみ、わたしは思わずあとずさりしそうになった。

「オリー、二度とそんなことをいうんじゃない。いいね？」

「わかったわ」それ以外、何もいえなかった。

「きみのあしたの予定は？」

　晩餐会に向けた試食とローレル・アンの実技審査があることを話すと、彼はまた顔をこすった。わたしはことあるごとに彼を悩ませ、いらだたせている。

「出勤は何時だ？」

「三時半」

トムは驚いたようで、腕時計をちらっと見てから玄関に向かった。

「今夜は眠れないな、オリー」

わたしはあきらめたように首をすくめるだけだ。

「これからは慎重にやってくれよ」

彼はドアのノブに手をかけた。

「トム……」こらえられなかった。「わたしたち、どうなるの？」

彼の表情がやわらぎますように。わたしを抱きよせ、問題ないよ、といってほしい。

でもトムは、首を横に振った。

「ぼくには無理だ」

「無理って……何が？」小さな声で訊く。

トムは大きく息を吸いこんでからいった。

「少し距離を置いたほうがいい」

茫然とした。彼の気持ちを変えるために何か、ひと言でもふた言でもいいからいいたかったけど、言葉が出てこない。

「すまない」と彼はいった。「後ろ向きな考えだとは思うが」

「ううん、そんなことない」とわたしはいった。「そっちのほうがいい感じかも。これまで

わたしがいけないの。ごめんなさい。わたしだから。わたしの〝いい感じ〟を台無しにしたのは、

――」

目の光にほんのり温かみがもどり、彼はぎこちない笑みをうかべた。

「一件落着すれば、また話せるよ、きっと」

16

そんなことをする理由は何もないのに、ヘンリーもわたしも厨房では声をひそめて話した。そしてふたりとも、音をたてずに静かに歩く。そうでもしないと運が遠のき、ピーター・エヴェレット・サージェント三世が怒鳴りこんでくる、という暗黙の了解があるかのようだった。

少し遅れて、シアンとマルセルが到着した。そしてすぐにバッキーも。彼は早朝出勤についていて、不満はひと言もいわなかった。厨房スタッフはみんな、国賓晩餐会の経験がたっぷりあるから、手順は身についている。それでも大統領と二カ国の首長をはじめ、百人を超える賓客が喜び、満足する料理をつくるには大変な努力と労力が必要で、それを一週間足らずでこなすのは奇跡に近いように思えた。

でも大丈夫。このチームは日々、厨房で奇跡を起こしているのだから。

「シアン、献立が承認されて客数が決定したらすぐ、材料を確保してくれ」ヘンリーがいった。「ものによっては、きょうのうちに業者に連絡して、準備に入ってもらったほうがいい。やってくれるね？」

シアンがうなずくより先に、ヘンリーはマルセルを見た。「試食用のデザートは味優先で、デザインは後だ。八時までに仕上げてほしい。間に合うかな?」礼儀上、尋ねただけなのはみんなわかっている。八時厳守だ。そこに交渉の余地はない。「デザートが最終決定されたら、シアンと連携して材料を確保してほしい」

ヘンリーはつづいてバッキーに、さらにシアンに追加の指示をした。おちついて簡潔明瞭に伝える姿は、厳しい仕事を任う部下たちにおのずと意欲をわかせるものだった。わたしはエグゼクティブ・シェフになろうとなるまいと、ヘンリーを見習わなくては、としみじみ感じた。

バッキーが臨時スタッフへの連絡を担当することになった。国賓晩餐会があるときは応援団が必要で、〝呼び出し〟を待っている料理人はたくさんいた。今回はムスリムのシェフにも加わってもらい、使用する肉類はイスラム教で定められた〝ハラール〟に準じたものとする。イスラム教の習慣はわたしたちも心得ていたし、ホワイトハウスの晩餐会に快く協力してくれる腕のいいムスリムのシェフは何人もいた。

臨時スタッフのほとんどは過去にいっしょに働いたことがあるし、そうでなくても、ホワイトハウスではじめて仕事することを喜んでくれる。そして全員の履歴と健康状態が厳しくチェックされ、所定のルートでわたしたちに報告された。報酬はとくに高額ではないものの、ホワイトハウスでの経験は大きな実績となる。厨房に欠員が出ると、臨時スタッフは過去の仕事ぶりが正規雇用につながるのを期待するだろう。

わたしは嫌な予感がした。ここ何日かの出来事で、アシスタント・シェフの欠員が出る日もそう遠くないかもしれない。

「オリーは——」ヘンリーがいった。「わたしといっしょにいなさい。ローレル・アンが来るまで三時間もないからね」

「まったく！」バッキーが不満げにいった。「彼女の実技審査をきょうやるなんて、上は何を考えてるんだか。こんなにあわただしかったら、せっかくローレル・アンが来ても主役になれない」

過去に二度、ローレル・アンを主役に予定した日があったけど、二度とも本人がキャンセルしたのよ、とわたしはいいかけて、思いとどまった。トムの件で傷ついて、人といい合う気にはなれない。

常勤五人組は、チームワークよく準備を進めた。デザート担当のマルセルはどうしてもひとりで作業しがちになるものの、五人は試食会に向けて連携し、仕事に励んだ。メニューのなかには時間ぎりぎりまで調理できないものもたくさんある。ファースト・レディには、出来立てのものを供さなくてはいけないからだ。

ローレル・アンは、大統領一家の私的な食事と公式行事それぞれの献立案を送ってきていた。食材は自分で用意したものを持ちこみたかったようだけど、これに関しては即座に却下された。ここでは認可された業者の食材しか使えないのだ。そして肉類や農産物、とれたての食材は味だけでなく安全性もチェックされる。いまの世のなか、何があるかわからないからだ。

ローレル・アン用の調理スペースは確保してある。ウォークイン冷蔵庫の棚一段、冷凍庫の棚一段、そして厨房の一区画だ。この区画には、彼女の到着まえでも誰も足を踏み入れない。

外の廊下から、なにやら人の声がした。

みんながふりむくと、サージェントが入ってきた。すぐ後ろに男性がふたりいる。サージェントは寝起きらしく、服装はいつものように申し分ないものの、片方のほっぺたには枕か何かの跡があり、目はとろんとしていた。対照的に、背後の男性たちは完全に目覚めているようで、ひとりはきのう会ったラビーブ・ビン－サレー大使だった。けさもきのうと同じダークスーツで、明るい色のターバンを巻いている。もうひとりは大使より十センチくらい背が高く、流れるようなローブをまとい、少し足をひきずっていた。大使と同じく立派なひげをはやしているけど、印象は大使とずいぶん違った。異国風の粋な感じのビン－サレー大使に比べると、この男性は野性的といってもいい。たぶん、きのう話題にのぼった補佐官だろう。どことなく調子が悪そうに見えた。

彼は大使に何かつぶやき、大使はサージェントに何かつぶやいた。

挨拶をするより先に、サージェントは彼を連れてどこかへ行った。いったいどうしたのだろう、とわたしたちがいぶかっていると、ビン－サレー大使が口を開いた。

「彼はわたしの補佐官のカシームですが、申し訳ありません、長旅の疲れからまだ回復していないようです」

「またお目にかかれて光栄です」ヘンリーはそう挨拶したけど、この早朝の訪問に面食らっているのはまちがいない。時刻はまだ五時半にもならないのだ。こちらはローレル・アンの到着までに済ませなければならないことが山ほどある。それでもヘンリーは、ていねいに全員を紹介した。

「早朝にうかがいたいとサージェントにお願いしたのはわたしなのです」大使がいった。「時差のせいでなかなか眠れず困っています」

「どうかお気になさらずに」と、ヘンリー。

ほどなくしてサージェントとカシームがもどってきた。長身の補佐官は、さっきよりはおちついたように見える。ヘンリーは再度スタッフを紹介し、サージェントが口をはさむまえに、今後は自分ではなくオリー・パラスが窓口になるので、食事に関する要望は彼女に伝えてほしいと大使にいった。

あたりがしんとなり、わたしは「食事関係の書類は読ませていただきました」といった。笑顔をつくり、はっきりと発音する。わたしは早口になりがちだから、いつもの調子だと、外国から来た人にはわかりにくいかもしれない。「王妃は木の実類にアレルギーをおもちのようですが、それにまちがいはないでしょうか？」

わたしは大使と補佐官がうなずくものだと思った。ところが大使はカシーム補佐官に説明を求め、カシームが通訳した。きっと大使は英語の「アレルギー」や「木の実」がよくわからなかったのだろう。でもカシームの説明はいやに長かった。そしてわたしたちをふりむくと、首を大きく横に振った。

「どこでそんな誤まった情報を得たのかな？」彼は訛りのある英語で訊いた。怒ったようすではなく、とまどっているらしかった。「事前に送った要望書に明記したが、ご夫妻にはお好みのものがあり、避けていただきたいものもある。しかし、あなたがいったことはまちがっている」

わたしは資料をしっかりと読んだ。たぶんどこかに誤記載があったのだろう。質問しようと口を開きかけたら、サージェントににらまれた。わたしは頬が熱くなるのを感じながら、質問をあきらめる。男性三人は来たる晩餐会について話し、わたしはそばで黙って聞くだけだ。

カシームの英語は申し分なく、わたしははじめて少しだけ安心した。サージェントはもとより、上品でていねいすぎる大使よりは、彼のほうが気楽に打ち合わせできそうだ。

ヘンリーとわたしの目が合った。松の実の前菜を献立に復帰させたほうがいいかもしれない。でも、資料にはたしかに書いてあったのだ。あれをもう一度読みなおさなくては。

「のちほど献立を見ていただきますのでご確認ください」わたしはカシームにいった。「それとはべつに、お食事はどうします？　何かつくりましょうか？」

カシームは目をつむった。そうか、体調がすぐれない人に食事をすすめるなんて、配慮に欠けるといわれても仕方がない。

「そろそろバーレア、いえブレアハウスにもどらなくてはいけません」大使がいった。「お忙しいところ、お邪魔しました。ほんとうにありがとう。午後になったらもう一度、献立の打ち合わせにうかがいます」大使はお辞儀をし、男性三人は帰っていった。

ところがそれから三十秒とたたないうちに、サージェントがもどってきた。

「どういうことだ？」わたしをにらみつける。

いったい何の話だろう？

「王妃が木の実にアレルギーがあるだって？　どこでそんな話を仕入れた？」

「資料に書いてありました」

「内容は確認しない主義なのか？」

とんでもない。いつもかならず確認する。だからさっきも尋ねたのだ。

「いいえ、確認します」

「だったら、訊くまえにもっと頭を使え」口の端に唾液の泡がたまる。「国王には妃がふたり以上いるかもしれないとは考えなかったのか？」

わたしは絶句した。いまはじめて、その可能性に気づいたのだ。

「どうやら図星らしいな」

顔が真っ赤になった。でもサージェントはくるっと背を向けて出ていったから、この顔は見られずにすんだ。

それからしばらくして厨房の電話が鳴り、わたしが受話器をとった。総務部長のポールからで、ローレル・アンがシークレット・サービスにつきそわれ、厨房へ向かったという。予定より一時間も早かった。

「おはよう！」外の廊下で明るい大きな声がした。

17

ローレル・アンは入ってくるなり、まっすぐバッキーのところへ行った。

「予定より早く来てごめんなさいね」テレビ番組で見せるような笑顔が輝く。「セッティングの時間がほしかったの」機材を持つ撮影スタッフをふりむき、「カーメン、わたしはあそこで調理するわ」と指さす。そこはわたしの定位置で、まいったな、と思いつつ、抗議の言葉は浮かんでこなかった。「ほらね」と、ローレル・アン。「いったとおり、ここはずいぶん狭いでしょ」

カーメンと呼ばれた男性は、首を横に振りながら指定された場所に行くと機材を置いた。

「始めてくれ」男性スタッフが三人、重そうな撮影機材を抱えて入ってきた。カーメンはてきぱきと指示を出す。あっという間にそこは、狭いを通りこして閉所恐怖症を引き起こしかねない空間になった。しかも男たちの汗のにおいがたちこめる。

ローレル・アンはバッキーのほうに顔をもどしていった。

「調子はどう？　またあなたと仕事ができてうれしいわ」

バッキーはスーパーモデルの前に立つ中学生のようになった。返事をしようと口をもぐもぐさせるけど、言葉が出てこない。

わたしは同じ台詞をローレル・アンにいおうと思ったけど、彼女はつぎにヘンリーのほうを向き、指先で白い調理服の袖に触れた。この仕事で、どうしたらあんなにきれいな爪を保っていられるのだろう。極端に長くはないけど、形は整い、つるつるしている。毎日テレビに出演する人たちは気の遣い方が違うのだ、きっと。

「ヘンリー、またここで会えてうれしいわ。元気だった？　退職する日が待ち遠しいでしょ。きつい仕事だもの」

ヘンリーは首をすくめた。「なかなか刺激的な仕事だよ」

「そうね、ヘンリーならきっとそう思うわね」子犬に語りかけるような口調だった。「だから若い世代に道を譲る時期が来たのよね」顔をくしゃっとさせてほほえみ、ヘンリーの左胸を軽く叩く。「刺激がありすぎるのもよくないわ」

ヘンリーの顔が赤らんだ。でも、どぎまぎしたからではないだろう。目の光は鋭く、口もとは引き締まっている。ヘンリーは挑発にのるような人ではなかった。それでも何かひと言くらいいえばいいのに、と思ったところで、カーメンがこの光景をハンドカメラで撮影していることに気づいた。スタッフ三人は白いアンブレラをセットし、ブームマイクを置き、コードを走らせ、固定カメラを設置している。

カーメンが「もっと近づいて」といった。

ローレル・アンはヘンリーの腕をとって自分の腰にまわし、彼の頰に軽くキスした。

「何か話してよ」カーメンがうながす。

「ヘンリー、お久しぶりね」ローレル・アンは視線をカメラに向けた。「ここにもどって来られてうれしいわ。故郷に帰ってきたみたい」

カーメンはしゃがみこんで、下から撮影した。ローレル・アンの語りに合わせて、なにやらつぶやいている。わたしはカメラに映らないように離れ、彼の唇の動きと眉間の皺をながめた。

ローレル・アンはカメラに向かって大げさなため息をついた。首をかしげ、冒頭部分のしめくくりをする。

「ヘンリー、あなたの教えがあったから、わたしは〈クッキング・フォー・ザ・ベスト〉をつづけていられるの。きょう、ここに——ホワイトハウスにもどってこられて胸がいっぱいだわ。わたしのすべてはここから始まったんだもの」またヘンリーの頬にキスをして、まばたきを四回、五回。カメラには目がうるんでいるように映るだろう。「あなたがいなくなってさびしいわ」

わたしはつかつかと近づいていった。

「ヘンリーはまだどこにも行っていないわよ」

「カット！」カーメンが立ち上がってわたしをにらんだ。「きみは誰だ？」

わたしは彼を無視してローレル・アンにいった——心にもない台詞を。

「また会えてうれしいわ」

「オリヴィア」カメラが止まると同時に笑顔も消えた。「あなた、どうしてここにいるの？」

隣のカーメンをにらみつける。「彼女はいないはずだったわよね？」

カーメンは合点がいったらしい。わたしの足もとを見て、それから視線がゆっくりと上がって顔にたどりついた。

「へえ、この人がきみの競争相手だったんだ」

ええ、たしかに。わたしはローレル・アンより十センチ以上背が低くて、仕事のときはメークをしないし、ひょっとすると顔に小麦粉がついているかもしれない。それにわたしの手は職人の手で、テレビスターのようにきれいじゃない。カーメンの目から見れば、ローレル・アンのライバルどころか、ぱっとしないただの女料理人だろう。

「はじめまして」わたしはカーメンの手をとって握手した。「オリヴィア・パラスです」

彼は驚いたらしく、わたしを見つめたまま黙りこんだ。正直いってわたし自身、自分の大胆さに驚いている。

「その件なんだけど――」ようやくカーメンがローレル・アンに向かって口を開いたとき、ポール・ヴァスケスが現われた。

「おはよう！」厨房に足を踏み入れるなり、ポールの顔から笑みが消えた。機材のあいだを縫うようにしてこちらに来る。「これはどういうことだ？」

ローレル・アンの顔に晴れやかな微笑のスイッチが入った。

「ポールが何とかしてくれるわ」彼女はカーメンにそういうと、くるっとふりむいた。「でしょ、ポール?」

彼は首を横に振った。見るからに困惑している。困惑なんて言葉とは縁遠い人のはずなのだけど……。

「撮影の件は了承したが」と、ポール。「カメラマンはひとりに限定すると決めたはずだ」

「それは、その――」カーメンは口ごもった。顔を真っ赤にして両手を腰に当てた姿は消火栓みたいだった。「カメラマンはひとりなんですよ」ドア近くのカウンターにもたれかかっている長身の男性を指さす。「ジェイクです」

「では、ほかの人には出ていってもらおう。ただちに案内係を呼ぶよ」

わたしはほっとした。ポールが総務部長で、ほんとうによかったと思う。

「いえ、それは――」カーメンは大きく首を振った。

「何かな?」

「カメラマンはひとりに限定するというお話に同意はしました。しかし、カメラマンひとりに対してかならず音響担当がひとり必要なんです」ブームマイクの横にいる若い男性を指さす。「それがシドです。それから技術者もひとり――」最後のひとりを指さす。「アルマンドといいます。そしてわたしが――」自分の胸に手を当てる。「ディレクターです」

ポールは険しい顔をして、左手で眉をこすった。「カメラは二台あるが」

カーメンはうなずいた。「ディレクターは自分の視点で見たものを残しておきます。そのため、どうしてもハンドカメラが必要でした。こんなに窮屈な場所では――」しかめ面で厨房を見回す。「メインカメラは固定するしかないんですよ。その場合、いい絵を撮るのが制限されます」

「ボス？」カメラマンのジェイクがいった。「これも撮影しますか？」

「当然、当然」カーメンは両腕を大きく広げた。「これも風味、味わいのひとつだからね。撮影に必要なのは味わいだよ。だろ、ローレル・アン？」

ローレル・アンは笑顔をふりまくタイミングを待っていたらしい。カメラが回りはじめるとすぐ、彼女は満面の笑みをうかべた。

ポールは片眉をぴくりと上げて、機材やら何やらをゆっくりと見回していく。何を考えているのかはわからない。でもポールのことだから、何ひとつもらさず検討しているはずだった。総務部長として、彼はいつもそうしている。

「三つ条件がある」ポールはいった。「反論はいっさいうけつけない。ひとつめは――」指を一本立てる。「ヘンリーとオリーは、ファースト・レディの試食を最優先とすること。シアンとバッキーは、ローレル・アンを手伝ってもかまわない。試食が終わったら、オリーも手を貸す」

ローレル・アンの表情がくもったかと思うと、これまで見せたことのない恐ろしい顔でわたしをにらんだ。わたしは頭から水をかけられたようにすくみあがり、しかもジェイクというカメラマンが、ぎょっと目を見開いたわたしを映像におさめた。

「ふたつめは、この乱入につき――」ポールには珍しくいらだった口調でつづけた。「ノーカットの完全な映像をホワイトハウスに提供するという条件でのみ、許可する」

「それは問題ありません」カーメンがいった。

「三つめは、放送に使用する内容に関し、わたしが最終決定する」

「それはできません」カーメンは反論した。「映像のどこを使うか使わないかは、ディレクターのわたしに最終決定権があります。これについては、ピーター・エヴェレット・サージエント三世からすでに了承を得ていますよ」

「彼にそんな権限はない」ポールはきっぱりといった。

カーメンは議論の余地なしというように大きな手をかかげた。

「これは創作活動です。〝権力者〟を介在させたら、創作の美が失われます。風味が大事なんです。それがすべてなんですよ」

ポールが沈痛な面持ちでうなずき、わたしは息をのんだ。

「ローレル・アン、よく来てくれたね」とポールはいった。「きょうは厨房を存分に使ってくれ」そしてカーメンをふりむく。「きみは、わたしが出口まで案内しよう。きみの連れも全員いっしょだ。さあ、行こうか」

ローレル・アンはあせった――「どうしても撮影しなくちゃいけないの」カーメンを非難がましくちらっと見る。彼は目をまんまるにした。「エグゼクティブ・シェフになったら出演できないから、これが〈クッキング・フォー・ザ・ベスト〉の最終回になるのよ」

ヘンリーが咳払いをした。「も、もしそうなったらね」

その言葉にローレル・アンの表情が一変した。でもすぐに笑顔をとりもどし、目をくるっと回してかわいらしくいった。

「もちろん、そういうつもりでいったのよ。もしエグゼクティブ・シェフになれたら、そのときはってこと」小首をかしげてわたしを見る。「ライバルは手ごわいもの」

わたしはむりやり笑顔をつくった。どんな言葉が飛び出すか、自分でも自信がないから黙っている。

「お願い、撮影をつづけさせてちょうだい」彼女はポールに頼みこみ、カーメンを見ていった。「ポールはクリエイティブな仕事の大切さを十分わかっているわ。セキュリティを心配しているだけよ。だから、ね、ポールのいうとおりにできるわよね？」

料理番組のスターに懇願され、すぐにも追い出される危機に直面したカーメンは譲歩した。

「はい、はい、わかりました。ここではあなたがボスだ」そういってポールの背中を叩く。無作法というか、ずうずうしいというか——。

ポールは如才ない人で、「よし」と両手を叩き合わせ、「協定成立だ」といった。

彼はもう一度、厨房をゆっくりと見渡し、その表情のどこかに、わたしは悲しいものを感じた。この撮影が不満でたまらないのに、彼にはできることが限られているからかもしれない。事情がよくわかっていないサージェントとうまく折り合いをつけ、ローレル・アンとファースト・レディが同郷であることを心に留めておかなくてはいけないからだ。誰ひとり怒らせるわけにはいかない。でも彼なら、うまくやってのけるだろう。ぼんやり感じた悲しみは、わたしとヘンリーに向けられたものかもしれなかった。予期せぬ爆弾が投下されれば、爆死するのはヘンリーとわたしであることを彼は知っている。

「最後にもうひとつ」ポールはいった。「オリーをちょっとお借りするよ」

カーメンが意外な顔をした。

「いまですか?」わたしが訊くとポールはうなずき、ドアに向かって歩きはじめた。

わたしはポールの後ろについていく。

18

「警戒しなくていい」ポールは執務室に向かいながらいった。「外部の人間の前で、細かい話をしたくなかっただけだ」

歩く速度を倍にしないと、彼についていけない。それに警戒するなといわれても、しないわけにはいかなかった。ここ何日かは、心休まる状態ではないのだ。シークレット・サービスの未明の訪問、取り調べ、追及、そして非難。もう二度と、あんな思いをするのはいやだった。そのあげく、愛する人から別れに等しい言葉を告げられた。

「試食の件ですか？」どうしても期待を込めた言い方になってしまう。「サージェント室長の了解も得なくてはいけないんですよね？」

ポールはちょっとためらった。「ファースト・レディに試食の助手は必要ないよ。みんなよく知っているように、夫人は献立の方針に関してしっかりした意見をおもちだ」

これは控え目な表現だった。キャンベル夫人は調理師学校に通ったほどで、献立のやりなおしを指示することも多い。ちなみに、その学校で実習をしていたのがローレル・アンだ。献立に関する夫人のアイデアには、わたしたちから見てもすばらしいと思えるものがいくつもあったし、そうでない場合も、夫人は理屈を並べて我をとおしたりはしなかった。勝気な人ながら、仕事はやりやすい。

わたしはポールの話の続きを待った。

「サージェントの役割は、ホワイトハウスが種々の差別にとらわれず、政治的公正さを保っているかどうかを厳しく監視することにある」ひとりで納得したように、何度も小さくうなずく。「大統領がかかげる調和と統一を実現するにはまず、わたしたちが人種、宗教、性別、性的志向などを等しく尊重し、あらゆる市民のニーズに順応しなくてはいけない。サージェントの担当職務はほかの業務のように体系化されていないが、ホワイトハウスの全部署で認められ、受け入れられることによってはじめて、最後の砦の役目を果たせる。そうなればメディアの前で職員が、ホワイトハウスに高い代償を払わせるような言動をとらなくなるだろう」

わたしはうなずいた。

ポールは詫びるような口調でいった。「彼は料理に目を光らせている。ゲストの気分を害するものはないか、食べる気がしなくなるようなものはないかとね。その国が輸入禁止にしている他国の食材を、ホワイトハウスの晩餐会で出せないだろう？」

もちろんです、とわたしはうなずく。

廊下のつきあたりを曲がって、ポールの執務室に到着。

「というわけで、答えはノーだ」ポールはわたしの最初の質問に答えた。「用件は試食会のことではない」

だったら何なのだろう？　質問しかけたとき、執務室に痩せた若い男性がいるのに気づいた。椅子にすわらず立っている。

「彼女がオリヴィア・パラスだ」と、ポール。「こちらはダレン・ソレル、警察の似顔絵担当だ。先日、きみが出会った男の似顔絵を作成するためにここに来た」

先日わたしが出会った男――。それが誰なのかは、もちろんわかる。ダレン・ソレルの手前、あいまいな表現をしたのか、あるいは回転木馬での殺人事件を知らない執務室のスタッフに気をつかったのか。だけどあの事件を知らずにいるほうが、むしろむずかしいような気がする。

「わかりました」わたしはそう答えたものの、どれくらい貢献できるかは自信がなかった。それにヘンリーひとりで試食の準備をしていることが気にかかり、つい腕時計を見た。

「長くはかかりませんよ」ダレンはそういうと「どこかおちつける場所はありますか？」とポールに尋ねた。

ダレンの仕事はすばらしく速かった。二十分後にはもう彼のノートパソコンに、あの残忍な金髪男の似顔絵が仕上がっていたのだ。といっても、目、鼻、顔の輪郭など、次つぎサンプルを見せられて、わたしは自分の記憶の正確さに疑問をもった。ほんとうに覚えているの？　覚えていると思いこんでるだけじゃない？

「彼を心の目で見てください、オリー」と、ダレンはいった。「耳はこんな感じでしたか？」

マウスをクリック、クリック。「こっちのほうが近い？」

あれから二日しかたっていないのに、これがほんとうにあの男に似ているのか、確信がもてなかった。完成した似顔絵をダレンがプリントアウトし、それをまじまじと見る。記憶にある顔に似てはいるけど、その記憶自体がゆがんでいたらどうしようかと不安になった。恐怖に震えながら、ここまでこまかい点に気づいただろうか？　思い出せない部分を、無意識に想像力で補ったとしたら？

「それは差し上げますよ」

わたしはダレンの顔を見た。これをほしがっているように見えたのかしら？

彼はわたしの心を読んだかのようにいった。

「似顔絵は職員全員に配布されます。シークレット・サービスと首都警察が連携して、万全の警備体制をとっていますから」

わたしは似顔絵ののっぺりした顔を見つめた。白黒で印刷されてはいても、わたしを見返したときのあの淡いブルーの瞳はよみがえる。自信をもっていえるのは、それだけだ。この暗殺者がカメレオンと呼ばれるのもわかるような気がした。周囲に溶けこみ、きわだった特徴がない。身長が低いこと以外はごくごく平凡で、体型も風貌も無個性だった。わたしはため息をひとつついた。

「役に立たないかもしれないわ」

「やれるだけのことをやって――」ダレンはノートパソコンを片づけながらいった。「それが成果をもたらすよう、願うしかないときもあります」

似顔絵を四つ折りにしてエプロンのポケットに入れながら、わたしは厨房へ急いだ。着いてみると、カーメンが見るからに不機嫌なローレル・アンを必死でなだめていた。彼女の正面に立ち、お願いだから理性的になってくれと懇願する。

「やってられないわ。これじゃわたしの人気がおちるだけよ」両手の拳を薄いピンクのエプロンのポケットにつっこみ、シアンをにらみつける。「あなたは自称シェフらしいけど、冷凍と生の違いがわかってるの？」

「あたりまえでしょ」シアンは顎をつんと上げた。「ちゃんと新鮮なアスパラガスを注文したわ。ここに――」紙を一枚かかげる。それはローレル・アンがEメールで指示してきた食材リストだった。「アスパラガス五ポンドって書いてあるわよ」

ローレル・アンはシアンの手から紙をとりあげた。

「必要なのは冷凍アスパラよ」

「冷凍？」

誰かが勘違いしたのだろうか？　するとしたら、スタッフ全員だろう。冷凍もの？　この厨房ではめったに冷凍アスパラを使わない。あたりがしんと静まりかえった。

シアンはぽかんとし、入口に立っているわたしに気づいて首をすくめた。

「ヘンリーはどこ？」わたしが訊くと、カーメンがいった。

「ヘンリーは下の階のキッチンだよ。きみは彼を手伝うはずだろ？　バッキーもそっちに行ってるよ。ここはおれたちでなんとかする」

わたしは彼を無視した。「リストを見せて」

ローレル・アンは気が進まないらしい。そこで彼女のそばに行って手を差し出すと、さすがに彼女も渡してくれた。

シアンが業者に注文するまえに、わたしも彼女といっしょにリストを見ている。シアンが間違って注文したのなら、彼女のミスはわたしのミスでもあった。でも――。

「ここには冷凍の指定がないわ」

「なくても当然、冷凍なのよ」ローレル・アンの顔が真っ赤になった。ここに冷凍アスパラがあったら、その熱で解凍できそうだ。彼女はリストをわたしの手から取ると、それを読みながら歩いていった。「ほかにもオーダー間違いがあったら困るわ」

カーメンが彼女を追いかける。「アルマンドに冷凍アスパラを買いに行かせるよ。それでなんとかなるだろ？　この程度のことは気にするなって」

「そんなに簡単にはいかないわ」わたしは彼にいった。

カーメンはくるっとふりむき、わたしをにらむ。

「仕入先は限定されていて――」わたしは説明した。「決められた手続きを踏まなくてはいけないの。例外が認められないことは、ローレル・アンも承知のはずよ」

ローレル・アンは十歩ほど離れた場所でカウンターにもたれ、リストに集中している。カーメンは彼女に背を向け、声をおとしていった。

「冷凍アスパラは絶対に無理だなんて、彼女にいえないよ」降参したように両手を上げる。

わたしはため息をついた。こんなことにかかずらってはいられない。早くヘンリーのところに行かなくては。この場はローレル・アンに任せてもいいけど、厨房をぴりぴりした状態でほうっておくことはできないし。

「わたしのほうでなんとかするわ。それでいい？」

カーメンは小さくうなずくと、撮影スタッフのところに行った。彼らはわたしが出て行ったときとまったく同じ場所にいる。

「ねえ、ローレル・アン」わたしは声をかけた。「わたしから提携業者に訊いてみるわ。冷凍アスパラ以外に何か必要なものがあったら教えて。いっしょに頼むから」

「それって――」ローレル・アンはリストからゆっくりと目を上げた。「あなたがわたしを助けるってことよね」からからと笑ったけど、どちらかというと咆哮に近い。「あなたの力を借りるくらいなら、生のアスパラガスを使うわ。何をされるかわからないもの。これは実技審査だから」

「よしてよ」彼女がエグゼクティブ・シェフになったら、厨房の行く末はどうなるのだろう？　それにしても、〝何をされるか〟なんて、ずいぶんひどい言い方だ。「あなたのチャンスをつぶすような真似はしないわ」

彼女は信じられないという顔をしてから、指をパチッと鳴らした。

「そうだ、あなた」シアンを指さす。「あなたもこの人と同じように――」横目でわたしを見る。「仕入れ業者とつきあいがあるわよね。連絡して、九時半までに冷凍アスパラガスを届けさせてちょうだい」

シアンはすがるような目でわたしを見た。ローレル・アンもわたしをふりむく。

「早くヘンリーのところに行ったほうがいいんじゃない？　着いたらバッキーに、ここへ来るようにいってちょうだい」

わたしはいわれたとおりにした。


下の厨房では、バッキーとヘンリーが試食用の一品の仕上げをしていた。わたしの見たことのない料理だ。

「これは何？」かがんで香りをかいでみる。温かく、ニンニクがきいた香りでとてもすばらしい。

バッキーがにっこりした。

「ぼくの新作だよ。ゴート・チーズとディル、クルミ、ニンニクを詰めた芽キャベツだ」

彼がひとつ取ってくれ、わたしはそれをゆっくり味わい、断言した――とっても、おいしい。

「だろ？」バッキーは自信満々だ。

ヘンリーも賞賛の言葉をいった。わたしはバッキーに、ローレル・アンが呼んでいることを伝える。

「このままここで調理をつづけてもらいたいけど……」

バッキーは満足感に浸りながらも、出ていくとき、照れくさそうに訊いた。

「これをファースト・レディに出すとき、ぼくも加えてもらえるかな？」

「もちろんだ」ヘンリーは明るく断定した。「きみがいなかったら、新作料理の感動は生まれなかった。みんなでひとつのチームだよ」

小さな部屋が、三人の笑顔できらめいた。

厳しい条件の下で、ようやく前向きな兆しが見えてきたようだ。

バッキーがいなくなってから、ヘンリーが主厨房のようすを尋ねた。

わたしは正直に報告。

ヘンリーはいろいろな思いをひとつの大きなため息に込めた。だけど後ろばかり見ていても仕方ない。ヘンリーはちらっと時計に目をやった。

「きょうはいつにも増して時間との勝負だ。さあ、オリー、ファースト・レディがお待ちだ。期待を裏切るわけにはいかん」

わたしたちは仕事を再開した。


八時二十分、仕込みが完了。オーヴンでは副菜がふたつ、仕上がりを待っている。そのひとつがバッキーの芽キャベツだ。ほかの料理の材料は、一部をレンジで温め、一部を冷蔵庫で冷やしている。ファースト・レディの用意が整いしだい、それを使って前菜、主菜、副菜、付け合わせをつくるのだ。料理がお皿に盛られるとすぐ供せるよう、給仕人が三人待機していた。

上階のマルセルからEメールがあり、デザート三種類も準備完了とのこと。わたしたちは試食開始の知らせをいまかいまかと待った。

サージェントは予定どおり、八時三十分に姿を見せた。

「準備はできたか？」

「はい」わたしはサラダを取りに冷蔵庫へ向かった。

サージェントは、ハンサムな給仕長ジャマル・ウォーカーに、「きょうは図書室で、きみひとりで給仕してくれ」といった。

え？

「図書室で試食を？」ヘンリーが確認した。「ファースト・レディはいつも……」

サージェントは目を三角にして彼を黙らせた。

「キャンベル夫人の希望だよ」いちいち説明するまでもないといわんばかりに。「きょうの試食はすべて図書室で行なう」

ジャマルがヘンリーの顔を見ると、ヘンリーは首をすくめ、「では、そのように」といった。「わたしも図書室は好きだよ」

「忘れていないだろうな、試食はふたり分だぞ。キャンベル夫人とわたしと」

「忘れるわけがありません」といったのは、つくり笑顔のわたしだ。

ヘンリーとわたしはただちに三種類のスープ、七種類の前菜、二種類のサラダをそれぞれ美しく盛りつけた。どれも少量とはいえ、それなりに時間はかかる。予定としては、この試食の第一ラウンドが終わりに近づいたら、わたしたちは厨房にもどってメインコースを用意することになっていた。

そしてヘンリーとわたしが、いざ図書室に向かおうと厨房を出かけたところで、サージェントが、「おい、おい、おい」と三度もいって、わたしたちをひきとめた。

ヘンリーもわたしも首をかしげた。

「きみたちは来なくていい」

「えっ？」ヘンリーとわたしは同時にいった。

試食の際、料理人はかならずその場にいた。そうすることで、ファースト・レディが感想を述べるときのようすや、何がどの程度よかったのか、あるいはよくなかったのかを感じとることができる。ファースト・レディの意見をじかに聞くのは、その後の献立にとって必要不可欠なのだ。

「これも変更のひとつだ」サージェントは尊大に、ゆっくりとうなずいた。「シェフふたりと給仕が三人もいると、図書室が息苦しくなる」

わたしは反論した――今回はバッキーも加わる予定で、そうするとシェフは三人になりますが、給仕人は出たり入ったりして料理の感想を聞くのに立ち会いません、あれだけ広い図書室がその人数で息苦しくなるとは思えません。

ヘンリーもついに限界に達したようで、「それはあなたの判断かな？　それともファースト・レディの？」と訊いた。

「関係ないだろう、どちらでも。そんなことは――」

「どなたの判断ですか？」

サージェントは胸を張った。「わたしだよ。変更はなしだ。従ってもらう」

ヘンリーは腕を組んだ。「いや、納得できない」

サージェントの目がまんまるになった。

「きみ……」あきらかにまごついている。「図書室にテーブルを置いたら、十分なスペースがない。それでも、まあ……ヘンリー、きみひとり分くらいなら、なんとかなるだろう。しかし、ふたりは無理だ」

「仕方ない、譲歩しましょう」ヘンリーはわたしをふりむいた。「ファースト・レディの試食会は、オリー、きみが進行役を務めなさい。わたしはここに残って、主菜と副菜を用意するから」視線をサージェントにもどす。「あとでバッキーも行かせる。それでよろしいかな？」

ヘンリーはサージェントの返事を待たなかった。

「さ、オリー、行きなさい」

うろたえているわたしを見て、ヘンリーの目がきらっと光った。これまでわたしひとりで試食会に参加したことなどない。ヘンリーといっしょなら何度もあるけど、エグゼクティブ・シェフの立場で重要な役割を務めたことは一度もないのだ。やればできる、立派にやりとげてみせる。とは思っても、一か八かの勝負であるのはまちがいなかった。

ぞくぞくした。

トムの声を聞きたいと思った。

ファースト・レディは立って迎えてくれた。わたしはローレル・アンのような気分になったけど、同行者はカメラマンではなく給仕人だと思い、顔がほころんだ。キャンベル夫人はそれを見て、笑顔を返してくれた。

「まずはお詫びしなくちゃね」と、夫人はいった。「国賓晩餐会があることを、早めに知らせることができずに申し訳なかったわ」上品にセットされた黒髪と細身のからだに、あんず色のスーツとパステルカラーの柄入りスカーフがよくにあっている。からだの前で軽く両手を組み合わせ、目と口のまわりに深い笑い皺ができて、アメリカ合衆国の大統領夫人というよりは、親切な図書館司書といった感じだ。

サージェントはこの場を仕切るのは自分だ、という態度だったけど、わたしも給仕人も試食会は何度も経験している。むしろ彼のほうが初体験のはずだ。

「お詫びなど必要ありませんよ。そもそも――」サージェントが話しはじめると、キャンベル夫人がさえぎった。

「いいえ」穏やかに。「わたしはそうしたいのです」思わず耳を傾けたくなるような声、といえばいいだろうか。生まれも育ちもアイダホだけど、アクセントはあきらかに南部のもので、夫人の夫、キャンベル大統領は南部出身だった。わたしの顔を見て、夫人はつづけた。「あなたとヘンリーは、これまでもすばらしい仕事をしてくれました。創造性に富む献立をつくるには、たいへんな努力が必要でしょう。ましてや今回は、時間が限られていたから、あなたたちの忍耐と努力に心から感謝します」

「ありがとうございます」わたしはどぎまぎした。

「主人は対立するふたつの国を同じテーブルにつかせる、またとない機会を得ることができました。これを実りあるものにつなげられるかどうかは——」ふっと視線をはずして周囲を見る。「わたしたち一人ひとりの手に委ねられています」

ファースト・レディは席についた。

いよいよ開幕。

「本日は、わたしが進行役を務めさせていただきます」

そういうと、わたしは最初の給仕人に前に来るよう合図した。ヘンリーがいないことに、夫人がとまどったようすはない。

「それぞれふたり分ご用意しました」

「え？　ふたり分？」はじめて夫人はとまどいを見せた。

サージェントが隣の席に腰をおろした。「わたしも試食しますので」

夫人がこちらをちらっと見たけど、わたしは表情を変えない。ここで私的な感情を表に出すわけにはいかなかった。夫人の口もとがわずかに引き締まる。でもすぐに、それはほほえみに変わった。

「あら、だったらきょうは、あなたにとってもいい日になるわね?」

サージェントは給仕人が置いた一品めの香りをかぎながら、「そうですね」と答えたけど、その顔は「いいかどうかはまだわからない」といっている。

わたしは少し離れたところにすわり、ノートとペンをかまえた。

四品めを試食したところで、キャンベル夫人はひとつを除き、とてもおいしいといってくれた。サージェントはふたつを却下、ほかのふたつはしぶしぶ認めた。彼によれば、最初の一品には風味がない、三品めはニンニクの香りが強すぎるとのこと。

わたしは最初の給仕人に五品めを供するよう合図した。この前菜は、材料にチョコレート・リカーを使っている。キャンベル夫人もサージェントも、材料一覧を見て何かひと言いうだろうと予想していた。そして結果は、予想どおりだった。

「これはだめだ」サージェントはお皿を押しやった。

さて、この後はどうなるか——。

夫人はフォークでひと口分すくい、口に入れた。味わう表情は、満足しているように見える。

「おいしいわ、オリー」夫人は隣のサージェントを見た。「あなたはひと口も食べていないでしょ」

サージェントは材料リストを指で叩いた。

「チョコレート・リカーですよ」かぶりを振る。「もう少し勉強してくれないと困るね。イスラム教では、アルコールは認められていないんだよ」

「問題ないかと思います」わたしは静かにいった。キャンベル夫人のような声で話せたら、まわりは身をのりだして聞いてくれただろう。「チョコレート・リカーは、リカーといってもアルコールではありません。いわゆるカカオマスで〝ハラール〟です。ムスリムでも口にしてかまいません」

「ハラールのことくらい、いわれなくても知っているよ」

「リカーではなくリキュールだと思われたのではありませんか?」わたしは言葉の違いがわかるよう、はっきりと発音した。キャンベル夫人が聞き入っているから、できるだけ明るい調子でしゃべる。「その場合は非ハラール、すなわち〝ハラーム〟で、ムスリムは口にできませんから」

「しかしこれは――」

もういいわ、というように夫人が割って入った。

「オリーはこの前菜に、お客さまが困るような材料は使っていないと断言できるのね?」

「はい、どの料理にも、そのようなものは使っていません」

キャンベル夫人はにっこりした。

「では、ミスター・サージェント、わたしはこのすばらしい前菜を小さな誤解で闇に葬るのはもったいないと思うわ。ミズ・パラスが問題ないといってくれているのだもの。それに晩餐会のゲストのシェフたちも献立に目を通すから、不適切なものがあれば教えてくれるでしょう。さあ、あなたも早く味見して評価を書いてちょうだい。そうしないとつぎの料理をいただけないから。この前菜はきっとあなたも気に入るわ」

サージェントは前菜を口に入れ、わたしめがけてぶっと噴き出しそうな顔をした。

「調理の手順は記録に残しているんだろうな？」

「はい」

「レシピ・ファイルに加えたか？　ひとつも漏らさずに」

「はい。いつもかならずそうしています」

「それならよろしい」評価シートにペンを走らせる。「ちょっと気にかかったものでね。ブラウン女史が予定より早くエグゼクティブ・シェフになった場合、過去のレシピを確認しなくてはいけないだろうから、漏れがあったら困る」

キャンベル夫人は眉をひそめた。

「ミスター・サージェント、わたしはまだ後任を決めていないわよ」

「ええ、そうでしたね。わたしの誤解です」

給仕人が主菜と副菜をのせたカートを押して入ってきた。バッキーもいっしょで、サージエントは彼がわたしの横に来ると渋い顔をした。給仕たちが後ろに下がり、わたしは立ち上がる。

「最初の副菜は、アシスタント・シェフのバックミンスター・リードの手になる新作です」

キャンベル夫人がバッキーを見上げ、彼の顔が輝いた。

わたしは椅子に腰をおろす。

夫人とサージェントが最初の主菜と特製芽キャベツを食べ始めると、バッキーの足が緊張で小刻みに揺れた。わたしたちの前にはクロスの掛かったテーブルがあるから、ほかの人には気づかれない。

わたしはキャンベル夫人の反応をじっと観察し、つぎにサージェントを見た。バッキーは唇を引き結んでいる。

キャンベル夫人が何かいいかけたけど、それより先にサージェントが「風味は……いいな」といった。「しかし、どうして芽キャベツを選んだ？　厨房を監督する立場になってから多少研究したところ、芽キャベツは野菜のなかでもとくに人気がないことがわかった。実際、アメリカでもっとも嫌われている野菜といっていいだろう、年代を問わずにね」首を横に小さく振って、険しい表情になる。

バッキーは茫然として、横にいるわたしを見た。

身びいきするのは、いやだった。だけどもしエグゼクティブ・シェフになれたら、チームのメンバーはわたしが守らなくてはいけない。

わたしは立ち上がった。

「その副菜の味、色、形、あるいは盛りつけがお気に召さない場合はやりなおします」

サージェントは評価シートに何やら書きこみながら、目も上げずに「よろしい」といった。

わたしは引きさがらなかった。

「芽キャベツの人気を基準に、この副菜を排除するのはお勧めしません。お味見いただいたように、副菜としては一級品です。お客さまを不愉快にさせる料理であれば、こうして試食いただくこともなかったでしょう」笑顔をつくってキャンベル夫人のほうを見たけど、夫人の表情は読めなかった。「いかがでしたか？」

夫人はフォークを置いた。

「ゴート・チーズとディル、クルミの組み合わせは斬新で、とてもおいしいわ。ゲストのみなさんにも、ぜひ食べていただきたいわね」

バッキーの安堵のため息が聞こえてきそうだった。

「ただ……野菜の人気度もたしかに気になるわね。今度の国賓晩餐会は、主人が大統領として主催する晩餐会でもとりわけ重要なものだから、慎重を期さなくてはいけないわ。残念だけど、少なくとも今回は、ミスター・サージェントの研究結果を信頼しましょう」

研究結果？　いったいどんな研究なのか。サージェントは体裁ばかり気にして、料理の何たるかをわかっていない。嫌いな野菜のトップテンをインターネットで調べ、断片的な知識をつなげてわかったふりをしているだけだ。わたしも似たようなアンケートは見たことがある。そしてサージェントは、それをうのみにしているのだ。このての調査では、〝いちばん嫌い〟なものが、かならずある。アンケートに回答する人は、子どものころ母親にむりやり食べさせられた真空パックの苦い水煮の芽キャベツの記憶しかないかもしれない。バッキーがニンニクやディルで工夫した芽キャベツとはまったく別物だ。

からだが熱くなってきた。キャンベル夫人の判断を、素直にうけいれることができない。でも、大統領夫人に逆らうような言い方もできないし……。横目でバッキーを見ると、彼は肩をおとし、困惑し、不満げだった。

ヘンリーならどうするだろう？

「それでは――」わたしは夫人とサージェントにいった。「八月に予定されている公式晩餐会の献立に、カリフラワーの副菜があります。それをこの芽キャベツと差し替えてもよいでしょうか？」

キャンベル夫人は、首を横に振りかけたサージェントにかまわずいった。

「それはいいわね。ぜひ、そうしてちょうだい。名案よ、オリー。ありがとう」

19

厨房のキャビネットの扉が派手な音をたてて閉まった。どうやらシアンが手を滑らせたらしい。

「カット！」カーメンが声をあげ、片手に持ったカメラを下げた。

撮影班は緊張をとく。

ローレル・アンの百万ドルの笑顔が、地面に落ちた過熟トマトのようになった。

カーメンはこぶしを腰に当て、つかつかとシアンのところへ行く。

「音は出さないでくれって、いったはずだよね？」みんなの顔を見まわす。「平常心だよ、平常心。いいね、おちついてやってくれよ」大きな頭を上下に揺すりながら話し、黒髪がカーテンのごとく顔の前に垂れ下がった。「タバコでも吸わないとやってられないよ」足早に外の廊下に出ていく。

ホワイトハウスの敷地内では、どこでもタバコが吸えるわけではないことを知っているのかしら？　そして喫煙所に行くときは、行きも帰りも職員が同行する決まりになっている。喫煙に関しては、政権によって方針が違った。現在のキャンベル大統領は、火のついていないタバコを口にくわえることはあっても、実際に吸っているところをわたしは見たことがない。マスコミはささいなことをとりあげて騒ぎたて、とくに最近は、政治家の生活の何から何まで記事のネタにされてしまう。

カーメンがいなくなっても、ジェイクは撮影をつづけた。

ローレル・アンはバナナ・フランベのごとく全身から熱を発散し、狭い厨房を行ったり来たりしている。

「こんなの信じられないわ」彼女のピンクのエプロンには、はねた油の染みがあった。わたしがいないあいだにまた取りかえたようで、エプロンは少なくともこれで三枚めだ。「衣装やメイク担当を連れてきちゃだめだなんて、ふつうじゃないわよ」

コンピュータに目をもどし、わたしは試食結果の入力をつづけた。どれが承認され、どれが却下され、その理由は何か。ヘンリーがわたしの肩ごしにそれをながめる。コンピュータには最大限の情報を詰めこむことにしていた。いつかまた試せる機会があるかもしれないし、レシピを練りなおしてみたいものもある。今後のために、情報は選別せず保存するのだ。味の好みは十人十色だから、情報が多すぎるということはない。

サージェントの否定的な意見とバッキーの落胆はさておき、試食会そのものはおおむね成功だったと思う。献立は三種類用意し、来賓に随行するシェフなどの関係者に提出して最終的な承認をもらうことになる。

キーボードを叩くわたしの耳にも、バッキーの愚痴が聞こえてきた。かわいそうなバッキー。アーティチョークを刻みながら、サージェントへの不満をヘンリーに語っている。

「さいわい、ぼくはアルコール依存症じゃないからね」声をおとす。「料理用のシェリー酒を飲まずにすんでる」

「まだ終わらないの?」ローレル・アンが訊いた。

彼女はもう一度同じ台詞をいい、わたしは自分が話しかけられていることに気づいた。

「ちょうどいま終わるところ」わたしは〝保存〟と〝終了〟をクリックした。

「そろそろ時間なのよ。あれだけのスタッフで――」腕を厨房の向こうに振る。「大統領一家が喜ぶ料理をつくるなんてあんまりだわ。大統領夫人はきっと、試食でお腹いっぱいだろうし」

たしかにそうだと思った。いい点をついている。サージェントがなぜあえてこの日を選んだのか疑問だけど、わたしには見えない何かが彼には見えているのだろう。

ローレル・アンに同情する気はないものの、気持ちはよくわかると思った。わたしでも、こういう日に審査を受けるのはできれば避けたい。といっても、こればかりはどうしようもないから。そこでわたしは控えめにいった。

「キャンベル夫人はそんなに食べていないわよ。ほんの少しずつって感じで――」

ローレル・アンは両手でばしっとカウンターを叩いた。歯の隙間からしぼり出すようにいう。

「あなたの意見を訊いたわけじゃないわ。ひとりでも手伝いがほしいだけよ。早朝からずっと、猫の手も借りたい状態なの。あなたがコンピュータにしがみついていたら、ランチもディナーも予定の時間に間に合わないのよ」

わたしはぐっとこらえた。横にいたヘンリーが下品な音を発し、わたしの耳もとでささやく――「きょうの厨房は彼女が主役だよ、オリー」

よけいなことはいわないように。それはわかっているつもりだけど……。笑顔で受け入れるのは無理でも、不満をいうのだけはやめておこう。それで彼女とうまくつきあえるかどうかは別問題として。

ローレル・アンは手招きすると背を向け、わたしは彼女についていった。

この一時間ほど、ローレル・アンは何もしていない。というか、ここへ来てから実質的に、たいしたことはしていないといってよかった。

わたしはマルセルをちらっと見た。彼はローレル・アンに渡された指示書を、上品な鼻に皺を寄せ、首をかしげて読んでいる。彼は自分の裁量でやれるとなったら猪突猛進の、トップクラスの菓子職人だ。いっしょに仕事をしてきたわたしの経験からいうと、あの顔つきや態度は大噴火の予兆だった。

シアンはレタスを刻み、バッキーはまだアーティチョークの山と格闘している。ヘンリーは魚の骨を抜くのに集中。これは誰もが避けたがる仕事のナンバーワンだ。

と、わたしは思っていた。ローレル・アンに作業を指示されるまでは。

彼女は野菜などのくずがたまったシンクの前で立ち止まり、わたしをふりむいてほほえんだ。

「あなたの持ち場はここね」

「ごみ捨てと洗いもの？　でも……」

彼女はわたしをにらんで黙らせると、顔を近づけてささやいた。

「わたしはばかじゃないもの」吐く息はミントの香りがした。「あなたを料理の近くには行かせないわ」顔を引き、今度は全員に聞こえるように大声でいう。「片づけ専門の人がいれば、もっとみんな効率的に仕事ができるわよね」

誰も何もいわない。だけど同僚たちの目には哀れみの色があった。理由ははっきりしている。これは新米の仕事であるだけでなく、ローレル・アンの明らかなメッセージでもあった。

カーメンがもどってきた。タバコ休憩をとるまえとはうって変わって、リラックスしている。ローレル・アンが彼のところに走っていき、何やら話した。

わたしはシンクを見おろした。洗剤の泡といっしょに、レタス、タマネギ、鶏肉、魚の残骸に油――。現実の厳しさを実感しながら、そこに両手を突っこむ。ホワイトハウスのシェフになるのは、わたしの夢だった。そしてくじけず、懸命に働いて、なんとかその夢を手に入れた。わたしはホワイトハウスの厨房を愛してやまない。ローレル・アンが大きな声で指示を出し、その甲高い声が、目覚まし時計のベルのように聞こえた。夢の終わりを告げるベル――。

蛇口から水を流してため息をつく。ふりかえるとローレル・アンがカーメンに何かを指示し、彼がそれをほかのみんなに伝えている。カメラが回っていてもこうなら、誰にも見られていないときはどうなるのだろう。厨房の行く末を思うと、暗い気分になった。

水が渦を巻き、ごみを巻きこみながら流れていく。エグゼクティブ・シェフになるという究極の夢も、このごみと同じように流れて消えていくのだろうか。周囲の予想どおり、ローレル・アンがエグゼクティブ・シェフに選ばれたら、わたしは新しい仕事を探さなくてはいけない。

「ごめんね」シアンがまな板と包丁をシンクの横に置きながらささやいた。「片づけはいっさいするなっていわれたの。洗いものもごみも、そのまま放っておけって。まさかオリーにさせるつもりだったなんて……」

「気にしないで」

シアンは疲れたようにほほえむと、つぎの作業をしに行った。

わたしたち常勤五人組は、使い終わったらすぐ洗う、を心がけていた。材料のくずなども、一人ひとりが片づける。給仕の人に手伝いを頼むこともできたけど、それは最小限にとどめていた。厨房が狭いこともあり、自分でできることは自分でするという方針だった。

水を流したあと、シンクに置かれていたボウルにスプーン、食器類を取り出す。金属がステンレスの壁に当たり、手からフォークがすべり落ちてカチャカチャッと音をたてた。

「静かに！」カーメンの声が飛んできた。

わたしはふりむき、彼と目が合うまで見つめつづけた。彼はわたしの視線に気づくと何かを感じたのだろう、なだめるように両手を上げた。

「まあね、まだ〝スタート〟の掛け声はかけていないけどね、静かにする習慣を身につけるのはいいことだから」口の端が奇怪なかたちにゆがんだ。たぶん、ほほえんだつもりなのだろう。

わたしは彼に背を向けると、乱暴に積み重ねられた焼き型をできるだけ音をたてないようにして置きかえ、熱いお湯を満たした。しばらく浸けておくあいだ、ほかの汚れ物を洗うことにする。でもそのまえに、排水溝の底にたまっている生ごみを処理しなくてはいけない。鶏肉の脂身を左手でつかみ、さばいた魚の残りに右手をのばしたところで、またシアンがやってきた。

「オリー……」声は小さいけど、どこかせっぱ詰まったものがあった。「〝カリンをソテーする〟ってどういうことだと思う？　ここにそう書いてあるのよ」ふりかえって、ローレル・アンに見られていないかどうか確認してから、ビニールでくるんだ薄いピンクのカードの裏を指さす。

わたしはその手書きのカードを二回読んだ。コンピュータを使わず、いまどき手書きというのも珍しい。でもそれより何より、わたしも『ソテーする。カリン』の意味がわからなかった。「何をつくっているの？」わたしは小声で訊いた。

シアンはカードをめくり、わたしはそこに書かれていることを読んだ。

「はい、みなさん！」

カーメンがパチパチと手を叩いた。

　みんなの視線が彼に集まる。わたしはシアンをこっそりつついて、なんとかするからと耳打ちし、持ち場にもどらせた。ほっとした彼女の笑顔が、わたしには無言の圧力になった。ローレル・アンが何をつくりたいのかが、よくわからないからだ。バター、タマネギ、卵、アーティチョーク、ブドウ、カリン——。

　カーメンは狭い厨房で声をはりあげ、全員が作業の手を止め注目している。

「みなさんそれぞれ、担当の仕事があるかな？」

　みんなうなずく。

「すばらしい！」彼は子犬をやさしく叩くようにローレル・アンの左腕を叩いた。「それでは、その仕事を……どんな仕事でもいいから、つづけてください。撮影が始まったら、このスター・シェフがみなさん一人ひとりのところに行きます。笑顔で迎えてください。ただし、仕事をする手は絶対に止めないように。彼女がそばに来たら、みなさんの仕事に少し手を加えますから、そうしたらほほえんで、『ありがとう』といってください。それで終了。いいですね？」

　マルセルが人差し指を振りながらカーメンに近づいた。

「だめだ、それはできない」手に持っていたピンク色のカードを、カーメンの横のカウンターにぽいっと投げる。

「朝からずっと、いわれたとおりにやってきたけどね」と、マルセル。「いつもなら、エグゼクティブ・シェフにだって口出しさせないんだよ」ローレル・アンに鋭い視線を向ける。「彼女にも、菓子づくりで指図されたくはないね。自分をおとしめてまで、こんな……英語ではなんというのかな……〝卑猥な〟ものをつくることはできない」

カーメンがローレル・アンを見ると、彼女は首をすくめた。わたしたちは息を殺してその場に立っているだけだ。彼女の献立に不満があるのは、マルセルだけではないということだろう。それにしても、彼がここまでいうのは珍しい。

カーメンは菓子職人をなだめにかかった。

「ローレル・アンがあなたに割り当てたものを再確認しますよ。なんとかなりますって」

「いいや、それは無理だ」マルセルは胸を張り、ピンク色のカードに指をつきつけた。「そこになんて書いてあると思う？　最悪(サクレ・ブルー)だよ！　わたしは未熟な人のいうなりにはならない」

「未熟ですって？」ローレル・アンは目をむいた。「メディア・シェフ・インターナショナルのまえは、あの超一流のカリフォルニア調理アカデミーでたっぷり経験を積んだのよ」

喜劇役者さながら、マルセルは首をひねって彼女の背後をじろじろながめた。そして断言する。

「積んだものをどこかに捨ててきたんだな」

彼女は足を、文字どおり踏み鳴らした。

「いいかげんにして！」

シアンはにやにやし、わたしは片手で口を押さえた。

でも笑っている場合ではなく、この場をなんとかしなくてはいけない。するとヘンリーが前に進み出て、わたしたちは少しあとずさり彼を通した。

「マルセルのいうとおりだよ」ヘンリーは静かにいった。「わたしは彼がつくるものに関し、指図したことは一度もない。ただし、協議はするよ」

ヘンリーが〝協議〟という言葉を強調したのは、ローレル・アンにチームワークの大切さを伝えたかったからだろう。

でも、彼女にはそれが伝わらなかったらしい。カーメンも同じで、ふたりは〈クッキング・フォー・ザ・ベスト〉の最終回を成功させるために、自分たちの意向も少しは反映してほしいと反論した。

ヘンリーは妥協点を見つけようとし、マルセルも怒りをこらえて話しているけど、ローレル・アンにもカーメンにも譲歩する気はなさそうだ。

バッキーが議論に加わろうと彼らのところに行った。でも、どちら側につけばよいのかわからないのだろう、発言はせずに聞いているだけだ。

彼らが〝協議〟しているあいだ、わたしは手を拭いて、シアンからもらったレシピをじっくり読みはじめた。シアンが忍び足でこちらに来ると、「さっぱりわからないのよ」といいながら、緊張感を増していく〝協議〟を不安げにながめた。

ローレル・アンは最初に材料一覧を示さないタイプだった。材料と分量は、それを使うときに書かれている。カードの片面には、卵、バター、アーティチョーク、タマネギの処理法があり、最後が「ソテーする」だ。それにつづいて裏面は「カリン」で始まり、ブドウを入れて、砂糖とヘビー・クリームを加える、とある。

「これで何をつくるの？」わたしはシアンに訊いた。

「キッシュよ」

それはちょっといただけない。

「彼女は資料を読まなかったのかしら。大統領一家の好きなものと嫌いなものは伝えてあるのよ。大統領はキッシュが嫌いなのに……」

わたしたちはヘンリーやローレル・アン、カーメンには背を向けていたけど、ときどき横目でうかがってはいた。議論はますます熱を帯び、いつも冷静沈着なヘンリーでさえ、顔を真っ赤にして、くいしばった歯の隙間からしぼり出すようにゆっくりと話している。でも誰ひとり大声を出さないのは、ここがホワイトハウスであることに配慮しているからだろう。

「謎が解明できたような気がするわ」わたしはシアンにいった。

「ほんと？」

カードをひっくり返し、もう一度ひっくり返して、これしか考えられないと思うことを話す。

「一枚のカードに一レシピじゃなくて、ここには二種類書かれているのよ。ひとつめがカードの表で、ふたつめが裏面じゃないかしら。表がキッシュ（quiche）で、裏がカリン（quince）。どう？　アルファベット順じゃない？」

シアンはカードを何度もひっくり返して見た。

「そうか、そういうことね……。だったらわたし、カリンをどうしたらいいのかしら？」

「これは昼食用？」

「そう」

わたしは少し考えた。「キッシュはつくらないで。やめたほうがいいわ」コンピュータのほうへ頭を振る。「どっちみち、彼女はあなたにカリンを割り当てたんだろうし。コンピュータのレシピ・データを見てみたら？　裏面の材料でつくれるものを探すの。おいしくできたら、彼女だって文句はいわないわよ」

「助かったわ、ありがとう」

「どういたしまして。でも二秒後にはたぶん、あそこの人たちの冷たい視線を浴びるわ」

そういうと、わたしは熱く議論する一団に向かい、「もうやめましょう！」と声をかけた
――埒が明かない議論は時間の無駄です、お願いします、ここはホワイトハウスの厨房なんですよ、こんなことをする場ではありません。

「マルセル！」と呼んでも、彼は無視して話しつづけ、わたしはもう一度声をあげた。

「ヘンリー！」

信じられないことに、議論はやまなかった。この種の言い争いがアメリカ合衆国大統領の官邸で許されるとは思えないし、許されるべきではない。近くにいるシークレット・サービスが止めに入ってこないのは、ドアがすべて閉まり、清掃係が廊下で電動モップを使ってい

るから、声が外まで聞こえないだけのことだ。

こうなったら仕方がない。わたしはさっきのカーメンをまねてパンパンと手を叩いた。

「はい、みなさん！」

ようやくみんな口を閉じ、こちらをふりむく。

わたしは左手を上げた——「もうすぐ正午よ。仕事にもどりましょう」

20

「ホワイトハウスの厨房では、きょうもまた、エキサイティングな一日が終わろうとしているのであった」

　同僚たちはわたしの言葉にほとんど反応せず、冷ややかな視線を送ってきただけだった。コンピュータ前のスツールに腰かけていたヘンリーは、肉づきのいい手で頬づえをついた。

「なんとか終わったな」目を上げてわたしを見てから、厨房全体を見まわす。「でもなあ……」声には明るさがもどっていた。「ローレル・アンも、わたしの後任に決まったら、きょうとは違ってスムーズにきりもりすると信じるしかない。少なくとも――」首をすくめる。

「厨房にカメラマンはいなくなるからね」

　カウンターにもたれ、腕を組んでうつむいていたシアンが顔を上げた。

「オリーはけっこうラッキーだったわよ」

「どうして？」

「わたしなんか、彼女にわめかれたわ。それも――」目を細める。「金切り声でね。例のカリンは、ガラスコンポートで出すものだと思ったのよ、わたしは。ところが、あのテレビの人気シェフは……」最後の言葉を強調する。「パフェのようにしたかったみたい」またうつむいて、床を見つめる。「あそこまでひどい言い方することないのに……」。オリーは料理を手伝わなかったから、わめかれずにすんで幸運よ」

わたしはバッキーに目をやった。彼のことだからローレル・アンをかばうだろうと思っていたけど、いまのところ何もいわない。みんな思い思いの場所にいて、彼の場合はドアにもたれかかり、ぼんやりと宙を見ている。いつもぴしっとしたマルセルでさえ、いささかだらしなく踏み台に腰かけて、両肘を膝にのせていた。

「そうだ!」マルセルがだしぬけに立ち上がった。「忘れていたよ!」

ヘンリーが疲れた顔で、「何かな?」と訊く。

マルセルはあわてて腕時計を、つぎに壁時計を、そしてまた腕時計を確認した。

「あの大使が……名前は何だったかな……あのアラブの大使が献立の打ち合わせをしに、あと十五分でここに来る!」

誰ひとり動かなかった。

「それは確かなの?」わたしは静かに訊いた。きょうはみんなにとって、とくにマルセルにとってはたいへんな一日だった。とはいえみんな、あわただしいのには慣れている。

マルセルは踏み台にどしんとすわりこんだ。

「ああ、どうしよう。大失敗だ。電話に出たとき、ちょうどあの騒ぎで……」

「〝火山噴火〟のとき?」と、バッキー。

ヘンリーがぷっと噴き出した。コンピュータの横に肘をつき、顔を両手でおおって肩を震わせ笑いをこらえる。

シアンは声をあげて笑い、わたしも笑った。ふだんむっつりしているバッキーでさえ、こちらに背中を向けくすくす笑っている。マルセルはとまどっていたけど、部屋の空気が明るくなったことにほっとしているようだ。

「じゃあ、急いで――」わたしは笑いをこらえながらいった。「大使をお迎えする準備をしなきゃね」

ヘンリーが立ち上がった。うれしいことに、顔が赤いのは怒りではなく笑いすぎたせいだ。「では、とりかかろう、わが兵士たちよ」みんなの笑いがおさまり、静かになった。「戦(いくさ)がもうひとつ控えている。大使が献立の内容吟味で攻めてくるなら、こちらも堂々と受けてたたなくてはいけない。領土侵犯をなんとか撃退したばかりで疲れてはいるが――」迎撃態勢に入るように太い眉をひくひくさせ、目を細める。「きょうの試食で使った材料はどこにある?」

「とりわけて、べつにしてあるわ」わたしが答えた。

「よし。ビン‐サレー大使も試食したいかもしれんからな」

シアンがうんざりした声をもらしたけど、ヘンリーににらまれてむりやりほほえみ、「そうなるといいわね」といった。

「だったら――」と、わたし。「メモ用に、献立をプリントアウトするわ」

マルセルがまたあやまった。

「もう気にしないで。きょうはいろいろあったんだもの。思い出してよかったわよ、もし到着の――」

そこで口を閉じた。サージェントが入口に姿を見せたのだ。彼の後ろにビン＝サレー大使とカシーム補佐官もいる。

「エグゼクティブ・シェフとペイストリー・シェフに質問できそうですよ」サージェントは肩ごしに大使にいった。「今夜はふたりともおります」

サージェントは書類を手に持ち、こんな時間でも朝一番と変わらないほどびしっとしていた。そして入口から足を一歩踏み入れたところで、つと立ち止まる。

「全員いるのか？」

わたしたち五人はドアやカウンターにもたれかかることもなく、ほぼ半円形に並んで立っていた。

「はい」わたしが答える。「きょうはローレル・アンの実技審査もあり、そちらに少し時間がかかりました」

サージェントはほんの二秒ほど渋い顔をして、「どうやらそうらしいな」というと、すぐにヘンリーのほうを向いた。そしてマルセルに、こちらへ来いと手を振る。

「大使と補佐官は、国賓晩餐会のメニューについて二、三質問があるそうだ」よく訓練された司会者のごとく、ゲストにスポットライトが当たるよう後ろに下がる。

「何でもお尋ねください」ヘンリーはわたしに会話に加わるよう手招きした。「ご心配なことでもおありですか？」

結果的に、提案した献立は問題ないことがわかった。大使はハラールが守られていることを再確認したかっただけらしい。大使によると（カシームが通訳した）、イスラム教のハラールと、サロミア国の食事の定め〝コーシャ〟はまったく異なるものだが、ときに混乱、混同されることがあるとのこと。わたしたちが両者の違いをきちんと理解していることを説明すると、大使は安心したようだ。

カシームは、サロミアの首相や随行員とも献立の調整をするのかと訊いた。

「はい、行ないます」これにはヘンリーが答えた。「みなさまの了解をかならず得ることになっていますので」

「献立を変更するときは、事前にわたしたちにも相談してくれるのかな？」

ヘンリーが手順を説明しようとすると、横からサージェントが「もちろん、勝手に変更したりはしませんよ」といった。

カシームは小さくお辞儀した。

「それなら結構」大使のほうを向いて最初は母国語で話し、その後英語にきりかえた。「では、そろそろ帰りましょうか、大使？」

長い一日だった。ヘンリーもいつになく疲れを隠せずにいる。大使が補佐官の言葉に従って帰ってくれれば、わたしたちも帰宅できるのだけど……。わたしはふたりのようすを見守った。

ところが大使は、「いいえ」といった。「わたしはまだ帰ることができません。これの……使い方に、とても興味があります」ガーリックプレスを取りあげ、V字形の握りの部分をいじる。「これは何のために使うのですか？」

どんなときでも心からお客さまをもてなすヘンリーが、実演して見せた。しかも大使に実際に使わせてみる。何度か試してから、大使はニンニクをうまく潰せるようになった。部屋は人いきれでむんむんしはじめ、わたしはゆっくり息が吸えるよう、少し離れた場所に行った。

大使は目新しい道具に嬉々として、ほかの調理器具についても質問した。褐色の肌に白い歯を見せてにっこりする。

「先端技術ですね。これならジェイムズ・ボンドも料理をすることができるでしょう」

どっと笑いが起きた。みんな心から笑っている。

ドア近くにいたシアン、バッキー、わたしは顔を見合わせた。出口のドアは近いようで遠い。大使より先に帰るわけにはいかないけど、足はむくんで痛く、わたしはアパートが恋しかった。

トムのことを考える。

ヘンリーとマルセルが次つぎ道具を見せて大使をもてなしているあいだ、サージェントがこちらへやってきた。何をいわれるかはだいたい想像がつく。案の定、彼はわたしの顔を見ていった。

「アシスタント・シェフは何人がかりで、ライバルのチャンスを潰そうとしたのかね」

「誰もそんなことはしていません」と、わたしはいった。「あえていうなら、ローレル・アン自身でしょう」

シアンが同意し、バッキーは無言だ。でもバッキーは、ローレル・アンを擁護もしなかった。

「きみたちは幸運だよ。ブラウン女史のプレゼンテーションはうまくいったからね。大統領も大統領夫人も、彼女の料理にいたく感銘を受けていた。魚はこのうえなく美味で、副菜は創意に富んでいる。夫人はなかでもアスパラガスのオランデーズソースが気に入ったようだ」

わたしはうんざりした。ローレル・アンのメニューは創意に富むどころか、料理人が最初に学ぶ基本的なものばかりだった。しかもホワイトハウスの実技審査で冷凍野菜を使うなんて……。

サージェントはローレル・アンの料理を誉めつづける。

「それに、あのカリンのパフェは……」指を唇に当て、小さな投げキスをする。「じつにすばらしかった」

「カリンはオリーのおかげで――」シアンがいいかけると、サージェントがさえぎった。

「すべてがうまくいったのは、ブラウン女史のおかげだよ。彼女の才能ゆえに、きみたちの企みも無に帰した」

反論しかけたわたしに、サージェントはいった。

「何もかも彼女から聞いたよ」

「そうだろうと思いました」

サージェントの目がきらりと光った。

「ブラウン女子に嘘をつく理由はない。自分こそホワイトハウスにふさわしい料理人だと、よくわかっているからね」

気持ちが萎えて、わたしは目をそらした。おちつきなさいと自分にいいきかせる。シアンとも目を合わせないようにした。彼女の同情的な顔を見たら、自制心をなくしてしまいそうだった。

「はい、よくわかりました。そろそろ失礼してもよいでしょうか?」

サージェントはあきれたような顔をするとカシームを見やり、カシームはこちらにやってきて「どうぞ」といった。「ここはヘンリーとマルセルに任せて、あなた方は帰ってもよいでしょう」

彼はサージェントと話しはじめ、わたしは上着をはおりながらシアンやバッキーとおしゃべりした。

「オリーはあした、休みでしょ?」シアンがいった。「何をする予定?」

バッキーはびっくりしたらしい。

「ヘンリーはぼくだけじゃなく、オリーにも休みをくれたのか？　気でもふれたかな」

「わたしとあなたがあしたで、ヘンリーとシアンはあさって休むことになったの。マルセルのことは聞いていないけど。ヘンリーは、準備万端整えば問題ないっていってたわ。間際になってどたばたやるのがいちばん危ないものね。ヘンリーはみんなに、ゆっくり休んでリフレッシュしてから、十八時間勤務でがんばってほしいと思ってるみたい」

シアンはうなずき、バッキーは首をすくめた。

「それで、休日のご予定は？」シアンがまた訊いた。

サージェントはカシームと話しながら、少しずつこちらに近づいてくる。わたしは出口へ向かい、ふたりの横を通りすぎた。

「射撃場に行くかもしれないわ。久しぶりに練習するの」

「射撃場って、フレデリックの？」と、バッキー。トムはわたしに射撃を教えたがるけど、バッキーの場合は彼自身が射撃愛好家だった。射撃場と聞くだけで目の色が変わるくらいだ。わたしはそれを忘れて、ついしゃべってしまった。

「そう、二回くらい行ったことがあるの」

「シューティングが趣味だっけ？」

「楽しいとは思うわ」

「何時に行く予定？」

わたしは首をすくめた。トムはたいてい午後に行く。

「二時くらいかな」

「ぼくも行くかもしれないよ」

あら、休みの日にまで仕事仲間と会うのはちょっと……。でも、もしかするとそのほうが、わたしひとりより怪しまれずにすむかもしれない。トムとバッキーとわたしの三人。すばらしい偶然だと主張できる。そしてそのあと、トムをコーヒーに誘っても不自然ではないだろう。

21

目の前に、平和で静かなアーリントン墓地が広がっていた。二週間ぶりに来たのだけど、たとえ何年たったところで、ここの美しさを忘れることはないだろう。このところ睡眠不足がつづいたのに、それでもきのうはなかなか眠れず、開門時間の八時が待ち遠しかった。色とりどりの花を手に——ここでは生花しか許可されていない——無名戦士の白い墓石の前を歩いていく。長い時間がかかった。戦争で命をおとした人びとのなんと多いことか。あまたの英雄たち。

大理石の墓石はどれもまったく同じで、その下で眠る人びとの魂の声が聞こえるような気がした——わたしたちはみなひとつの旗の下で力を合わせ、いまもともに安らいでいる。

遠くで芝刈り機の音がした。

湿った草がわたしの足音を消し、輝きを増す朝日が露を払って、空気が少しずつ暖かくなってゆく。

父はここに埋葬されるのを望んだ。母は悲しみに押しつぶされそうになりながらも、父の願いがかなうよう気丈にふるまい手配した。わたしはまだ幼く、父のことをほとんど覚えていない。そして母は、父がどのようにして亡くなったかを話したがらなかった。ないに等しい父との思い出が、わたしにワシントンDCでの生活を選ばせたのではないかと思うときがある。

ゆっくり歩いて、立ち止まる。

アンソニー・M・パラス。銀星章。

わたしはただそこに、じっと静かに立っていた。

「おはよう、お父さん」

この時間にはまだ、あたりに人はない。わたしは父に話しかけたかった。父がここにいないのはわかっている。やわらかく湿った緑の草の下に横たわるのは、父の抜け殻にすぎないのだ。それでもわたしは、父とつながっていたいと思った。

「あのね……わたし、ホワイトハウスをやめるかもしれないの」

心のなかでも語りかける。父の魂が、口にする言葉としない言葉の両方を聞いてくれるような気がした。

「ずっとホワイトハウスにいたいのよ。でもね……」

起きた出来事をひとつずつ考える。ナヴィーンとの遭遇、彼の死、トムの怒りと失望、ローレル・アンの実技審査、そして自分がしたことと、その結果――。

「ほかにどうしたらよかったの？」

そよ風が、芝刈り機の音とともに、刈られたばかりの芝生の香りを運んでくる。髪がなびき、わたしは空を仰いで太陽に尋ねた――「どうすればよかったの?」

答えはなかった。ここに来るといつも心がおちつくのに、自分で答えを見つけることができない。

わたしは身をかがめ、父の墓前に花束を置いた。

「見守っていてね」


午後は射撃場に行った。天候に左右されないよう、ここには屋外だけでなく屋内施設もある。でもきょうは、シューティングにうってつけの日だった。空は青く澄みわたり、太陽が空気をほどよく暖めて大勢の愛好家たちを呼び寄せた。みんな心地よい天気を満喫しようと、屋外に出ている。

これならトムもかならず来ると、わたしは確信した。たまたま会うのにも、うってつけの日だ。

ここに着いたのは一時半くらいだった。家の内外をふくめていろんな用事があったけど、射撃場は五時に閉まるから、それまでにトムに会えるチャンスを逃したくなかった。わたしはいったん練習を始めると、夢中になって何時間でもつづけられる。もちろん安全確保を忘れることはないけど、指導員がしっかり監視しているし、常連たちもわたしと同じく慎重だ。

射撃場には保管庫があり、わたしは最初にそこに寄って自分の9ミリ・ベレッタを受けとると、弾を購入した。そして以前来たときに買ったウエストポーチをつける。ずいぶん大きいけど、それ以外はいたって普通で、外側にジッパー付きのポケットがあり、そこに銃をおさめる。

わたしはいちばん近くの空いている場所を選んだ。日よけのコンクリートの張り出しがある五人用の三つめだ。耳のプロテクターを調節し、しっかり密着させる。これをつけていないと、射台が混んでいるときはとくに、重なり響く銃声で耳が聞こえなくなるのだ。大げさではなく、ほんとうに耳が聞こえなくなる。

わたしはマガジンに弾を込め、挿入し、スライドストップを解除した。ゴーグルをつけて、シカゴ・ベアーズのキャップをかぶる。これで準備完了だ。

最初の数発は、大きくそれた。銃から薬きょうが跳ね飛ぶ。狙うのは、十五メートル先にある幅六十センチくらいの白と黒の的だ。これくらいならそうむずかしくはないのだけど、わたしは練習不足だった。的に当たれば、鮮やかな緑色の穴があく。わたしの弾が完全にはずれたのはまちがいなかった。

一度でいいから命中させたい。

ううん、訂正。百発百中を目指すのだ。

だけどそれには、もっと練習しなくては。

新しい弾を込めながら、あたりを見まわしてみる。トムの姿はなかった。だけどほとんどみんな、丸首の長そでシャツにジーンズ、野球帽、ゴーグル、イヤープロテクターという姿だから、あまり区別はつかない。わたしはきょう、明るい黄色のシャツを着ていた。安全のためだけでなく、このシャツならトムも知っているからだ。これを見ればわたしだとわかり、声をかけて……くれるだろう。

事務室の反対側にも、射場がふたつある。わたしは三十分くらいしたら、そちらに行ってみるつもりだった。

顔を上げ、姿勢を正す。両腕を伸ばしてわずかに曲げる。手はしっかりとグリップを握り、指は本体に沿わせたままで、まだ引き金には触れない。

気持ちを集中する。的の中央を狙い、指を軽く引き金に当てる。静かに大きく息を吸いこみ、ゆっくりと吐き出して、引き金を引く――。

また、はずれた。銃を持つ手が上にあがりすぎたのだ。的の端っこに、ほんの少し緑色が見えた。

三十分もたつと腕が疲れ、シャツは火薬のにおいがした。見ると順番待ちの人が四人もいる。わたしは頭上の装置を動かして的を回収すると、銃をしまい、フロントにもどって化粧室に入った。手をしっかり洗って、ゴーグルとプロテクターをはずす。

顔のうち、ゴーグルをつけていなかった部分は汚れていた。髪はつぶれてぺったんこだったので、キャップはずっとかぶっていることにする。時計を見ると、計画を実行に移す時刻だった。トムはいつも、これくらいの時間に射撃場に来るのだ。

ふたつめの射場も満員だった。わたしは黄色の安全ラインからかなり下がって、見学しているふりをした。これまでの経験から、シューティングは男性中心のスポーツなんだと実感している。きょうも女性の姿はなく、年配の清掃係の男性ふたりがわたしに気づいてほほえみ、手を振ってくれた。

　ふたりはフロアブラシにもたれておしゃべりしていた。射場が一時間おきくらいに空くたび、ふたりはなかに入ってコンクリートの床を掃き、薬きょうを近くのゴミ缶に捨てるのだ。背の高いほうがビルで、低いほうがハロルド。どちらも仕事着のオーバーオール姿だった。長年戸外で仕事をしているせいか、白い皮膚は厚く、深い皺が刻まれていた。

「やあ、元気だったかい？」ハロルドが声をかけてきた。

「ええ、忙しいけど元気よ。そちらは？」

　ビルは笑った。「こっちもおんなじだよ。あんなにお客さんがいるんだ」親指をたてて背後を示す。「これじゃ午後は休む暇がないね」

「混むまえに来てよかったわ」そこでさりげなく訊いてみる。「トム・マッケンジーは来なかった？」

　ハロルドは目を細めて考えた。「あんたがはじめて来たとき、いっしょだった男かな？シークレット・サービスの？」

　わたしはうなずいた。

「きょうはいっしょじゃなかったのかい？」

「そうなの」

　ふたりは顔を見合わせた。ハロルドは眉を上げ、二秒ほど考えてからいった。

ビルが遠いほうの射場を指さした。その表情から、いっていいものかどうかためらっているのがわかり、わたしはピンときた。

「誰かといっしょに来てるの？」

ハロルドもビルも驚いて、同時に「違うよ」といった。

「きょうの彼は、ずいぶん熱心でね」と、ハロルド。「あんなに集中しているのは見たことがない」首をすくめ、またビルと目を合わせる。「何かいやなことでもあったんじゃないか？あっちへ行って声をかけてみたらどうかな」

「そうね、そうしてみるわ」

いちばん遠い射場に向かいながら、こんなことをするのは愚かだ、と思った。わたしはトムにあやまった。そして拒絶された。そんなわたしがまた姿を見せれば、彼にはうっとうしく、不愉快だろう。そしてもっと、わたしから離れていくかもしれない。

やっぱり引き返そう。そう決心してもどりかけたとき、彼の姿が目に入った。

こらえられなかった。足が引き寄せられていく。彼は一心に的を狙い、引き金を引き、また引き、また引き――すべて命中した。

トムはまわりを見なかった。人にも物にも無関心だ。銃を持つ人がすぐそばで動いたり、ほかの銃に取りかえるときだけ、ちらっと目をやる。ハロルドのいうとおりだった。トムはいつも以上に集中している。

わたしは小さな物置の陰からながめた。ここなら目立たずにトムを見ていられるし、彼がもしふりかえっても、気まずい対面をするまえに隠れることができる。片思いの相手を見つめる女子高生のような気分だった。

そしてまた、ここでこんなことをしているのは愚かだと思った。でも、彼のそばに行くのが怖い。

トムはシグ・ザウエルを左手に持ちかえ、軽く連射した。どれも中心から二番めの輪に当たったけど、撃ち終わった彼は不満げに首を振る。

彼の射撃の腕はすばらしい。でもそれを伝えることはできなかった。

トムはまた銃を替えて撃ちはじめた。今度はリボルバーで、そろそろ引きあげるつもりなのだとわかった。彼はいつも、最後はスミス&ウェッソンの六連発で締めるのだ。スピードローダーがいくつか残っているようだけど、終わりは近いと思われた。

いったいここで何をしている？　わたしはまた自問した。われながら情けなくなる。恋に悩む女子生徒の気分だなんて。

わたしはシカゴ・ベアーズのキャップのつばをいじり――きっぱりとあきらめることにした。

射撃場のあちこちに、青いひさしがついた飲みものの自販機と洗面施設がある。ここからいちばん近いのは、百メートルほど先だ。トムはまもなくシューティングを終えるだろう。そうしたら車で帰るまえに、喉を潤しに立ち寄るのではないか。

わたしは青いひさしへ急いだ。冷水が売り切れていなくてラッキーだった。バッグのサイドポケットから二ドル取り出す。ただの水が二ドルもするなんてあんまりだと思うけど、選択の余地はない。

「よく来るんですか？」

わたしはふりかえった。話しかけてきたのはわたしより数センチ高いくらいの小柄な男の人で、こげ茶の髪に、もっと濃い茶色の瞳。日に焼けてはいたけど肌はつるつるだから、日焼けサロンに行ったか、スプレータンニングしているのかもしれない。それにしても、射撃場に来るような服装ではなかった。灰色のボタンダウンの半袖シャツ、濃紺のドッカーズのパンツ、そして靴はぴかぴかのローファーだ。彼はほほえんで、じりっとわたしに近づいた。距離が近すぎて、わたしはあとずさる。

「ええ、まあ……」

「飲みものをおごらせてください。何がいいですか？」

「いいえ、自分で買いますから」わたしは一ドル札を一枚自販機に入れ、この男性が横からお金を入れないよう、すぐ二枚めを入れた。

「先約がおありかな？」彼はにやりとすると、わたしがトムの射撃を見ていた小屋に視線を向けた。ひょっとして、わたしのことをずっと見ていたの？

自販機の青いボタンを押すと、コップがころんと落ちてきた。

「あるに決まってるでしょ」

コップを取って冷たい水を飲み、わたしはそそくさと立ち去った。でも少し歩いたところで、かなり失礼だったと反省する。彼はただ気楽に話しかけ、親切におごってくれようとしただけなのだ。

早とちりというか、軽率というか……。勝手に思いこみ、あんな態度をとってしまった。見知らぬ女をデートに誘う軽薄な男だと決めつけ、わたしはそんな男についていかない、とつっけんどんにした。悲しい予感が脳裏をよぎる——もしトムと完全に別れてしまったら、わたしはいろんなところで〝自販機のプリンス〟に遭遇し、それどころかむしろ、自分から探し求めてしまうのではないか。

さっきの彼には、たとえ興味がなくても、もっとマナー良く接するべきだった。その後ろめたさが、わたしをふりかえらせた。

自販機のプリンスは、あとをついてきていた。

目が合って、彼はにっこりする。でもその笑顔は、デートに誘うような笑顔ではなかった。

わたしは足を速めた。

ここは射場から五十メートルほど。

背後から、アスファルトを踏むプリンスの足音が聞こえる。彼も速度を上げていた。

そのとき、あの回転木馬がよみがえった。まさか……。ありえないわよね？

わたしは歩きながらふりかえった。

「待ってくれ」彼はいった。「お願いだ。訊きたいことがあるんだよ」

〝お願い〟という言葉に、わたしの足が止まりかけた。でもすぐに、ここはマナーを無視したほうがいいと思いなおす。この男のどこかに、何かに、見覚えがあった。それもおぞましく、不快なものだ。

わたしは走りだした。トムのほうへ。彼は射撃を終えて荷物を片づけているところだった。

「トム！」

「オリー」彼は意外な顔をした。「きみも来てたのか」

トムの前で止まろうとして、わたしはつんのめり、彼が両手をつかんで支えてくれた。ただし、腕はのばしたままだ。わたしはあせっていながらも、これは〝距離を保ちたい〟意思の表われなのだろうと感じた。

「あの人が」肩で息をしながら背後を指さす。「追いかけてくるの。彼はもしかしたら――」

「ちょっと待って」トムはわたしの後方を見ながらいった。「誰のことをいってるんだ？」

男は姿を消していた。回転木馬のときのように。


「同じ男よ。あれがカメレオンだわ」

駐車してあるわたしの車のなかで、トムはまるで初対面のように、じっとわたしを見つめている。

「どうしてそういいきれる？」

わたしはコンピュータでつくった似顔絵をポケットから取り出し、ハンドルの上に広げた。

ずっとポケットに入れていたのは、何かのときに役立つかもと思ったからだ。そんなときが来ないにこしたことはないのだけど――。

でもいまが、どうやらそのときらしい。わたしはかぶりを振った。ほんとうに同じ男だろうか？　身長や体格は似た感じだけど、肌の色は違う。顔については確信がもてなかった。

「ただ……」はっきりいいたいのにいえない。「そんな気がしたの」

「断定できないわけだ」

どう答えたらいいのかわからなかった。同じ男だとはいいきれない。でも、同じだという感触があったのだ。

「髪の色は違っていたわ。肌の色も白くはなかった。目の色も違ったし……」

「それでもきみは、同じ男だと思っている」

トムの言い方は、そして顔つきも、わたしを疑っていた。彼を責めることはできないけど、わたしは自分の感覚を信じたい。

「ええ、そう思ってる」

「どうしてきょう、ここに来た？」

しまった。これには嘘をつくしかない。

「練習しなきゃいけないと思ったから」

「そしてここに来てみたら、カメレオンに追いかけられたと？」トムは困ったような顔をした。どうやら、わたしが彼との関係を修復したくて作り話をしていると思ったらしい。状況としては、そうとられても仕方ないだろう。だけどわたしは、本気で怖いのだ。

「犯人の顔を見たのはわたしだけだって、あなたがいったのよ」

「わかった、わかった、おちついて。しかし、その男はきみの電話番号を知りたかっただけかもしれないだろ？　そしてしつこく追いかけた。なかにはそういう男もいるよ」

〝おちつけ〟といわれるのは心外だったけど、現実から顔をそむけてはいけない。トムのいうとおり、わたしは過剰反応したかもしれないのだ。大きくひとつ深呼吸して、最後にこれだけはいっておこうと思った。

「さっきの男のどこかに見覚えがあるような気がしたの。何かが変だった。彼はわたしをつけてきたのよ。わたしを追いかけたの。そして回転木馬の男のように、いつの間にか消えていた」

「しっかり顔を見たかい？」

「ええ、見たわ」

「その男の似顔絵もつくったほうがいいか？」

「カメレオンの似顔絵が二種類出回るってこと？」わたしは力なく笑った。「背景にとけこむからカメレオンって呼ばれているのに、そんなことをしても役に立たないと思うわ」そしていやいや認める。「たぶんあなたのいうとおりね。同一人物だという確信がわたしにはないわ」

「二分まえにはきっぱり、そう思うといったじゃないか」

わたしは両手に顔をうずめた。「頭が混乱してるの」

車内が静まりかえった。

「こんなことをいうのもなんだが――」トムが静寂を破った。「ぼくも混乱しているよ」

つぎの言葉を待ったけど、彼はそれ以上何もいわなかった。

「わたし、もう帰らなきゃ」

「ああ」

もう少し待ってみる。すると彼はこういった――「大丈夫かい？」

「うん、大丈夫」わたしは嘘をついた。

彼の車が去っていくのを、わたしは駐車したままの車から見送った。

楽しい休日は、こうして終わりを告げた。

22

　ここ一週間で二度めだった。太陽が昇るまえに、ドアをノックする音で起こされた。

「ちょっと待ってください」暗い部屋を歩きながら返事をする。いま何時だろう？　キッチンを通りながら、電子レンジのデジタル時計を見る。まだ夜中の三時だ。するとまた、ドアが叩かれた。手ではなく、棒か何かで叩いているような音だった。

　きっとトムだわ。こんな時間に来る人は、ほかにはいない。

　玄関の覗き穴から見てみる。ウェントワースさんだった。杖をかざし、また叩こうとしている。わたしは杖がふりおろされるまえにドアを開けた。

「ウェントワースさん……」わたしは緊張した。「何かありました？　大丈夫ですか？」

「もちろん大丈夫よ。おかしなことを訊かないでちょうだい。大丈夫でなかったら、こんな夜中にここに立ってあなたと話せないでしょ。なかに入れてもらえるかしら？」

　隣人の年配のご婦人に「入れて」といわれたら、入れないわけにはいかない。

　わたしは玄関広間の明かりをつけ、彼女をリビングに案内した。ほっとしたことに、とりあえず部屋は片づいては見える。

「何かあったんですか？」

「そのまえに、すわらせてちょうだい」

「はい、どうぞ。何か召し上がります？」おかしな質問だと思った。夜中の三時、ふたりとも寝巻姿だというのに。でもほかの言葉が思いつかなかった。

ウェントワースさんはいまの時代では小柄だけど、若いころはすらりとして長身のほうだっただろう。レザー・ソファのそばまで行くと、ちょっと顔をしかめてから向きを変え、キッチンへ行った。

「硬い椅子のほうが立ち上がりやすいの。もしよければ、お茶をいただこうかしら。コーヒーはだめなのよ」

あたりが真っ暗ななか、キッチンだけが天井の照明で明るいのは、なんとも不思議な光景だった。わたしはマグカップふたつに水を注ぎ、電子レンジに入れてから椅子にすわった。ウェントワースさんは杖を椅子の背にかけ、テーブルの上で細い指をからみ合わせた。

「ティーポットは使わないの？」

まずかったかしら……。ふだんはティーポットを使うのだけど、思いがけない深夜の訪問を早くすませようと電子レンジを使ってしまった。

「お茶だけでいいですか？　クッキーでも？」訊きたいのは訪問理由だけど、ウェントワースさんは急いでいないらしく、キッチンの内装をじっくりながめている。

「あなたはクッキーを自分で焼くの？」

「ええ」

「少しいただくわ」

彼女はクリスプ・トリプル・チョコレートチップ・クッキーを一枚つまんだけど、食べようとはせず持ったまま、鋭い視線をこちらに向けた。

「わたしが何を見たか、知りたくない？」

それよりもベッドにもどりたい。でも、礼儀を守るようにしつけられたし、完全に目は覚めてしまったし。それにしても、こんな夜中に隣家の玄関を杖で叩かせるほどの緊急の用件とは何だろう？

「何を見たんですか？」

ウェントワースさんはクッキーを一口かじると、ゆっくり時間をかけて嚙んだ。

「すてきなインテリアね。どうしてここにボーイフレンドがいないの？」

不意を突かれて言葉につまり、口をついて出たのは真っ赤な嘘だった。

「いま仕事中なんです」

彼女はうなずき、クッキーを食べ終えた。

「そうだろうと思ったのよ。だから男を追っ払ったの。あなたを守れるのは、わたししかいないのがわかっていたから」

「追い払った？　誰かがうちに来たんですか？」

彼女は親指で玄関を指した。「ここに入ろうとしていたの」

わたしは立ち上がった。「今夜ですか？」

「ついさっきよ。わたしが追っ払ったけど」

質問しようとしたら、電子レンジが鳴った。わたしはティーバッグを浸しながら考えをまとめる。

「すみません、最初から話してもらえますか？」

ウェントワースさんの目が輝いた。お皿からもう一枚クッキーを取る。

「非常階段のドアが開く音が聞こえたのよ。ここの住人で、階段を使う人なんていないはずでしょ？」わたしがうなずくのを確認してからつづける。「そのときたまたま玄関の近くにいたから、覗き穴から見てみたの」

「玄関のそばにいたんですか？」湯気のたつマグカップを彼女の前に置きながら、疑うような訊き方をしてしまった。「夜中の三時に？」

「わたしはね、そう遠くないうちに、永遠の眠りにつくの。なのにいまから眠っていたら、時間がもったいないでしょ」

どう返答していいかわからず、わたしはまだ熱い、薄いお茶をすすった。

「いまのところ元気でいるのを、あなたも喜んでくれなくちゃ。そうでなきゃ追い払えなかったわ、よからぬことを企んでいた男をね」

「それは誰でした？」

「わたしが知るわけないでしょ？」口調がきつくなる。「男が押し入ろうとしたのはわたしの部屋じゃなくて、あなたの部屋よ。あなたこそ、知っているんじゃないの？」

背筋が凍りついた。射撃場での一件以来、不安はぬぐえずにいた。そしてこのウェントワースさんの話が、その不安をゆるぎないものにした。

でも、ともかく事実をしっかり把握しておかねば。

「ジェイムズとか、フロントの人の可能性はありませんか？」

「ジェイムズがあなたの部屋の鍵をこじ開けるかしら？」

わたしは目を丸くした。「こじ開ける？」

「足はよぼよぼだけど、目は確かよ」

わたしは立ち上がった。「九一一に電話します」

「もうしたわ」

その言葉が合図だったかのようにブザーが鳴り、わたしはぎょっとした。インターコムを押す——「はい？」

ジェイムズは事務的に話そうとしているようだけど、声はその努力を裏切っていた。

「パラスさん、警察が来ています。何かトラブルでも？」

ウェントワースさんは手にしたマグカップの上からわたしをじっと見ている。

「ええ、ちょっと報告したいことがあったの。部屋まであがってもらってちょうだい」

「わたしも行きましょうか？」

「それよりアパートの玄関をしっかり見てもらったほうがいいわ」ウェントワースさんが黙

ってうなずいている。「ところでジェイムズ、少しまえ、わたしを訪ねてきた人はいなかった？」

「あのシークレット・サービスの男性ですか？　きょうは姿を見ていませんね」

「ううん、その人じゃないべつの人」

「いいえ、誰も。玄関は十一時にロックしましたけど、その後は玄関ベルが一度も鳴っていませんから」

「ありがとう、ジェイムズ」

警官が到着すると、ウェントワースさんは怪しい男について、びっくりするほど詳細に説明した。

「背は低かったわね。せいぜい百六十センチといったところかしら。スキンヘッドで、顔は黒かったわ」

警官ふたりは、狭いキッチンにいた。男性と女性で、どちらも二十代後半だろうか。体格がよく、さまざまな装備を身につけているのだろう、腰のあたりがとくに大きい。女性のほうはダッフィという名で、ウェントワースさんの隣にすわってメモをとっていた。

「黒人ですか？」

ウェントワースさんは首を振った。あきらかにこの場を楽しんでいる。

「違うわ、日焼けした顔よ、ビーチに住んでいる人のような」

わたしははっと息をのみ、全員がふりむいた。

「心当たりがあるんですか?」ロジャーという男性の警官が訊いた。

「ええ。いえ、その……たぶん」

警官ふたりは、むっとした。彼らが想像したことは、わたしにも見当がつく。これは痴情のもつれにすぎず、わたしは怪しい男の正体を知っているのに、かばおうとしているのではないか——。

それは違う、というのをわかってもらうため、わたしは急いで説明した。

「きょう、というか、もうきのうだけど、男に追いかけられたの。その男の特徴とよく似ているのよ。スプレータンニングしたような日焼け顔だったわ。でもスキンヘッドじゃなくて、髪は茶色だった」

警官たちの表情が一変した。

「その男がアパートまでつけてきた可能性は?」ダッフィが訊いた。

「ないと思うけど……」わたしは射撃場であったことの一部始終を話した。

「この部屋に銃はありますか?」ロジャーが訊いた。

「ええ。不安だったから、射撃場から持って帰ってきたわ」

「許可は?」

「とってるわ」

「見せてもらえますか?」

「銃? それとも許可証?」

「両方です」

警官にはすぐにでも怪しい男を手配し、発見してほしかった。ジェイムズに気づかれずに、どうやってここまで上ってこられたのかを解明してほしい。ところが現実は、わたしのほうが尋問され、銃まで調べられるらしい。わたしがホワイトハウスで働いていると知って、ふたりは驚いたようだった。

「男の件はどうするの？」警官ふたりがこれで問題ありません、銃の扱いについては練習を怠らないでください、といったところで、わたしは尋ねた。

「フロントで聞きとりをして——」ダッフィがいった。「お宅の玄関の指紋をとります。それがすむまで、廊下側のドアノブには触れないでください」

「男は手袋をしていたわよ」クッキーをほおばったウェントワースさんがいった。

警官たちは夫人の観察眼に感心したらしい。

「ほかに何か気づいたことはありませんか？」ダッフィが訊いた。

ウェントワースさんはずいぶん長いあいだ考えこんだ。たぶん、頭のなかで場面を再現しているのだろう。

「そうねえ……」ゆっくりと、思い出すように。「わたしがドアを開けて怒鳴ったら、男が何かいったのよ。いったというより、わめいたって感じかしらね……たぶん、わたしの言葉にあわてたんでしょう」

警官もわたしも身をのりだした。

「わたしはね、もう九一一に電話したわよって怒鳴ったの」

「彼は何といったのですか?」と、ロジャー。

ウェントワースさんはかぶりを振った。

「英語じゃないわ。さっぱりわからなかったもの。でも、内容の察しはつくわね。それから男は階段を走っておりていったの」

だけどジェイムズは、まったく気づいていない。男はどうやって外に出たのだろう? そのまえに、どうやって入ってきたのか?

このアパートに警備員がいなくても、不安を感じたことは一度もない。でも、こうなると違った。全身がざわっとして、鳥肌が立つ。

警官たちは帰るまえに錠を調べ、いまのところ問題ないといった。

「とくに壊された形跡はないですね」と、ロジャー。「しかし、本気で侵入する気になれば……」

たぶん、わたしの顔が青ざめたからだろう、彼はすぐさまこういった。

「怪しい物音がしたら、ただちに九一一に電話してください」

わたしは彼らにお礼をいい、ウェントワースさんにも感謝の言葉を述べた。

ウェントワースさんはクッキーをひと握りつかんでから、自分の部屋に帰っていく。

わたしはひとりになった。眠ることができない。目を閉じても閉じなくても、悪夢が待っているような気がした。

23

トムに電話しようかどうしようかずいぶん悩んだ。そして、電話はしないと決める。

射撃場でのやりとりが尾を引いていた。あれは彼と話したいがためのでっちあげではない。声をかけてきたのがカメレオンかもしれないという話を、彼はあまり信じていないようだった。でも同じ日の深夜、怪しい男がわたしの部屋まで来たという。これを偶然の一致と呼んでいいのだろうか？　カメレオンはわたしの名前や住所まで知っているのではないか——。

怖くてたまらなかった。どうしようもなく恐ろしかった。

トムなら何というだろう。もっと用心しろ、枕の下に銃を置いて寝ろ、というだろうか。わたしをカメレオンから守るために駆けつけてくれるだろうか。

たぶん、答えはノーだ。

マクファーソン・スクエア駅で改札機にカードを通し、人波にもまれながら——近くの人や物に警戒しながら——出口に向かい、駅を出る。

何かにつけてトムに頼ることはもうできないという現実に慣れなくてはいけない。

気持ちが沈んだ。でも、考えこんではだめだ。動く的より動かない的のほうが命中させやすいのはよく知っている。わたしは駅から急ぎ足でホワイトハウスに向かった。深夜に怪しい男がアパートに来たことを報告したほうがいいだろう。でも、誰に？　わたしがナヴィーンを殴ったことや回転木馬での殺人事件を目撃したことは機密扱いだとトムはいっていた。トムとクレイグとシークレット・サービスの上層部以外に話してはいけないということだ。

ホワイトハウスのノース・ローンが見えてくるころ、わたしは汗をかいていた。少し息をきらして、北東ゲートでＩＤカードを挿入する。

フレディは詰め所にいないようで、甲高い認証音を聞いて現われたのは女性だった。

「おはよう、グロリア」わたしは挨拶した。

「あら……どこか具合でも悪いの？」彼女が尋ねる。

ゲートのこちら側なら安心できる。いたるところにシークレット・サービスがいて、屋上には狙撃手が常時配備されているのだ。少なくともここでカメレオンに怯える必要はなかった。

「ううん、元気よ」ＩＤカードをしまって眉の汗をぬぐう。「けさは暑いわね」

「午後には二十四度くらいになるらしいけど……」

不思議そうな顔をするグロリアを残し、わたしは東通用門に向かった。ずいぶん気持ちがおちついてきた。

「何かあったの？」わたしは厨房に入るなり、ヘンリーに訊いた。「きょうはお休みのはずでしょ？」

ヘンリーはコンピュータ画面から目を離し、こちらを見た。

「予定が変わったんだよ」それまでのしかめ面が笑顔に変わる。「きょうはオリーとふたりで遠足に行くからな。ゆうべ電話しようと思ったんだが、きみはいつも朝早くに出勤するからね」時計を見上げる。「それにしても、きょうは格別早いな」

わたしは調理服を着ながら「あまり眠れなかったの」といった。

それからしばらく、厨房は静寂につつまれた。ヘンリーは黙々と事務作業をつづける。照明は一部しかついていなかった。大きくひとつ深呼吸すると、イーストとニンニクの残り香を消す消臭剤のにおいがした。なじみのあるものに包まれると、心底ほっとする。ここはわたしの天国だった。ここに住めたらどんなにいいだろうと思う。隣の貯蔵庫なら、こっそり寝るスペースをつくれそうだし。せめてアパートが安全だと思えるまでは。

なんてばかなことを考えてるんだろう。わたしは心のなかで笑った。そんなことをしたら、シークレット・サービスにすぐ見つかってしまう。通行証に何日もホワイトハウスを出た形跡がなければ怪しまれるのは確実だ。それに毎朝、シャワーも浴びれなくなる。

でも想像するだけなら自由よね？

「何がそんなにおかしい？」ヘンリーが訊いた。

深夜の不審者や射撃場の件を話したかったけど、そもそもの原因となった機密情報を漏らすわけにはいかない。

「ちょっと思い出し笑いよ。それで遠足ってどこに行くの？」

ヘンリーは立ち上がると、両手をぱちんと合わせた――「キャンプ・デービッドだ」

「えっ？　きょうキャンプ・デービッドに行くの？」

「はい、そうですよ、お嬢さん」ヘンリーはわたしの横を通って、保管してあるお気に入りレシピのところへ行った。「それもヘリコプターで行くんだぞ」

ヘンリーはこれから馬に乗る子どものようにうきうきして、わたしは思わずほほえんだ。彼の笑顔には伝染性がある。

「時間は？」

「九時過ぎに迎えがくる。サロミアとアルクムスタンの貿易協定会議のディナーをつくることになったんだが、キャンプ・デービッドの厨房で下準備はしてくれるらしい。ただし！仕上げはわたしたちがやるよう、大統領じきじきのご指名だ」すごいだろう？　という顔をして、お気に入りレシピをめくる。「トップ会談だからな、そのディナーをつくるのは、オリーとわたしがこの厨房の中心であることをアピールする絶好の機会だ。協定が結ばれる可能性は高い。大統領はそのことをご存じだから、実現させるために最善を尽くすということだろう」

「そうね、サロミアとアルクムスタンは戦争を……」わたしはため息をついた。「ずいぶん長いあいだつづけてきたから、キャンベル大統領の仲介で貿易協定が結ばれたら、中東の平和の大きな第一歩になるわ」

「これにしよう」ヘンリーは三つのレシピを差し出し、話題を本業にもどした。「さあ、準備にとりかかるぞ」

予定どおり九時過ぎに、ヘリポートに案内された。わたしたちがいないあいだ、厨房の仕事はマルセルが責任をもつことになった。

キャンベル大統領と国賓は、大統領専用ヘリ〝マリーン・ワン〟で、すでにキャンプ・デービッドに向かったとのこと。会議に参加するほかの人びとは、べつの空の便か車で向かうらしい。

ヘンリーとわたしが乗る予定のヘリコプターは、いたって普通のものだった。案内してくれたシークレット・サービスも、ありきたりの業務のひとつを淡々とこなしている印象だ。

そしてわたしはといえば、興奮してわくわくしている。

フライトジャケットを着てイヤホンをつけた男性が、手袋をした手を振って、わたしたちにそれ以上近づくなと合図した。大きな翼が回っているあいだは、円形の白線の外側にいなくてはいけないようだ。静かな朝の戸外に翼の回転音がとどろきわたる。目に埃(ほこり)が入らないよう、わたしは手をかざした。

「ヘンリー！　オリー！」

わたしたちがふりむくと、クレイグ・サンダーソンが紙を手に小走りでやってきた。短い髪がヘリコプターの翼の風に吹き上げられる。

「何か忘れものをした？」わたしは翼の回転音のなかで大きな声をあげ、ヘンリーに訊いた。

「いいや。全部持ってきたよ」ノートパソコンのケースを叩きながら、ヘンリーも大声で答える。

クレイグは息を切らすこともなく到着。

「たったいま発表されたんだ」と大きな声でいい、風にはためく紙をヘンリーとわたしに一枚ずつくれた。わたしを見る目にはやさしさがもどり、渡された紙を見て、その理由がわかった。それは例の似顔絵だったのだ。

ヘンリーは紙を両手でしっかり持って尋ねた。

「これは誰かな？」

クレイグは説明した——カメレオンという名の暗殺者で、現在、ホワイトハウスのみならず、ワシントンDC全体が警戒態勢をとっている。

「これが最新の似顔絵で、キャンプ・デービッドにいる全員に配布することになった。凶悪なやつでね、なんとしてでもつかまえなくてはいけない」

「カメレオンの噂は聞いたことがあるよ」ヘンリーはうなずきながらいった。「似顔絵があるということは、直接、顔を見た人間がいるってことかな？」

わたしは顔が赤らむのを感じた。

クレイグはまっすぐヘンリーを見たままうなずく。

「わたしたちはそう思っている。どうか、目を光らせていてほしい。カメレオンのつぎの標的はほぼまちがいなく大統領だろう。だから協定会議の場所を急きょ変更した。場所が変われば、カメレオンも襲撃計画を練りなおさなくてはいけなくなる。警備の面でも、キャンプ・デービッドのほうがずっとやりやすいしね。それでも特段の指示がない限り、似顔絵に似た人物や、少しでも不審な行動をとる者がいたら、ただちに通報してほしい」

わたしはゆうべの侵入未遂事件のことを思った。

やはりあのときすぐ、よけいなことは考えずに、トムに連絡すべきだったと反省する。でもともかくいま、クレイグには伝えておこう。

そのときパイロットが大きな声で、乗ってください、といった。クレイグはすぐに背を向け、走り去る。

仕方ない。この仕事が終わったら、クレイグかトムにかならず報告しよう。

百キロちょっとの空の旅に、わたしは興奮した。なんだかちょっぴり偉くなった気分だ。ヘンリーはキャンプ・デービッドに行ったことがあるけど、わたしはこれがはじめてだった。この大統領の別荘には専属の料理スタッフがいるから、わたしたちが呼ばれることはほとんどないのだ。今回の会談は、世界の歴史の大きなターニングポイントになるかもしれない。アメリカ市民として誇らしいのはもちろん、そこで仕事ができることをしあわせだと思う。

ヘリコプターは着陸まえに、上空を旋回した。メリーランド州のキャトクティン山脈のなか、百二十五エーカーにわたって広がるキャンプ・デービッドは、トムから聞いていたとおり、それはもう息をのむ美しさだった。何度か来たことがあるトムはここを絶賛していたけど、いま、わたしは彼の気持ちがよくわかった。眼下に見えるのは、コテージ、小道、丘の緑の木々。大自然に囲まれた山荘。そしてわずかに防御フェンスと警備員たちの姿も見えた。

わたしは大きく息を吐いた。これほど安全な場所はない。

ヘリポートに着陸すると、人や乗り物がせわしなく行き来していた。わたしたちは案内の人に連れられて、目的地まで歩いていく。キャビンまで乗客を乗せていくリムジンや、送りとどけて帰ってくるリムジンなど、何台もの車とすれちがった。

小道を歩きながら、わたしは一度でいいからキャビンに宿泊してみたいと思った。のどかな光景のなかにはテニスコートやプールもあり、清涼な緑の香りがたまらなく心地いい。生気に満ちたさわやかな空気を胸いっぱいに吸いこむと、久しぶりに心安らぎ、ゆっくりとエネルギーが湧きあがってくるような気がした。ここにいるあいだはトムのこともカメレオンのことも忘れ、仕事に集中できそうだ。

そんなわたしの気分を感じとったのだろう、ヘンリーはにっこり笑ってウィンクした。

フランクリン・ルーズベルト大統領がここを別荘地に選んでシャングリラと名づけたのは、わたしが生まれる何十年もまえのことだ。でもわたしにも、この地はシャングリラ――〝理想郷〟に思えた。その後、アイゼンハワー大統領が、孫の名前にちなんでキャンプ・デービッドと名称変更したのだ。

最初の名前のままでよかったのに、と思いながら歩く。カーター大統領の仲介で、エジプトとイスラエルが和平に向けて合意したのもここだった。

案内の女性に従い、ヘンリーとわたしは道の左ではなく右側を歩いている。女性はローザ・ブレルチクという、こちらの厨房のスタッフだった。小柄でぽっちゃりして、笑顔は聖人のようだ。歩きながら、やさしい声でガイドをしてくれる。敷地のコテージには、トチ、ヒッコリー、ハナミズキというように、どれも樹木の名前がついていた。

守衛所を通過したリムジンがわたしたちを追い抜き、前方にある来客用コテージ〝カバノキ〟の前で停車した。近づいていくと、降車したのはビン－サレー大使と補佐官のカシームだった。ほかにもうひとり女性がいて、頭から足まですっぽり、青いブルカにおおわれている。

ヘンリーがささやいた──「王妃だよ」

「どうしてわかるの？」

「見ててごらん」

ヘンリーの言葉が合図だったかのように、もっと質素なブルカ姿の女性がふたり、コテージから出てきた。そして車から降りた女性のもとへ行き、三人でコテージに入る。

「そうみたいね」

「大使から、女性は三人いると聞いたんだよ。王妃と、侍女がふたりだ」

「侍女？　この時代に？」

「大使がそういったんだよ」ヘンリーは首をすくめた。「まあ、当たらずとも遠からずだろう」

ローザは美しい平屋を右に曲がった。

「着いたわ。ここがアスペン・ロッジよ」ローザが明るくいった。

「大統領のキャビンでしょ？　ここの厨房で仕事をするの？」

わたしが訊くと、彼女はうなずきながら玄関の前を通りすぎた。

「厨房は北棟にあるの。みんなヘンリーと……あなたの到着を待ってるわ」彼女はわたしの名前を忘れたらしい。「でもごめんなさいね、狭苦しくして使いづらいかもしれないわ。きょうは何人もお手伝いの人がいるから」

彼女のいうとおりだった。

厨房に入ると、わたしたちはまず常勤スタッフ全員と、会談する二カ国から来たふたりのシェフに紹介された。

「ほんとに満員ね」わたしはローザにいった。

彼女は疲れたような笑みを浮かべた。

「満員なのは厨房だけじゃないの。会議に参加する首脳のほかに、それぞれ大使が何人かいて、外務大臣に法律顧問に国防相に渉外担当に……」長いため息をつく。「これでも側近の人数を少なくしたほうなんですって。わたしたちもがんばってやるしかないの」

〝側近〟という言葉に、わたしはローレル・アンを思い出した。正確には側近ではないけど、実技審査の日はたいへんな思いをした。その結果……。いやでもため息がもれた。美しい自然に囲まれたこの山荘に、わたしは二度と来ることがないだろう。

現実にもどり、わたしはいった。

「ホワイトハウスでは、アルクムスタンの大使と補佐官にしか会っていないの。それもあちらから厨房に来てくれたからで、サロミアの首相やゲストにはぜんぜん……。それにしても、キャンプ・デービッドはほんとにすばらしいところね」

ローザは笑った。「そうなの。これまでテレビでしか見たことのないような人とも話せるしね。さあ、支度をするなら、こちらへどうぞ」

十分後、エプロンとコック帽をつけて厨房に入ると、ヘンリーはふたりの男性シェフになにやら懸命に説明していた。そのようすから、シェフたちはヘンリーの話を完全には理解しきれていないらしい。

ヘンリーがわたしを手招きした。

「彼女が、オリヴィア」ヘンリーは一語一語はっきりとしゃべった。「彼女はわたしと――」自分を指さす。「一緒に働いている」

つづいてヘンリーは、わたしにふたりのシェフを紹介した。ひとりはヘンリーより五歳くらい年上で、名前はアヴラム。小柄で、どこか女性的な、なよっとした印象だった。コック帽は手に持っていたので、光る頭のてっぺんがわたしにも見えた。もうひとりはガスパーという名で、ヘンリーより身長も横幅もあった。いかめしい風貌と大きな声で、なかなか存在感がある。

三人はバベルの塔的というか、言語の壁でいまひとつ会話がスムーズにいかないようだ。

男性ふたりはわたしにほほえんでくれ、ヘンリーは彼らとは初対面ではないといった。毎年八月、開催場所を替えて世界各地のシェフを招く「シェフ・サミット」が開かれるのだけど、そこで何度か顔を合わせたことがあるらしい。

アヴラムとガスパーはフランス語がうまく、英語もそれなりに話せた。わたしも少しはフランス語がわかるので、なんとか意思の疎通はできる。困ったときはジェスチャーや、実際に食材をもち出して手の動きで説明する。こうして互いの要望を伝え合ったところで、さあ、ディナーの準備に取りかかろう。

すると、アヴラムが指を一本立てた。エプロンのポケットから折りたたんだ紙を引っ張り出す。それはファースト・レディが試食した料理リストで、彼はそのひとつを指さしていった。

「これ、このまま？　スパイシーにしない？」

わたしは彼が指さした料理を見た。今度の国賓晩餐会で予定している料理はコーシャにもハラールにも準じ、すべて両国に承認されている。それでも当事国のシェフとしては確認をとりたいのだろう。彼の気持ちはよくわかった。

「スパイシーには――」首を横に振る。「しないわ」

アヴラムはにっこり笑った。

キッチンの一区画は、彼がつくるコーシャの料理に割り当てられていた。キャンプ・デービッド合意以来、専用の調理器具も用意されており、彼は大満足だ。

するとガスパーがアヴラムの手からメモをひったくり、顔にくっつけんばかりにして見ると、ポケットからメガネを取り出した。太い指でリストの料理をひとつずつなぞり、二回ほどうめき声をあげる。

アヴラムはガスパーのふるまいを気にしていないようだった。プロとしての興味がそうさせたと思ったのだろう。アヴラムは背の高いガスパーを見上げ、リストを読んでいる彼に何か質問した。わたしには言葉がわからず、内容は不明だ。

ヘンリーをちらっと見ると、彼は首をすくめるだけだった。

ガスパーはアヴラムに何か答えたけど、これもわたしには理解できなかった。ふたりのようすを見るかぎり、戦争中の国のシェフとは思えず、屈託なく語り合っている。わたしはそれをヘンリーにささやいた。

「だからシェフ・サミットは特別なんだよ」と、ヘンリー。「政治は関係ない。国を問わず集まり、学び、成長する。よく気づいたな、オリー。サミットに初参加するまえに、いい経験になっただろ」

「もし参加できたらね。いまごろはもう、ローレル・アンが航空券の手配をしているわ」

ヘンリーは人差し指を立てて、横に振った。

アヴラム、ガスパー、ヘンリー、そしてわたしの四人は、ここのスタッフや二カ国それぞれのアシスタント・シェフ、そして応援団と力を合わせて準備にいそしんだ。

仕事をするあいだも会話は絶えない。短い時間とはいえ、厨房は言語の壁を超えて活気に満ちた。

ところが、にぎやかだった室内が一瞬にして静まりかえった。

わたしは顔を上げた。

キッチンの出入口に、海兵隊員がひとり、直立不動で立っている。

温かかった空気に冷たい緊張が走った。

「何かありましたか？」ヘンリーが訊いた。

制服姿の若い海兵隊員は、おちついた声で歯切れよくいった。

「晩餐の計画が変更されました。キャンベル大統領、ビン・カリファー国王、ジャッフェ首相は〝ヒッコリー〟で食事をします。同席するのは……」

次つぎ要人の名前をあげていく。

アヴラムが変更理由を尋ねた。わたしは彼の言葉を正確には聞きとれなかったけど、訊きたいことはわかった。海兵隊員も同じだったようだ。

「詳細はのちほど伝えられます。また、ファースト・レディとヘッサ・ビント・ムアース王妃はアスペン・ロッジで夕食をとります」

海兵隊員は回れ右をして、去っていった。

彼の姿が消えると、みんないっせいにしゃべりはじめた——間際に変更するなんて、いったいどういうこと？

24

アシスタント・シェフのひとり、ジェシカが手を切った。手当てが必要なほど深かったので、わたしが彼女につきそって診療所に向かった。ヘリポートからこちらに来たときと同じ道をたどり、早足で歩く。出血を抑えるため、包帯を巻いた彼女の手が心臓より上にくるよう、わたしは手でささえた。

診療所のスタッフは迅速だった。早速手当てを始め、わたしに向かって肩ごしにありがとうという。すなわち、あなたの役目は終わった、ということだ。

その帰り道、〝カバノキ〟の前を通りかかったところで玄関が開き、補佐官のカシームがわたしを呼びとめた。きょうも伝統衣装の長いローブをまとっているけど、色はブラウンだ。真っ赤なターバンを巻いていることもあって、背がわたしより四十センチ以上高い。この衣装だと、気温が上がりがちなワシントンDCより、標高が高く樹木の繁るこちらのほうが過ごしやすいのだろう。以前より、リラックスした印象だった。ただ、まえよりもっと足を引きずっているようには見えた。体調はいかがですか、とわたしは尋ねた。

「ずいぶん回復したよ」

「顔色がよくなりましたね」

彼はまばたきした。外見に触れるのは礼儀に反するのかもしれない。これからはもっと言葉に気をつけなくては。

「ところで――」カシームは話題を変えた。「晩餐会と今夜の食事会について、いくつか尋ねたいことがある。サージェント氏は来ないのかな？」

「はい、来ない予定です」ローザは側近の人数が減ったといったけど、ピーター・エヴェレット・サージェント三世についてはとくに言及しなかった。ディナーの準備にとりかかってはじめて、わたしは列席者リストのなかに彼の名前がないことに気づいたのだ。式事室の室長として、こういうときにはずされるのはかなり不満だろう。

「では、あなたに質問してもいいかな？」

「ええ、それはもう……」わたしはあいまいにいった。責任回避ととられてはまずい。「わたしにできることは何でもさせていただきますが、エグゼクティブ・シェフはヘンリーですので。ちょうどいま厨房にもどるところです。いっしょにいらっしゃいますか？」

彼はうなずき、ふたり並んで歩く。

「王妃から、ハラールにそむいていないかどうかを確認するようにいわれたものでね」

「その点ならご安心ください」

やさしい笑顔。「わたしが自分の目で確認しないと、王妃は満足しないだろう」

「はい、わかりました」

「あなたもあそこに滞在しているのかな？」右手の小さな〝マンサク〟を指さす。ここが大統領専用のアスペン・ロッジにいちばん近いコテージだった。

「いいえ」と、わたしは笑った。「具体的にはわかりませんが、あそこには閣僚のどなたかが滞在なさるのだと思います」

「たしかに、閣僚は大統領のそばにいたほうがいい。では、あなたはどこに？」

「スタッフにはスタッフ用の区画があって――」ここから少し西寄りの、北のほうを指す。「宿舎はあちらです。わたしは行ったことがないんですけど、きっと快適でしょうね。休日に使えるレクリエーション施設までありますし」小さなため息をつく。「今夜、泊まれたらいいんですけど……」

「あなたは泊まらずに帰る？」

「はい。ヘンリーとわたしは仕事が終わりしだいホワイトハウスに帰ります」

彼の瞳に何かが光った。落胆？　同情？　わたしにはわからない。

「それにしても、ここはすばらしい」と、カシーム。「随行できて、わたしはしあわせだ。あなたの気持ちはよくわかるよ。わたしも貿易協定を実現させるために、ここに数日滞在できることに満足している」

それからしばらく、ふたりとも黙って歩いた。背後でゴルフカートの音がしたので、脇に寄って道をあけた。カートには、キャンプ・デービッドのウインドブレーカーを着た閣僚がふたり乗っていて、どちらも見るからにご機嫌だ。通りすぎるとき、ふたりいっしょに会釈してくれた。

「ビン＝サレー大使はどちらにいらっしゃるのですか？」

「大使は国王といっしょに夕食をとる予定だよ」少し間をおく。「〝ヒッコリー〟で」

「あら……」

「何か不満でも？」

言い方がまずかったと思い、あわてて弁解する。

「先ほど厨房で知らせを受けたとき、〝ヒッコリー〟のゲストのなかに大使と補佐官のお名前がなかったもので」

「そうか、それなら混乱するのも無理はない。大使は当初、わたしたちの山荘に――」背後の〝カバノキ〟に近い小ぶりのコテージを指さす。「わたしといっしょに残る予定だったんだが、陛下と相談した結果、ヨーロッパで最近起きた出来事を考えると大使も出席したほうがよいということになった」

「ヨーロッパで何かあったのでしょうか？」わたしは思わず尋ねた。

またゴルフカートが通りすぎた。乗っている人たちは話に夢中でこちらに気づかない。でも同じようにキャンプ・デービッドのウインドブレーカーを着ていて、わたしも一枚ほしくなった。

「テレビで報道されているから、隠すこともないだろう」口調が厳しくなる。「平和のためには良いことだ。フランス当局の発表によれば、世に知られた暗殺者が死亡したらしい」

「有名な暗殺者といえば、カメレオンでしょうか？」

「知っているのか？」

「名前だけは……」頭が混乱した。そんなはずはない、と思った。カメレオンはわたしを追いかけたのだ。それも、きのうのことだった。深夜の侵入未遂の件もある。何かがおかしい。

「それは確かなのでしょうか？」

「公式発表によれば、その暗殺者がパリで爆弾テロを計画している、という情報提供があったようだ」口もとが引き締まる。「きのうのラッシュアワー時で、爆発すれば大惨事はまぬがれない。しかし警察は直前にくい止め、暗殺者は逃げ切れずに射殺された」

「そんなことが……」わたしは立ち止まった。言葉がつづかない。カメレオンがきのうパリで死んでいたら、射撃場でわたしを追ったり、アパートに侵入しようとしたのは、いったい誰なのだろう。

有名な暗殺者ではなく、ただの変質者だったということ？　あるいは、わたしの被害妄想だった？

「それはきのうのことですか？」いろんなことがつづいて、わたしはニュースを見ていなかった。

「そう、きのうだ」カシームは天国の香りが漂う、活気あふれる厨房に入りながらいった。

「フランス当局は、暗殺者の身元に確信をもつまで発表しなかった。公表されたのは数時間まえで、直後にニュースで流れた」

「まったく知りませんでした。ありがとうございます」
「きょうの夜は、もっと感謝することがあるだろう」

給仕人たちが、できあがった料理をヒッコリーへ運んだ。当初、食事会はアスペン・ロッジの外で行なわれる予定だったので、ゴルフのパッティンググリーンとプールが見える場所に巨大なテーブルがセットされた。かつて、フォード大統領は屋外で晩餐会を開いたことがあるけど、わたしとしては料理は屋内で楽しんでもらいたかった。そのほうが風は吹かないし、虫もいない。

ヘンリーとわたしはキャンベル夫人と王妃の料理に最後の仕上げをした。ガスパーは王妃たちと食事をする要人がいなかったのでしばし休憩し、彼のアシスタントは宿舎に引きあげた。

ガスパーは厨房の隅の椅子から、盛りつけや付け合わせのアドバイスをし、ヘンリーとアヴラムが冷静に対応する。わたしは料理の達人三人に囲まれて、わくわくしながら新しい技術を学んだ。

ただ、ひとつ疑問があったので、アヴラムが冷蔵庫に食材を取りにいったとき、こっそりヘンリーに尋ねた。

「わたしたちはどうして大統領に呼ばれたの?」

ヘンリーはパセリの茎をねじりながら、怪訝な表情でわたしを見た。

「重要な会議だからだよ」デザートを指さす。「ラズベリーを増やしなさい」

「そういうことじゃなくて……」わたしはラズベリーを加えた。「キャンプ・デービッドのスタッフで十分に思えるし、国王と首相には専属のシェフがいるでしょ」

ヘンリーは何もいわない。

「わたしたちは必要なさそうに見えるのよね。ほかのスタッフで申し分なく仕上げられると思うわ」

ヘンリーはいつもの〝お勉強しよう〟の笑顔になった。

「オリーとわたしはキャンベル大統領の最高の料理人なんだよ。きょうは重要な交渉の初日だ。大統領がわたしたちを呼んだのは、重要な交渉にもっともふさわしいもてなしをするためだ。大統領は最善をつくし、最高のものを提供している。それを象徴するもののひとつが、わたしたちというわけだ」

そういうことなのね……。わたしはうなずいた。

「わたしたちには国賓晩餐会という重要な仕事が控えている。だから今夜はワシントンに帰るが、ここを去っても、わたしたちはキャンプ・デービッドのスタッフとふたりのシェフに取り付いている。いいかい、取り付くんだよ」ヘンリーはくりかえした。「もちろん、いい意味でね。今後、交渉会議の期間中にふるまわれる料理はすべて、わたしたちの料理とみなされるだろう」

「責任が重いわね」

彼はウィンクした。「生クリームは〝ヘビー〟なほうが泡立ちがいい」

もうひとつ異例なことがあった。わたしたち料理人が、アスペン・ロッジのダイニングで給仕するよう指示されたのだ。きわめて珍しいことだけど、それをいうならやはり、キャンプ・デービッド全体がホワイトハウスとは違う雰囲気につつまれていた。ここにいる人たちはみんな、ずいぶんくつろいで見えるのだ。たとえるなら、静かで穏やかな大気にかぐわしい香りが漂い、人はそれをゆっくり吸いこんではゆっくり吐き出す、といった感じだ。

わたしはファースト・レディと王妃に会うまえに、エプロンをとりかえた。ラズベリーの染みがついたエプロンで給仕をするわけにはいかない。

わたしは緊張し、不安を口にした。だけどヘンリーは、全然問題ないとでもいうように、手を大きく左右に振るだけだ。わたしには助手がふたりつき、ひとりはキャンプ・デービッドのアシスタント・シェフで、もうひとりはムスリムだ。どちらも女性で、わたしたち三人が給仕に選ばれたのはこれが理由だった。今夜給仕にあたる職員はみな男性なので、カシームが王妃には女性が給仕するよう変更指示を出したのだ。

わたしはそれを聞いて納得した。

給仕のまえに、わたしたちはいったん立ち止まり、料理をのせたカートを再確認した。最初は野菜、レモン、コリアンダーの軽めのスープで、これにラードもミルクも使わないパンを数種類添える。

今夜の主菜に、わたしは自信をもっていた。若鶏のローストに――骨はムスリムのアシスタント・シェフがとった――カレーとココナッツミルクのライスを詰めたものだ。王妃がわたしたちのメニューに合格点をくれるかどうかを早く知りたい。王妃は今夜も青いブルカで、背筋を伸ばし、手は膝にのせている。背後の椅子には侍女ふたりがすわり、こちらは淡いベージュのローブだけど、スカーフは顔の下の一部しか覆っていなかった。テーブルの向かい側では、ファースト・レディがほほえんでいる。服装はいつも以上にカジュアルで、麻のスラックスとチェックの薄地のシャツだ。夫人は二度、軽く唇をなめてからいった。

「……それから散歩道もあります。散歩はお好きですか?」

侍女のひとりが何度かまばたきして首をかしげ、立ち上がって王妃の耳もとで通訳した。王妃は侍女と目を見合わせた――と、わたしは思った。というのも、ブルカのせいで、そこまではっきりわからないからだ。そして何かささやくと、侍女がファースト・レディに答えた。

「いいえ。王妃は散歩をしません」侍女は椅子にもどった。

キャンベル夫人は変わらずほほえんでいる。さすがにファースト・レディだ。わたしだったら、こういうときは表情を隠せるブルカがほしい。

わたしはエプロンを整え、カートを再度確認して、ステンレス製のハンドルをつかんだ。アシスタントが後ろをついてくる。

「こんばんは、オリヴィア」キャンベル夫人はほっとしたようすでいった。

王妃はすぐに背をそらせ、ややうつむく。

わたしはキャンベル夫人の目を見てから、王妃のほうを向いて挨拶した。

「こんばんは、ミセス・キャンベル、プリンセス・ヘッサ」

王妃は無言だった。直接名前を呼ぶのは無礼だったかもしれない。わたしが不安な顔をすると、すかさずキャンベル夫人がいった。

「きょうもすばらしい夕食をつくってくれたようね。ありがとう」夫人のほほえみが、わたしの不安を消してくれた。「そのスープ、おいしそうね、見ただけでも――」

夫人の言葉が終わらないうちに、王妃が立ち上がった。侍女たちが駆け寄り、外国の言葉で何か早口でしゃべると、王妃は手を上げてそれを止めた。そして身振りで指示し、侍女のひとりが急いでドアまで行くとカシームの名を呼んだ。

長身のカシームは身をかがめて侍女の話に耳を傾ける。

わたしは手にスープボウルを持ったまま、どうしてよいかわからずその場につったっていた。

「申し訳ありません」カシームがいった。「王妃が席をはずしたいとおっしゃっています。よろしいでしょうか」

キャンベル夫人はすでに立ち上がっていた。さすがに心配げな顔つきだ。

「もちろんです。王妃はご自分の部屋で夕食を召し上がりたいのかしら？」

カシームは侍女に母国語で尋ね、耳を傾けた。侍女は小さな声で話し、わたしのところまでは聞こえてこない。

カシームはこちらに顔をもどしていった。

「親切なおもてなしはありがたいのですが、王妃は気持ちが高ぶってしまい、食事をする気分ではないようです」

キャンベル夫人はとまどったらしい。もちろん、わたしもそうだ。

「体調をくずしたのでなければ良いのですが。何かあったら、遠慮なくいってくださいね」

カシームはお礼をいい、王妃は侍女につきそわれて部屋を出ていった。カシームは困惑した顔で三人を見送ってからキャンベル夫人にいった。

「わたしも自室にもどることにします。おやすみなさい」

「はい、おやすみなさい」夫人はカシームにそういってからこちらを見た。

「わたしが何か無作法なことをしたのでしょうか？」わたしは夫人に訊いた。アシスタントたちは王妃の席の食器類を片づけはじめた。

「いいえ」キャンベル夫人は考えこんだ。「いったいどうしたのかしらね……。わたしにもわからないわ」椅子に腰をおろす。

わたしはスープボウルを夫人の前に置いた。

「わたしたちに何かできることはあるでしょうか？」

「いいえ」夫人はまた同じ返事をした。「わたしなりに、あの国の習慣は勉強したつもりなのよ。でも王妃とは会話ができないの、まったくといっていいくらい」夫人の表情は緊張から落胆に変わった。「わたしがうっかり軽率な振る舞いをしたせいで、大統領が困った状況にならないといいのだけど」

「そのようなことは何もなさっていないと思います」とわたしはいった。

夫人はわたしを見上げ、弱々しくほほえんだ。

「ありがとう、オリー」そしてスープに目をやり、気持ちをきりかえたようだ。「ほんとにおいしそうね。いつもありがとう」

厨房にもどると、ヒッコリーから給仕人たちが帰ってきて、キャンベル夫人の給仕は彼らが引き継いだ。わたしがつづけてやってもよかったし、そもそもこの仕事をいやがる者などいないだろう。でもあえて申し出るほどの自信はなかった。キャンベル夫人の意識のなかで、王妃が退席した食事とわたしの存在が結びつかないことを願いたい。なんといっても夫人は、これからエグゼクティブ・シェフの後任を決めるのだ……。

給仕人が仕事にいそしんでいるあいだ、わたしたちはあと片づけをした。そしてまもなく、ヘンリーとわたしの帰り支度も整った。スケジュールどおりの時間で、顔がほころぶ。ホワイトハウスとキャンベル家のスタッフが得意とすることをひとつあげるなら、時間にきちょうめんな点だろう。アヴラムとガスパーは協定交渉の期間中、キャンプ・デービッドに残る予定だ。ふたりは交渉がうまくいくことを心から願ってもいた。ヘンリーとわたしはさまざまなことを学ばせてもらったお礼をいい、これからの数日、そして将来の幸運を祈って別れを告げた。

日が沈み、ヘリポートまでの道のりはかなり暗かった。湿った緑の木々の香りをかぎ、もう一日ここにいたかった、と思う。

「すばらしいところね」雄大な自然を感じたくて、両手をいっぱいに広げる。「とても平和で……とてもおちつくわ。ここなら忘れさせてくれそうな気がする」

「ん？　何を忘れるんだ？」

わたしは広げていた手を下ろした。この〝理想郷〟に来るまえの出来事が一気によみがえる。カメレオンは射殺され、もう恐れる必要はなくなったけど、そうなると射撃場のおかしな男や侵入未遂の男はべつにいることになる。そして、トムとの未来はどうなるか……。わたしたちの関係に未来なんてものがあるとしてのことだけど。ヘンリーには話せないことがいくつもあるから、わたしは切ない笑みをうかべてこれだけいった。

「恋愛問題よ」

ヘンリーは笑った。

〝カバノキ〟が見えてきた。静まりかえったなかで、わたしたちの足音だけが聞こえる、と思ったときにべつの音がした。苦しそうな咳、喉がかれたような声、外国語の命令——。〝カバノキ〟の玄関は開いていて、道の向こうから走ってきた侍女がなかに駆けこんだ。もうひとり、わたしの知らない男の人も入っていく。玄関ドアが大きな音をたてて閉まった。

わたしとヘンリーは木陰に立ってそのようすを見ていた。

「どうしたのかしら？」小声でつぶやくと、ヘンリーは口もとを引き締めていった。

「見当もつかないよ」

その晩、アパートに着くと、一刻も早くニュースを見たいと思った。でもそのまえにすませなくてはいけない大事なことがある。

ノックをし終わらないうちにドアが開き、ウェントワースさんが顔を出した。

「お帰りなさい。心配していたのよ」

「留守のあいだ、何かありました？」

「いいえ」雪のように白い頭を横に振る。「平穏よ。でも帰りが遅かったでしょう」

「ええ、きょうはとても忙しくて。ゆうべはほんとうにありがとうございました。侵入未遂ですんだのは、ウェントワースさんのおかげです。もしウェントワースさんが気づかなかったらと思うと――」

彼女は鼻に皺を寄せ、顔をそむけて小さく笑った。といっても、自分のしたことが自慢げではある。

「このところ、ちょくちょく不法侵入があるみたいね」

「え？　このアパートで？」

彼女は首を振った。「ここだけじゃないのよ。道の向こうで三件あったの。それもひと晩でよ。五百メートルほど先では五件。ここに侵入しかけた男が手を広げてるらしいわ」乾いた唇をなめる。「きょう、うちに警察が来たの。写真を何枚か見せられたけど、わたしが見た男じゃなかったわ」

「そうなんですか……」どうやら、わたしひとりが狙われたわけではないらしい。天気雨に降られたように、わたしの全身が思いがけない安堵感でびっしょりになった。

「今夜はボーイフレンドが来るの？」

「いいえ」

「あら、どうして？」長い眉がぴくりと上がる。「あなたを守るために来てくれなくちゃ」

「ひとりでも大丈夫ですから」わたしはもう一度お礼をいい、おやすみの挨拶をした。

「そういうことね」背を向け歩きはじめたわたしに、ウェントワースさんはいった。

わたしはふりかえる。

「早く仲直りしたほうがいいわよ」彼女は杖を振りながらいった。「あの気色悪い男が、いつまいもどるかわからないから」

「おやすみなさい、ウェントワースさん」

「今夜、パリ警察は、カメレオンの名で知られる暗殺者が死亡したことを確認しました」ハンサムなニュースキャスターはそういうと、カメラから視線をそらした。その視線を追うように場面が切り替わり、ルーヴル美術館の外の通りが映し出された。女性リポーターの背後に、イオ・ミン・ペイ設計のガラスのルーヴル・ピラミッドが見える。

わたしはデッキにカセットを入れて録画ボタンを押し、テレビの前のソファにすわって身をのりだした。

吹きつける風と雨のなか、アメリカ人リポーターは濡れた髪をかきあげながら、重々しい口調で語った——「カメレオンが大惨事を引き起こそうとしたのは、世界的に有名かつ世界最大規模といわれるルーヴル美術館でした。フランス大統領ピエール・ラプラスの命を狙っただけでなく……」笑顔で手を上げ、挨拶するラプラス大統領の写真が映る。「……かけがえのない歴史と芸術、そして罪なき来館者たちも標的だったのです。

さいわいにも、カメレオン以外に死傷者は出ていません。が、カメレオンの身元は現時点で発表されておらず、インターポールもどのようにしてカメレオンの計画を事前につかみ、大統領の命を守ることができたかは、いっさい発表していません。しかし、謎多き殺人者による長い恐怖の時代がようやく終焉を迎え、関係者はみな胸をなでおろしています」

スタジオのキャスターがいくつか詳細な情報を加え、カメレオン死亡の公式発表が遅れた事情を説明した。カメレオンは変装に長けていたため、現場で射殺された男がカメレオンであるかどうかの確認に時間がかかったらしい。取材と〝信頼できる情報筋〟によると、フランス軍警察が凶悪きわまりない暗殺者をこの世から永遠に葬り去った、とのこと。

うちの二十七インチのテレビ画面いっぱいに、カメレオンの似顔絵が映し出された。これは死んだあとに描かれたのだろうか？　わたしにはわからない。わたしにわかるのは、この男は回転木馬で見た男とは似ても似つかないということだけだ。画面の男は色黒で、髪も目も黒い。その似顔絵が完全に消えるまで待ってから録画を停止し、巻きもどして静止画で、殺された男の顔をとくと見る。

ダレン・ソレルがつくった似顔絵をポケットから出す。

同じ顔ではなかった。といっても、姿を変えて正体を隠すのが身上の男だ。ニュースは身長や体格には触れていない。画面の似顔絵の男はほっそりした顔だちで、この点は同じだったような気がする。少しこけた頰。顔幅は狭いけど、面長ではない。

わたしはじっくり画面を見た。それから紙の似顔絵を見て、また画面を見る。

同じかも……。だけどそういうには、かなり無理がある。

射撃場で声をかけてきた男とアパート侵入未遂の男がカメレオンでないのはわかった。パリとワシントンDCに同時に存在することなど不可能なのだから。でも回転木馬の男となると、話は全然ちがってくる。あの男はナヴィーンを殺害し、わたしはそれを目撃した。今後の人生で、記憶から消えることはないだろう。

トムたちシークレット・サービスは、犯人はカメレオンだと推測した。そしてわたしも、そう思った。だけどその推測はまちがっていたのかもしれない。

ため息をついて似顔絵を折りたたむ。いったい誰がナヴィーンを殺したのだろう……。わたしにはわからない。一生、わからないような気がした。

翌日、ホワイトハウスの厨房では五人全員が顔をそろえ、この状態はしばらくつづく予定だった。あしたは臨時のスタッフがたくさんやってくる。本番まで残すところ四十八時間だ。

国賓晩餐会では、準備の良し悪しが仕上がりを左右する。食材の準備はもちろん、下ごしらえのタイミング、スタッフの統率、水だけでなく我慢とやる気の沸点を管理すること――。国賓晩餐会が終わるまで、わたしは私生活の悩みを頭から追い払うことにした。トムは電話をしてこない。アパートにも来てくれない。

昨夜、カメレオン死亡のニュースが流れたとき、彼から連絡があるのでは、と期待した。そして結果はむなしかった。

現実と向き合わなくてはいけない。広い視野で見なくてはいけない。いまもっとも重要なのは国賓晩餐会であり、中東の画期的な貿易協定合意を象徴する会になるかもしれないのだ。これほど意義深い晩餐会はそうそう経験できないだろう。そしてまた、ヘンリー最後の舞台でもあり、引退したあとも語り継がれる栄光の頂点となる。

思わずため息がでた。わたしにとっても、これが最後の舞台になるかもしれない。ヘンリーとはまったく違う理由から――。

水曜の大イベントの担当は給仕長のジャマル・ウォーカーなので、わたしは彼と打ち合わせをした。ここは食器庫で、足もとには陶器を入れた灰色の大きな箱がいくつか並んでいる。晩餐会当日、ステート・ダイニングルームにはテーブルが十卓置かれ、参加人数は百四十人だ。

「レーガン・チャイナとウィルソン・チャイナがいいと思うんだが――」ジャマルは管理簿を見ながらいった。キャンベル大統領夫妻はまだオリジナルの陶器(チャイナ)デザインを決めていなかったので、晩餐会で使う〝キャンベル・チャイナ〟がないのだ。そこでわたしたちに食器を選ぶ役目がまわってきた。「どっちも上品だよ。ただ地味だけどね。でなきゃ――」

「残念だけど」と、わたしはいった。「それは使えないわ。どちらもゴールドの装飾が入ってるでしょ。ゲストには男性のムスリムが多いから、避けたほうがいいわ。ゴールドやシルバーの食器で食べるのは許されていないのよ」

ジャマルはうなずいた。「だったら、給仕するトレイも同じだな？」

「ええ」

選択肢はいくつかあって、早く決めないことには先に進めなかった。

「ムスリムがゲストの晩餐会はこれがはじめてじゃないわよね。いちばん最近のもので何を使ったか調べてみましょうか」

ジャマルがそれは自分がやろうといって立ち去った。

そこへサージェントが現われた。室内を見まわしてから、わたしの足もとにある陶器をじっと見る。そしてムスリムの慣習に気を配れ、性急な――そして無知な――選択をすれば、大統領が忍耐強く実現に向けて取り組んできた交渉を台無しにしかねないぞ、といった。つづいてイスラム教のルールに関する講義が始まる。

「慣習は考慮しています」わたしはきっぱりといった。「だからジャマルとここで打ち合わせたんです。この食器類は使用しません」足もとの箱を指さす。声が自然に大きくなっていた。「あなたがいらっしゃるまえに代替案も検討しました」

サージェントは目をまるくしていた。わたしの〝いちいちうるさいのよ〟的態度に驚いたらしい。でもすぐに気をとりなおしていった。

「時間の無駄づかいをするんじゃない。わたしのほうですでに決めてある」

「そうなんですか？　どの陶器を選んだんですか？」

「きみの質問に答える義務がわたしにあるのかね？」

絶句した。平手打ちをくらったみたいだった。なんとか気持ちをおちつけながら、この人とは一度きちんと話さなくてはいけないと思った。

「サージェントさん、わたしたちは最初からぎくしゃくしているように思えますが――」その原因は、あなたのわたしに対するハラスメントにあるとは、さすがにいえなかった。「誤解があるなら、できれば解きたいと思います」

彼は長身ではないけど、その目でわたしを〝見下す〟ことならできた。

「その必要はない」

「必要がない？」耳を疑い、彼の言葉をくりかえした。「どういう意味ですか？」

「きみの気持ちを考えるとわたしもつらいがね、真実を伝えるのが最善の道だろう。きみがホワイトハウスで働く日数は限られ、すでにカウントダウンが始まっていると考えていい。ローレル・アンがエグゼクティブ・シェフに任命されれば、すぐにでも退職となるだろう。つまり、来週にはホワイトハウスからいなくなる人間と、関係修復などする必要はない」

ローレル・アンの名前を口にしたとき、彼は笑顔になった。まるで十代の片思い少年だ。

「そういうことなら」言葉の棘の痛みに耐える。「陶器の選択はお任せします」わたしはサージェントの横を通って出口に向かった。

「そうそう」彼が呼びとめ、わたしはふりかえった。

「ここに来るまえ、ヘンリーに伝えておいたが、きみも知っておくべきだろう。キャンプ・デービッドの空気が合わなかったようで、王妃はブレアハウスにもどってきたよ。シェフは国王とともにキャンプ・デービッドに残ったから、きみらが食事の用意をすることになるかもしれない」

わたしは了解してうなずいた。

「補佐官のカシームが、ホワイトハウスとブレアハウスの連絡係になる」

「彼ももどってきたんですか？」気の毒に。キャンプ・デービッドのほうが、リラックスしているように見えた。

「もどってきては不都合なのかな？」

いい合う気分ではなかった。返事をするのも億劫だ。ホワイトハウスにいるあいだは、自分の職名に恥じないようにするだけだ。

「お知らせいただき、ありがとうございました」わたしはそれだけいって部屋を出た。

はたしてカシームが、サージェントにつきそわれて厨房に姿を見せた。ブレアハウス用の食事の材料はあるかと尋ねる。シアンとバッキーとわたしは、王妃のご希望のものをつくりますといったのだけど、カシームは辞退した。

「材料をブレアハウスに届けてもらえれば、侍女が用意するので」

「王妃のお具合はいかがですか？」わたしは尋ねた。

「心配してくれてありがとう。こちらにもどってきたら、ずいぶんおちつかれたよ」

「ホワイトハウスの秘書官と晩餐の打ち合わせはなさいましたか？　コースの出し方の説明はありました？」

カシームはわたしたち全員にうなずいた。

「シューマッハさんが詳しく説明してくれ、国王も王妃も高官たちも、フィンガーボウルのことは了解したよ。あなたがもしそのことを心配しているのなら」

そのとおりだった。公式晩餐会のゲストは、小さなナプキンをのせたお皿と水を入れたガラスのボウル、フォークとスプーンを出されると、どうしていいかわからないことがよくあった。給仕はメイン・コースのあとにフィンガーボウルをゲストの前に置く。そしてゲストは指を洗い終えたら、ナプキンとボウルを脇にどかし、フォークを左に、スプーンを右に置くのだ。これはデザートをいただく準備が整ったことを示す。このやり方にとまどったゲストをわたしは何人も見ていた。マーガレット・シューマッハがカシームに事前に説明してくれてほんとによかった。

「仕事はないのか？」サージェントが訊いた。

わたしは唇を嚙んだ。それも強く。

「はい、たくさんあります」

「だったらどうしてやらない？」

まったくサージェントという人は……。

カシームが手を上げた。「ちょっと待って。ひとつだけ教えてほしい」

「何でしょう？」

カシームは大きな茶色の目で部屋全体を見まわした。

「スタッフはこれだけなのかな？　こんなに少ない人数で、晩餐会の大勢の食事をどうやってつくるのだろう？」

「あした応援団が来るんです」

「わたしが会ったのは……」もう一度見まわす。「いまここにいる人だけだ」

サージェントが何かいいかけたけど、カシームは手で制し、わたしの答えを待っている。

わたしはちょっぴりうれしくなった。

「臨時スタッフは、あすの朝八時に来る予定です。シアンとバッキーが――」ふたりのほうに手を振る。「彼らの仕事の配分と指示を担当します。臨時といっても大半は、以前いっしょに仕事をしたことがあるシェフやアシスタントですから、ここのやり方を知っているので混乱はありません」にっこりほほえむ。「わたしも十時までには来て、晩餐会の準備が完了するまでずっといます」

するとサージェントがいった。

「十時？　どうしてもっと早く来ない？」

「そのように予定を立てたからです」

「理解できんな。もっと早く来なさい。きわめて重要な晩餐会では、最初から全員がフル稼働しなくてはだめだ」

　部屋の向こうから、ヘンリーがいった。

「ピーター、わたしが保証するよ。まったく問題はない。国賓晩餐会がいかに重要かはみんな承知しているし、準備もおこたりない。オリーに十時に来るようにいったのは、このわたしだからね。わたしもオリーと同じく十時だ。それより早い時間に、わたしたちは必要ない」そしてやさしい口調でいいそえる。「オリーはあしたの朝、アーリントンに寄ってから来るんだろう？」

　わたしは無言でうなずいた——どうか、アーリントンに行く理由をサージェントに訊かれませんように。大きな行事のまえにはかならず立ち寄ることをヘンリーは知っている。父の記憶がないとはいえ、ワシントンDCにいる家族は父ひとりなのだ。墓石の前で数分過ごすだけで、心がおちついた。

「いったいどうして——」案の定、サージェントが問い詰める口調でいいはじめたけど、ヘンリーが割って入ってくれた。

「あすの夜は、遅くまでここにいる。もし何かまずいことが起きれば、早い時間にはシアンとバッキーが、遅い時間にはオリーとわたしが対処する。もちろん、そんなことにならないようにしておくけどね」ヘンリーはペイストリー・シェフのほうを見た。「マルセルはこれまでどおり、彼なりの時間配分をする」

ヘンリーにここまでいわれると、サージェントも了解するしかなかった。

カシームはようすがわかってよかったとお礼をいう。

「危ない！　どいて、どいて！」バッキーが大声をあげた。

サージェントはわたしの右に、カシームは左に立っていた。この三人がいっせいにカウンターに腰を当ててのけぞる。熱風がわたしの顔を撫で、ぞくっとする。バッキーが駆け抜けていった。目の前を、炎のあがるフライパンを持ったバッキーがフライパンをシンクに投げ捨て、ガチャーンと大きな音がしたかと思うと、水と熱が戦うジュジューという音が聞こえた。煙がもうもうと立ち昇る。

「どうして重曹を使わなかった？」ヘンリーが訊いた。

バッキーは顔だけこちらに向けた。

「重曹を取りにいくより、こっちのほうが早いと思ったから」

カシームは何回かまばたきすると、コンタクトレンズだと煙がひどく目にしみるといって顔をそむけ、さらに激しくまばたきした。シアンも同じくつらそうだ。

「消火器を使えばいいんだ」サージェントがバッキーに聞こえるよう大声でいった。

バッキーは背中を向けたまま答える——「今回の消火器使用はセキュリティ侵害にあたりません、理由はこれこれですと、長ったらしい報告書を三部署に提出するなんてごめんだね」

「いいかげんにしてくれ。わたしもコンタクトなんだよ」サージェントは咳をし、何度かまばたきしてコンタクトレンズをとると、うつむいたまま、外の廊下に出て行った。フライパンの炎さながら、全身からめらめらと怒りが燃え上がっている。カシームがサージェントにつづき、さらにシアンがつづいた。彼女の目には涙がいっぱいだ。

マルセル、ヘンリー、わたしはまったく平気だった。バッキーも煙は気にならないようで、フライパンを洗いながらお気楽にいった。

「人払いするのがうまいだろ？」

換気扇の回転数を最強にする。ほどなくしてシアンがもどってきた。

「サージェントはどうしたの？」とわたしは訊いた。「カシームは？」

シアンは首をすくめた。

「帰ったわ。カシームはブレアハウスにもどるって。サージェントはあしたまでに決めなくちゃいけないことがあるらしいわ」

「バッキー！」わたしは彼の肩を叩いた。「感謝感激よ」

翌日の朝九時、わたしはアーリントン墓地駅で地下鉄を降りた。ほかにもベビーカーを押す四人家族、カップル何組か、観光客のグループ、連れのない人など、二十人ほどが降りて、ビジターズ・センターの標識に従って歩き、しばらくして二手に分かれた。はじめてここを訪れた人たちと、わたしを含む数人だ。後者はそれぞれ、自分の目的地がわかって歩いている。わたしはついこのまえ来たばかりだから、いつもより短い間隔での再訪だけど、いろんな出来事を考えたら、どうしても足が向く。

女性ひとりと男性ふたりが、わたしと同じ方向に歩いていた。女性は六十代くらいで生花の花束を持ち、無名戦士の墓のほうへ向かった。ブリーフケースを持った男性は急ぎ足で、見る間にわたしたちを引き離していく。もうひとりの男性は小さな鉢植えを持っていた。アーリントン墓地で鉢植えは許可されていないから、声をかけて教えたほうがいいかな、と思ったけどやめておく。あの人はすでに持ってきたのだし、それをささげることで心が満たされるのなら、よけいな口だしはしないほうがいい。墓地の職員は見つけしだい撤去するはずだけど、男性がそれを知ることはおそらくないだろう。

彼はわたしと同じ方角に向かっている。ただ、サッカーのウィングのポジションのように、わたしの左手のわりと離れた場所だった。誰のお墓に行くのだろう。お父さん？　兄弟？　年齢はわからなかった。野球帽をかぶり、その下から縮れた赤毛がのぞく。リンカーン・シティと書かれた黒いTシャツの上に、青い半袖のワイシャツを前をはだけてはおり、ブルージーンズはだぶだぶだ。さっそうと歩いているけど、背が低いからそれほどスピードはなかった。

自分でもおせっかいだと思いつつ、やっぱりひと言、供花の決まりを伝えたほうがいいかなと逡巡しているうち、彼はどんどん左にそれて、建物の向こうに姿を消した。

神さまの采配ね。無用の口だしはするなかれ。

人影が絶え、ひとり静かに父の墓へと向かう。晴れわたった空にときおり冷たい突風が吹き、パーカーがほしいくらいだった。もう少しすれば気温も上がって心地よいのだろうけど、そのころわたしは厨房でてんてこまいだろう。心安らぐこのささやかなひとときを満喫しなくては。

風がやむと、右手遠くから芝刈り機の音が聞こえ、すぐまた風にかき消される。アーリントンは六百エーカー以上あるらしいけど、いつもかならず近くで芝刈り機の、ときに四台もの音がした。上り坂をあがりきると、父の墓の隣の区画が刈りとられているところだった。朝露と刈られたばかりの草の香りはすばらしい。機械のうなり音が聞こえても気にはならなかった。アーリントンに来るたび、生命、継続、安定の大切さを知る。ここに眠っている人びとは、いまのわたしたちが享受する〝自由〟のために戦い、命をおとしたのだ。

突風にフードがはずれ、髪が吹き上げられた。でも、これもまた良し、と思う。

「おはよう」わたしは父にいった。声を出しても、近くに人はいない。

いつものように、返ってくるのは小鳥のさえずり、吹く風の音、わたしの心のなかの声だけだ。気持ちをおちつけ、この静謐をからだのなかにとりこもう。そうすれば、これからの数日を心穏やかに過ごせそうな気がする。

すべて完了したとき、わたしはホワイトハウスにいないかもしれない。でもたとえそうでも、いまは全力をつくすのだ。これまでそうしてきたように。

「ね、お父さん、そうでしょ?」

近くの芝刈り機の音が、静かなアイドリング音に変わった。そちらへ目をやると、木立の向こうで職員が芝刈り機から跳び下り、木材チッパーを牽引する白いピックアップに向かって手を振った。ピックアップの運転手がエンジンを止めておりてくる。ふたりは芝刈り機から百メートルほど離れた場所まで小走りで行くと、よつんばいになって地面の上を探しはじめた。何かをなくしたのだろうか?

もし芝刈り機が止まっていなかったら、風が一瞬やんでいなかったら、いつもは聞こえない音が聞こえることに、おそらく気づかなかっただろう。

首をひねって見ると、野球帽をかぶったあの赤毛の男性が、はっきりとわたしを目指してやってくる。鉢植えは持っていないから、お墓に置いてきたのだろう。わたしは笑顔を向けた。ここはとても広いので、道に迷ったのかもしれない。地下鉄駅への行き方を知りたいとか。

わたしは彼のほうに一歩足を踏み出し——ぞくっとした。男の顔つきが尋常ではない。一歩ずつ確実に近づいてくる男の顔は決然とし、怒りに満ち満ちていた。そして……見覚えがあった。

25

目が釘づけになった。激しい恐怖にからだが麻痺して動けない。耳の奥で巨大波が砕け、震えおののく脳は決断を下せなかった。走って逃げるか——でもどこへ？　それとも立ち向かうか。茫然として、その場に立ちすくむ。

一秒、たぶん二秒。

何時間にも感じられた。

回転木馬の殺人者はいま、風にはためくシャツの下に手を入れた。ズボンのウエスト。きっと銃だ。わたしの脳を撃ち抜く銃だ。わたしはくるっと背を向けた。

芝生を走る。右手の墓石のあいだをジグザグに走る。墓石の後ろにかがめば見えなくなるかも——。ばかなことを考える。それより叫べ、大声をあげろ。でもそんなことをしたら走る速度がおちる。そう思ったわたしは愚かだった。

頭が働かない。考えろ！　考えろ！

木立へ向かって走る。ともかく隠れろ。

ようやく悲鳴が出た。墓石のあいだを死にものぐるいで走る。一列に並んだ低い墓石は隠れみのにならない。銃は持ってこなかった。持ってくるわけがなかった。だったらどうする？　そうだ、左へ急カーブをきれ。動く標的は撃ちにくい。トムのアドバイス。風にのって、パンという音がした。まるでおもちゃの銃のようだ。

ふりかえらない。

二十メートル？　三十メートル？　よくわからない。どうでもよかった。芝刈り職人とピックアップの運転手が、まだよつんばいで何かを探している。わたしは叫んだ。声は突風にかき消された。

ぞっとする考えが浮かんだ。あのふたりが、追ってくる男と共謀していたら？　助けを求めて駆け寄ったとたん、つかまったりしないだろうか？

わたしはそのまま走りつづけた。全身の筋肉を走ることに集中させる。殺人者から逃げることだけ考える。

走馬灯のように駆けめぐるのは、人生ではなく逃げる方法だった。

愚鈍な脳が、ようやく働きはじめた。左に走り、右に走り、また左に走る。

ふたたびパンという音。

男はわたしを狙っている。

でも、どうして？

なぜなら、わたしはあの男を回転木馬で見たから。

走りつづける。あと三十歩。あと二十歩。

走りながらカウントダウンする。短い脚の限度まで歩幅を広げる。ころんじゃだめ。自分にいいきかせる。

絶対に。

ころんじゃだめ。

あと十歩。

そして音。あれは叫び声だ。

右手遠くで、芝刈り職人が立ち上がった。腕を大きく振って叫んでいる。たとえ味方だったとしても、あそこにたどりつくまえに、殺人者に追いつかれてしまうだろう。ここからはあまりに遠い。

職人たちは叫びつづけている。でも芝刈り機のアイドリング音ではっきりとは聞こえない。芝刈り機まで、あと三歩。

二歩。

一歩。

わたしは芝刈り機の座席に飛び乗ると、貴重な時間を使ってギアを入れ、左に急カーブをきり、追っ手の正面に向けた。芝刈り機は前進したものの、とんでもなくのろい。これじゃだめだ。わたしは反対側に飛び降りた。芝刈り職人がこちらに走ってくる。殺人者は左側から追ってくる。ピックアップの運転手も、わたしがつぎにすることの予測がついたのだろう、同じように走ってきた。

でも間に合わない。わたしは白いピックアップに乗るとドアを閉め、エンジンをかけた。アクセルをめいっぱい踏む。荷台が起伏のある道で上下に跳ねる。どうか横転しませんように。

玉のような汗がしたたり落ちる。手のひらの汗と震えでハンドルがすべった。サイドミラーを見ると、職人たちはげんこつを振りまわし、わめいていた。ふたりの口が動くのはわかるけど、声は聞こえない。

殺人者は消えていた。

またしても。

深呼吸をして、気持ちをおちつける。このまま墓地の入口か管理事務所まで行くしかなかった。信用できる人と話をするのだ。

下で眠る人びとに詫びながら、白い墓石のあいだの芝生を走る。なぜこんなことをしているのか。何もかもがおかしい。

道にぶつかって乗りあげ、左に曲がる。頭がまともに働かない。いったいどういうことなのか？　カメレオンは死んだのだ。だったらあの男は誰？

答えはひとつしかなかった。ナヴィーンを殺したのはカメレオンではないのだ。ほかの誰かがナヴィーンを殺し、その誰かがわたしを抹殺したがっている。

震えが止まらないまま、ピックアップを道の端に寄せてブレーキを踏んだ。いまごろは職人が車の盗難を通報しているだろう。そしてわたしは逮捕される。地元の警察に、ナヴィーンのことをどこまで話してよいのか――。しっかり考えなくてはいけない。トムに電話しなければ。

足をブレーキから離し、ピックアップを走らせてから携帯電話を手で探る。心臓がどきどきした。でも理由は、数日まえとはまったく違う。

遠くでサイレンの音がした。わたしをつかまえにきたのだろう。安堵、怯え、そして胸えぐられる思い。これから何があるにせよ、厨房に時間どおりには行けない。ごめんなさい、ヘンリー……。

意を決し、アクセルを強く踏む。案内所は遠いけど、道順は知っている。トムにはそこに着くまえに知らせておきたい。わたしは携帯電話を取り出し、ボタンを押そうとした。

そのとき、右側でカチッという音がした。

気づいたときは遅かった。

助手席のドアが勢いよく開き、淡いブルーの目の殺人者が、銃口をわたしの頭に向けた。考える暇はなかった。ハンドルを思いきり左にきって、アクセルを全開にする。運転席が血の海にならないよう祈りながら……。

祈りは通じた。

殺人者はピックアップから落ちて地面に叩きつけられた。うなり声とともに引き金を引く。銃弾が背後のウィンドウに当たり、わたしは絶叫した。ガラスが蜘蛛(くも)の巣状に砕ける。

サイレン音が大きくなった。

携帯電話を右手に持ったままハンドルを握り、命がけで走る。銃弾がまたピックアップに当たった音がした。そしてまた、何度も何度も――。でも気がつけば、それはわたしの頭のなかでくりかえされているだけだった。

どこに向かっているのかわからないまま、バックミラーとサイドミラーを見る。

前方にはパトカーの点滅灯。

わたしはブレーキを踏むと、両手をかかげて大声でいった――「武器は持っていません」

警官がピックアップを取り囲む。

なんとか逃げきることができた。

でも、いつまで？

26

あらゆる面でわたしは幸運だった。芝刈り機の職人とピックアップの運転手は、どちらも正真正銘の墓地の従業員だった。そしてふたりとも、わたしが殺人者に追われているのを目撃していた。細部はともかく、命を守るためにピックアップを乗っとった、というわたしの主張を裏づけるには十分だった。蜘蛛の巣状のウィンドウも証拠になった。

取り囲んでいた警官たちは、わたしの嫌疑が晴れるとすぐ電話をかけるのを許可してくれた。硬直した手から携帯電話を引きはがすようにして、わたしはホワイトハウスに連絡し、ヘンリーにまた遅刻することを知らせた。そして今回も、その理由を説明できなかった。

エグゼクティブ・シェフにはローレル・アンのほうがふさわしい、とわたしは思いはじめていた。わたしの行く手にはいつもトラブルがあり、まともに仕事ができないのだから。

水の入った紙コップを手に、墓地の事務所で車を待った。警官が親切にも、わたしをホワイトハウスまで送るといってくれたのだ。地下鉄を使う気にはなれなかった。絶対に、いやだった。

室内では携帯電話が通じなかったので、短い廊下を窓のそばまで行ってみる。

トムは二度の呼び出し音で出てくれた。

「やあ」声にいつもの陽気さはない。「どうした？」

何といえばいいのだろう。口を開いても言葉が出てこない。いいたいことがたくさんありすぎて、その重さに喉が詰まってしまう。

「オリー」彼はそっけなくいった。「いま忙しいんだよ。あとでこっちからかけるから」

たまっていたものが一気に噴き出した。

「殺されかけたのよ。あの男はここに、アーリントンにいたの。わたしを撃ち殺そうとしたのよ。わたし、ピックアップを盗んだの」

「おちついて。もう一度ゆっくり話して」

「ナヴィーンを殺した男がここにいたの」

「なぜそう思った？」

「また襲ってきたからよ」切羽詰まった声がいやだった。震えが止まらず、紙コップの水が揺れるのがいやだった。でもどうしようもなかった。「男はわたしを殺そうとしたの。きょう。ここで。たったいま」

「どこから電話をかけている？」

「アーリントン墓地」わたしは正確に発音した。さっき、いわなかったかしら？

「墓地のどこだ？」

廊下を見渡したけどわからない。パトカーに押しこまれてここまで来て、道中の記憶はなかった。

「事務所だけど……」窓の外を見て、見当をつける。「たぶん本館だわ」

「十五分でそこへ行く」

「それは待って。警察には事情を説明したの。ホワイトハウスまで送ってくれるっていってるから」

「だめだ」声の調子が変わり、わたしはびくっとした。「ぼくが迎えに行く。そこから動くんじゃない」

「でも……」彼の気持ちがうれしい半面、心配になる。「いま忙しいんでしょ？　警察の人が送ってくれるし、わたしは怪我もなく無事だし」

「オリー」またあの声になる。「誰ともどこへも行くな。ぼくが迎えに行く。いいね？」

わたしはうなずいたけど、彼にはそれが見えないことに気づき、つぶやくように答えた。

「わかったわ」

「約束だぞ」

「はい、約束します」

27

ホワイトハウスに向かう車のなかで、トムは最初の一分間、無言だった。わたしは助手席で、おしおきされた子どもさながら、窓に顔をつけるようにして外をながめるだけだ。彼の気持ちがわからず、自分の気持ちもわからず、父のお墓の近くで起きた出来事を説明することもできない。

「話をしよう」トムがいった。

「厨房に行かないと」

「こっちのほうが重要だ」

あしたの国賓晩餐会より重要なことがあるとは思えなかったけど、口にはしない。

車をどんどん追い越していく。制限時速は大幅に超えていた。ペンシルヴェニア通りで降ろされると思ったけど、彼はEストリートのほうへ行き、閉鎖中の大通りにいた警備員に合図した。結果的に、所要時間は半分だった。

「このルートは知らなかったわ」

トムは黙ったまま、ホワイトハウスの敷地に入ると停車した。そしてすわったまま、からだを横に向けてわたしを見る。

「状況が変わったんだ」

胃がちくちくした。彼が何の話をしたいかは想像がつく。

「どんなふうに？」

「カメレオンは死んでいない」

「えっ？」胃がちぎれそうだった。

「事実だよ」

沈黙が流れた。

冷静になろうと思っても、動悸がして頭がふらつく。

「アーリントンにいたのは彼だったのね」

「まちがいないだろう」

「彼はまた姿をくらましたわ」

トムはわたしを見つめていった。

「かならずつかまえるよ、かならず」

「どうして彼はわたしを狙うの？　たしかに顔は見たわ。だけど彼はもっと大きな暗殺計画のためにワシントンに来たんじゃないの？　ナヴィーンはそのことをわたしに伝えようとしたんでしょ？」アパートの侵入未遂事件について話す。それは射撃場で追いかけられた日の夜であること、証拠はないけど関連しているとわたしは考えていること。「たかがアシスタント・シェフを狙うのに、カメレオンがそこまでするとは思えないけど」

トムは片手をハンドルにかけて外の地面を見つめた。

「きみは彼にとって〝未処理事項〟なんだよ。負債、重荷といってもいい。ほったらかしの未処理事項があるかぎり、あいつの計画は成功したとはいえないんだ。成功なんて言い方がいいかどうかはべつにしてね」自分の手のひらをじっと見る。「今夜はひとりで家に帰るな。ぼくがアパートまでついていく」

きょうのことを考えると、心配しないで、わたしは大丈夫よ、とはいえなかった。

「ありがとう」

彼は車のギアを入れた。「ぼくはソファで寝るから」


ヘンリーとわたしは、五人の料理人――男性三人、女性ふたり――とあすの晩餐会の作業仕事分担を打ち合わせた。以前にもいっしょに働いたことがあるから、彼らもここのやり方を心得ていて、とまどうことなく作業に当たってくれる。おかげでヘンリーとわたしはひと息つき、つぎにマルセルと打ち合わせることにした。

でもヘンリーがそのまえに、わたしを脇へ引っぱった。フライパンがコンロに置かれる音、お鍋がぶつかる音、キャビネットを開けたり閉めたりする音など、忙しくいろんな音がするから、周囲に聞かれることを心配せずに話すことができた。

「何か重大なことが起きてるんじゃないか？」

そうなの！　といいたいのをこらえ、「何かって？」と訊きかえした。

ヘンリーはポケットから一枚の紙を取り出した――「これだよ」

わたしの証言に基づいてつくられた例の似顔絵だった。ヘンリーもわたしと同じようにコピーをポケットに入れて持ち歩いていたらしい。と思ったら、じつはそうではなかった。

「カメレオンは死んだと報道されたが」と、ヘンリー。「けさ、この似顔絵がまたみんなに配られたんだよ。そして十分警戒するように指示された。接触する人間には、とくに用心しろとまでいわれたよ」

ヘンリーは仕事に励む応援団に目をやった。彼らはバッキーとシアンが監督している。

「あの若い料理人たちを、ついじろじろ見てしまったよ。といっても、まえから知っている者ばかりだからね。ここで何かが起きているんじゃないか？　オリーなら知っているような気がしたんだが」

わたしはためらった。だけどヘンリーの想像が当たっていることくらいは伝えてもいいだろうと思う。

「わたしからは話せないのよ。でも――」

「それはわかっているよ、もちろん。しかし――」

「せいぜいこれくらいのことしかいえないの」わたしは似顔絵の端に指を当てた。「危険きわまりない男なのよ、カメレオンであろうとなかろうと」

「オリーのことが心配なんだよ」ヘンリーは急に十歳くらい老けたように見えた。「このところ、いろんなことがつづいているだろう。ホワイトハウスのノース・ローンや、ノショナル・モールや、けさにいたってはアーリントンで……」

「何か聞いたの？」

「発砲事件があったと聞いたよ。またしてもだ。そしてまたしても偶然に、オリーが遅刻すると電話してきた」

「ごめんなさい」

ヘンリーは手を上げた。「謝罪や説明を求めているわけじゃない。わたしはただ……」薄い髪をかきあげて、しばし目をつむる。「わたしはただ、用心してほしいだけなんだよ、きみ自身の身の安全と、わたしの――」お鍋やフライパンの音が騒々しい厨房をながめる。「跡を継ぐチャンスを逃さないためにね」その目に宿る思いが、わたしはつらかった。「ローレル・アンではなく、オリーにわが家を継いでほしいんだ」小さなため息。「くれぐれも足もとには気をつけてほしい。いいね、約束してくれるね？」

トムにいわれたときと同じように、わたしはすなおに答えた。

「はい、約束します」

「ようし。では、山のような仕事と格闘するか」

マルセルのデザートは、いつも息をのむほど美しい。とりわけ今回は、達人みずから、自分自身を超えたと自負していた。ヘンリーとわたしが近づいていくと、気づいた彼は手を上げて止めた。

「少し待って」ふりかえり、部屋の隅にいる姿の見えないアシスタントに尋ねる。「準備はいいかい？」

低い肯定の返事が聞こえた。

マルセルはにこっとし、わたしたちは彼についていった。隣の部屋に入ると、カウンターの前に小さなテーブルがひとつ置かれていた。真ん中の作品には、大きな白い包肉用紙（ブッチャーペーパー）がかけられていて、一見、白い幽霊のようだった。マルセルは作品を埃から守るのに、布ではなく紙を使うのだ。織った布の場合、デザートの細工の繊細な部分が引っかかって壊れてしまう可能性があった。

「さあ、いいかな？」と、マルセル。

ヘンリーもわたしもうなずき、マルセルとアシスタントがその紙を持ち上げる。

現われたデザートに、わたしは息をのんだ。

あすの晩餐会でテーブルの中央を飾るデザートは、高さ約三十センチで、本人のいうとおり、過去最高の作品だった。燃え上がる炎を表現したもので、水晶のような球体を中心に、三種類の炎の舌がよじれ、めらめらと燃えている。

ヘンリーは口笛を吹いた。

わたしは炎のまわりを歩きながら、「お砂糖？」と訊いた。

「もちろん（エヴィダマン）」

マルセルを知らない人が見たら、ガラスの美術品だと思うだろう。三種類の炎は、今回の交渉にかかわるアメリカ、サロミア、アルクムスタンの三カ国を表し、それぞれの国を代表する色が使われていた。アメリカの炎に顔を近づけて見てみると、下部の赤色が上に向かって溶けるように白に変わり、それがまた自然に先端の青色へと移っていく。三つの炎の中央に浮かぶ球体は、地球を表現する色彩になっていた。地球が三カ国の〝腕〟に抱かれ、守られ、支えられているわけだ。

「すごいわ」ほかの言葉が見つからなかった。「ほんとうに」

「きみの才能には恐れ入ったよ」ヘンリーは満面に笑みをうかべている。

マルセルは目を輝かせ、うなずいた。

作品の基部に色はなく、三カ国それぞれの言語で〝平和〟という文字が刻まれていた。どうすればこんなことができるのだろう？　たぶん、マルセルにしかわからない。しかも美しい筆記体で、わたしの字など足もとにも及ばなかった。まるで刻印師が仕上げたようだ。

刻印、という言葉に、わたしはシークレット・サービスからフライパンを返してもらっていないことを思い出した。記念品のフライパンをヘンリーに渡すことが、ホワイトハウスでの最後の仕事になるかもしれない。今夜アパートに帰るとき、トムに尋ねてみよう。わたしは頭のなかにメモした。

もう一度じっくりマルセルの作品を見てから、「いくつくらいできあがってるの？」と尋ねた。

「いや、もう全部つくったよ」

さすがマルセル。彼はいつも早め早めに仕上げる職人の鑑（かがみ）といえた。あしたの晩餐会のゲストは百四十人で、ひとつのテーブルに十人だから、マルセルはたぶん炎の作品を十四個つくったのだろう。マルセルという人は向上心にあふれている。その完璧を追求する姿に、わたしは刺激され、また励まされもした。

「ほんとにすばらしいわ」

「だろう？」

ペイストリー・シェフはいつもこうで、わたしはほほえんだ。

「ただ心配なのは——」マルセルは渋い顔をした。「これをステート・ダイニングルームまで無事に運んでもらえるかどうかなんだよ。ほんの少しでも欠けてはだめだ。ミゲルは信頼できるけど」カバーを持ち上げるのを手伝った小柄な男性を見る。「新しいアシスタントは大丈夫かなあ……」

わたしたちはその件について意見を出し合い、最終的にはマルセルの判断に任せることにした。ゲストが実際に食べるデザートは、炎と地球の作品の周囲に置かれ、その後、一人ひとりに供される予定だ。もちろん、炎のほうも食べられるけど、これほど美しいものをあえて破壊したいと思う人はいないだろう。

ヘンリーとわたしが厨房にもどると、サージェントが立っていた。

「待ちくたびれたよ」

サージェントは紙を取り出し、そこに書かれている必須業務を読みあげていった。ヘンリーがそれはとっくにやり終えたといっても耳を貸さない。最後まで読んだところで、今度はサージェント個人が考えるあしたの朝の注意事項をとうとうとまくしたてた。いま彼の口に布巾をつっこんだらどうなるだろう？　わたしはよからぬ想像をした。厨房スタッフはみんな、彼がホワイトハウスに足を踏み入れるずっとまえから、国賓晩餐会を何度も経験しているのだ。これは時間の無駄でしかなかった。

「臨時スタッフのほとんどがホワイトハウスで働いた経験があるようだが」と、サージェント。「わたしの手元には履歴書がそろっていない。常勤の欠員がでたときのために、全員の履歴を把握しておきたいんだがね」

「厨房の人事を決定するのはわたしだよ」ヘンリーがいった。

サージェントはおかしな顔をした。「ブラウン女史が明言したんだよ。ここを引き継いだら、人事に関してはわたしの協力を仰ぐとね。わたしは喜んで協力するつもりだ」

「彼女はエグゼクティブ・シェフではない！」ヘンリーの声がとどろいた。「わたしの意見をいわせてもらえば、今後もそうなることはないだろう」耳まで紅潮したヘンリーはサージェントの真ん前まで行くと、小柄な彼を見下ろすようにしていった。「あなたには決定権がないことを覚えておいてもらいたい。またもうひとつ、忘れないでほしいことがある。オリヴィア・パラスもエグゼクティブ・シェフの候補なんだよ。わたしの信頼する有能なアシスタントではなくブラウン女史がすでに選ばれたような言い方ばかりするのは、やめていただきたい。式事室の責任者なら、礼儀と配慮の大切さを十分にご存じのはずだ」

厨房が水を打ったように静まりかえった。ヘンリーの荒い息遣いと、サージェントの靴が床をこすってあとずさる音だけが聞こえる。

ヘンリーは背筋をのばして穏やかな表情をつくると、ていねいな口調で尋ねた。

「お帰りになるまえに、ほかに何かありますかな?」

サージェントは躊躇(ちゅうちょ)してから、「うん、あるよ、ある」といった。「ヘッサ妃がまもなくここにみえる予定だ」

「ここ、というのは厨房ですか?」わたしは驚いた。「今夜、厨房にいらっしゃる?」

「そうだ、今夜だ」新聞でも読むような、あまりにも事務的な返事だった。わたしはヘンリーと顔を見合わせた。

「どうしてこんな時間に?」わたしは訊いた。「外国の要人はふつう夜遅くにホワイトハウスを訪問しませんよね? 大きな式典があればべつですけど」わたしはあせるあまり、つい早口になった。「大統領ご夫妻は、あしたの午後までキャンプ・デービッドに滞在予定ですから、王妃を迎えられる人はいないと思いますが」

「わたしがいるよ」サージェントは鼻を鳴らした。

「でも……」

「訪問の目的は?」ヘンリーが訊いた。

「国王の食事の件だ。好き嫌いが激しいらしくてね」

晩餐会はあしたなのだ。いまごろそんなことをいわれても……。

「献立は何日もまえに承認済みです。ここにきて変更などできません」

サージェントは鋭い目でわたしを、それからヘンリーを見た。

「これがきみの選んだ後継者かね？」

「オリーのいうとおり、すべて承認済みだよ」と、ヘンリー。

サージェントはかぶりを振った。「わたしはすぐ、王妃とともにまたここへ来る。通訳をするカシームもいっしょだ。迎える準備を整えておくように」

サージェントがいなくなったところで、わたしはヘンリーにいった。

「ほんとうに腹が立つわ」

ヘンリーはわたしの肩を叩いた。

「オリーなら、エグゼクティブ・シェフの務めを立派に果たせるよ」悲しげな顔になる。

「けどな、何らかの理由でオリーが選ばれなかったとしても……」小さなため息。「それはそれで、天の配剤だろう」

「ええ、きっとね」わたしは静かにほほえんだ。


「ここが――」サージェントはいきなり厨房に入ってきて、あやうく四人のアシスタントに追突するところだった。「ホワイトハウスのメイン・キッチンです」

サージェントは右に寄り、カシームが通訳するのを待った。調理服を着た料理人たちがいたるところでわきめもふらずに働き、質問や指示が大声で飛びかって、鍋やフライパンが音をたてては、食材が熱い油にジュージューと焼かれる。そんな騒々しさのなかで、言葉を聞きとるのはなかなかたいへんだ。

カシームは王妃のほうへ顔を寄せた。今夜の王妃はビーズのついたオレンジ色のブルカで全身をおおっている。顔の部分は網状になっているけど、シフォンのような生地の下に隠された顔は見ることができない。空気の流れがときおり生地を顔に押しつけ、ぼんやりした輪郭がわからなくもないものの、結婚まえに花嫁の素顔を見ることができなかったら、花婿にとってハネムーンはさぞかし興味深いものになるだろう。

カシームは背の低い王妃と話すときは身をかがめ、顎ひげを手で脇へ寄せた。ひげが王妃のブルカに触れてはいけないのだろうか?

「みなさん――」カシームはわたしたちに向かっていった。「このような時間にうかがっても、みなさんのあすの準備に滞りはないと信じます」

「はい、ありません」わたしは嘘をついた。

「きみが相手をしてくれ、オリー」ヘンリーがささやいた。「わたしは仕事の進行を監督する」

臨時スタッフの半数には、あしたの朝は遅刻しないようにと念を押して帰宅してもらっていた。それでもまだ狭い厨房で何人もが働いている。王妃、カシーム、サージェントがいると、スタッフはそこを迂回して動かなくてはいけない。

カシームはお腹の前で両手を組み合わせた。

「王妃は厨房を訪問し、あすの晩餐の内容を知ることをとても喜んでおられます」

彼は王妃の後ろに立ち、さらにその後ろにサージェントがいる。サージェントはカシームの背後から顔を突き出して、悪意に満ちた目でわたしを見た。

わたしはどう返答していいかわからないまま、「お越しいただき光栄です」といった。「最初に何をご覧になりたいですか？」

カシームは通訳しなかったから、おそらく事前に話し合っていたのだろう。

「王妃は晩餐会の献立をお気に召され、とりわけキュウリの前菜に関心がおありです」

料理はいつでも多めにつくることにしている。王妃のいう前菜は、フェタチーズと松の実をキュウリの薄切りでサンドイッチにしたもので、調理したのはムスリムのアシスタントだ。わたしは立ち働くアシスタントたちの邪魔をしないよう気をつけながら、料理が並んだ場所まで王妃とカシーム、サージェントを案内した。

そして出来上がったキュウリの前菜をトレイから取ろうとしたとき、木琴が奏でる音楽が流れた。

「あら、何かしら？」わたしはきょとんとした。

すると王妃がブルカの下に右手を入れて、携帯電話を取り出した。左手で耳を押さえ、小声で話す。

「王妃を廊下へご案内したほうがいいのでは？」わたしはサージェントにささやいた。

珍しく、彼はわたしの提案を受け入れた。

わたしはカシームに「王妃も携帯電話をお持ちなんですね」といった。

カシームは怪訝な顔をした。

「あなたは持っていないのかな?」ゆったりとしたローブの下から携帯電話を取り出す。

「わたしはつねに持ち歩いているよ。仕事がら、いつでも連絡がとれなくてはいけないから」

「はい、わたしも持っています」配慮が足りない発言だったと気づいて、かなりあわてた。

中東の国だからといって、技術が遅れているわけではないのだ。王妃の携帯電話もカシームのそれも、最新のもののように見えた。「お国の電話がここでも通じるとは知らなかったもので。わたしの携帯電話は外国に行くと使えないんです。お持ちの電話は、どこに行っても通じるのですか?」

「とまどうのはわかるよ。外交団の一員である以上、世界各地で通用するものを持っていなくてはいけない」首をすくめる。「この電話は特別仕様でね。出国まえに王妃から、自分にもひとつ用意するようにと指示された。幼い王子たちを残してきたから、とても心配しておられるんだよ。キャンプ・デービッドの滞在を早めにきりあげた理由のひとつがそれだ」残念そうなほほえみ。「王妃は愛情深い方でね、王子たちと頻繁に連絡をとりたいのに、あそこでは電波が入らなかった」

そこへ、愛情深い母親とサージェントがもどってきた。わたしはキュウリのサンドイッチについて説明したけど、そのあいだ王妃はまったく口を開かない。ひとつ試食を勧めたところ、王妃はあとずさりながら手を振り、断わった。手首のブレスレットが金と銀にきらめいた。

　こういう場所でみんなに見られながら食べるのがいやなのかも、と想像し、わたしは前菜を何種類か包みましょうかと申し出た。そうすれば、ブレアハウスにもどってから食べることができる。カシームが通訳した。

　王妃はまた手を振って断わる。

　この女性を喜ばせるのは至難の業らしい。いまだにひと言もしゃべってくれない。

「きみはあす、何時にここに来るんだ？」サージェントがわたしに訊いた。「また遅刻なんてことはないだろうな」

「ヘンリーとわたしは、夜が明けるまえに来ます」

「今夜はいつまでここにいる？」

「なぜそういうことをお訊きになるのかな？」ヘンリーが会話に入ってきた。

ありがとう、ヘンリー、助け舟を出してくれて。

サージェントは動揺して口ごもった。

「わ、わたしは心配なんだよ。臨時スタッフが監督なしにここにいるのがね」

ヘンリーの大きな顔がほころんだ。ただし、けっしてうれしそうではない。

「そんなことにはならないよ」

「当然、わかっているだろうが」と、サージェント。「厳格なセキュリティ規制があり、それを破るわけにはいかない」

「その点はご心配なく。ただし、オリーとわたしは十時には帰るよ。あしたの本番で、ぐったりしているわけにはいかないからね」

横からカシームがサージェントに話しかけた。どうやら王妃はブレアハウスに帰りたいらしい。前例に学び、わたしは料理の持ち帰りを提案しなかった。カシームたちが話しているあいだ、ヘンリーがわたしのそばに来ていった。

「帰りはひとりで大丈夫か？　なんなら、わたしも地下鉄に乗ってアパートまでいっしょに行こうか。そのあとタクシーで帰ればいいから」

「それはよくないわ、ずいぶん遠回りになるもの」

「よくないことはない。今夜はとくに、ひとりで帰らせたくないんだよ。最近の出来事を考えると、ひとりでは危ない」

「平気よ」

「オリー……」

サージェントのほうをうかがうと、カシームとなにやら真剣に話し、こちらには気が向いていないようだ。わたしは声をおとしてヘンリーにいった。

「じつは今夜ね、わたしを送ってくれる人がいるの」

ヘンリーは、ほう、という顔をした――「それは誰だい？」

わたしは唇を嚙み、目をくるっと回してからささやく――「男の人よ」

「そうか、そうか」ヘンリーはにっこりして、「それならいい」というとウィンクした。「誰にもいわないから心配するな」

顔を上げると、サージェント、カシーム、そして王妃がじっとこちらを見ていた。まったくね、これだから秘密を守るのはむずかしい。トムの名前を出さなかったのが、せめてもだ。サージェントはじつに冷たい目でわたしを見ている。でももう慣れっこだから。

「王妃はお帰りだ」と、サージェント。「カシームとわたしがブレアハウスまで随行する」

出ていく三人に向かって、わたしたちは「おやすみなさい」といった。

カシームはうなずき、「おやすみなさい」と返してくれた。

王妃とサージェントは無言のまま歩いていった。


やるべきことをやり終え、臨時スタッフ全員が帰宅すると、わたしはトムに電話した。深夜零時を過ぎ、終業時間はヘンリーが見積もっていたよりずっと遅くなっていた。

呼び出し音が二度鳴ったあと、留守番電話になった。わたしは帰宅できる状態になったことについて、あいまいなメッセージを残した。

ヘンリーがあくびをしながら隣の部屋から出てきた。すでにジャケットをはおっている。

「何か問題でも？」彼が訊いた。

「ううん、ちょっと遅れてるだけ」

ヘンリーは少し考え、スツールのほうへ向かった。

「ここでいっしょに待っていよう」

「大丈夫よ。じきに彼から電話があると思うから。ひとりで帰らないって、彼がわたしに約束させたんだもの。だから心配しないで。もうすぐ来ると思うわ。ちょっと遅れてるだけよ」

ヘンリーは目を細めた。「年寄りは早く家に帰って眠ったほうがいい、そう思って嘘をついてるんじゃないだろうね」

「ううん、ほんとうよ」

「それならいいが」安心したようにほほえんだけど、見るからに疲れている。あしたはきょうの二倍は忙しくなるだろう。彼もわたしも睡眠をとらなくてはいけないし、ふたりでいっしょに電話を待つ必要はない。「ほんとうだね?」

トムとのつきあいで、こういうことは数えきれないくらいあった。仕事中は電話に出られないのだ。でも彼はいつも気にかけてくれ、時間がとれしだい、かならずかけ直してくれた。それまで一時間以上かかることもあったけど……。わたしはむりやりほほえんでいった。

「ほんとうよ」

ヘンリーが帰ってから十五分たってもまだ、わたしは静まりかえった厨房で待っていた。ここは第二のわが家とはいえ、気分はおちつかない。冷蔵庫の低いうなり音、近くの機械類がときおりあげる乾いた音、なんだかよくわからない奇妙な音——。昼間ならほかの音にまぎれて聞こえない音が、いまは叫び声のように大きく響く。装置のスイッチが入るたび、切れるたび、わたしはびくっとした。

もう一度トムに電話してみる。

「オリー」トムの声だ。

「留守電を聞いてくれた？」

「たったいまね。聞いている途中、この電話がかかったんだ」

声がいつもと違った。

「何かあったの？」

「ちょっと……」悪態をつく。「いまはまずいんだよ」

「そうなの」わたしはどうしていいかわからなかった。「かけ直したほうがいい？」

彼はまた毒づいた。トイレの水が流れるような音がする。

「トイレにいるの？」

「携帯電話を確認できるのはここしかないからね。すまない、オリー、今夜は仕事を……抜けられないんだ」

「帰れないの？」壁の時計を見た。もうすぐ夜中の一時だ。地下鉄は走っていない。

「すまない。ほかに呼べる人はいないかな？」

わたしが話そうとすると、水音とともに男性の声がした――「マッケンジー、行くぞ」

「大丈夫よ」とわたしはいった。

「オリー……」

「行ってちょうだい。こっちのことは心配しないで」

電話をきり、たまらなくさびしくなった。

もっと早くわかっていたら、ヘンリーの申し出を受けていたかもしれない。でも、いまさらそんなことをいっても仕方がないから……。地下鉄の終電以降まで仕事をしたのはこれがはじめてではないので、携帯電話でレッド・トップ・キャブの短縮ダイヤルを見つけ、一台お願いしますと頼む。

操車係は数分で到着するといい、わたしはタクシーを待つため、十五番通りに向けて出発した。

ゲートを出るまえに、ふりかえってホワイトハウスをながめる。深夜の国家の心臓。美しかった。

そして、いまこの瞬間は平和だった。

キャンプ・デービッドにいる首脳や高官たちのことを考える。いまはもう眠りについているだろう。交渉は合意に達しただろうか。あすの晩餐会は、平和の夜明けを告げる貿易協定の祝賀の場となるだろうか。今夜は星が少なかった。でもたとえ見えなくても、星ぼしがそこにあるとわかっていれば安心できる。アスファルトを踏む靴の音が響いた。この靴は底がやわらかいはずなのに――。靴音がわたしの居場所を教えているような気がした。自分が無防備なのを実感する。

ウィリアム・テクムセ・シャーマンの騎馬像の下で、わたしはタクシーを待った。像の馬は四本の足をすべて地面におろしている。都市伝説によると、馬の蹄の位置で、乗り手がどのようにして亡くなったかがわかるらしい。シャーマンの場合、四つすべてが地面についているから平和な死であったことを示し、それは事実だった。肺炎で亡くなることを平和というならばの話だけれど。

すべての像がこの都市伝説どおりというわけではなかった。でも像のセメントの階段に腰をおろして、そんなことに思いをはせるのは楽しい。平和について考えれば、恐怖に震えずにすむ。

南北戦争におけるシャーマンのさまざまな戦いを思い出す。

平和どころではない。

わたしは立ち上がった。

左手で甲高い声がして、ぎょっとする。ひげをはやしたホームレスの男が、荷物を山のように積んだカートを引っ張って歩いていくのが見えた。

こちらのほうには来ないので、胸をなでおろす。カメレオンは外見を自在に変えることができるのだ。もしホームレスが小銭を求めてきたら、わたしは彼を殴り倒していたかもしれなかった。

三十秒後、タクシーが到着した。予定どおりだ。わたしは後部座席に乗りこんで行く先を告げ、浅黒い顔の運転手はうなずいた。ドアを閉めるまえに、レッド・トップ・キャブは何時まで営業しているのか、と尋ねてみる。ただし、二十四時間営業なのはすでに知っていた。

運転席の男の顔を見たい。

答える彼の顔を穴のあくほど見る。答えの内容なんてどうでもよかった。顔立ちのこまかい特徴を見逃さないようにする。回転木馬の男ではなかった。アーリントンの男でもない。被害妄想に陥っているのかもしれないけど、自分の身を守れるならそれでかまわなかった。よし、大丈夫だ、と思ったとたん、彼が奇妙な顔で、黙ってこちらを見ているのに気づいた。どうやら、わたしの返事を待っているらしい。

「ごめんなさい、何かしら？」

「ドアを閉めてもらえますか？」ひどい中東訛りだった。ビン＝サレー大使やカシームの訛りとはちがったけど、おそらく地域は同じだろう。

「はい、閉めます」わたしはドアを閉めた。

シートの背にもたれ、通りすぎてゆく静かな町並みをながめる。車はヴァージニアに向けて走っていた。カメレオンがタクシーの運転手、それもこのタクシーに乗っている可能性は皆無に近いと思ったけど、殺人者がわたしを狙っていること、なんらかの情報源があることはわかっている。ナヴィーンはなんていった？ 上層部のなかに内通者がいる？ ほんとにそうなの？ トムはあまり気にしていないようだったけど、わたしは気になる。もしほんとうだとすれば、いろいろつじつまが合うような……。

最悪なのは、ナヴィーンが殺されたことだ。これでカメレオンの標的がわからなくなった。さいわい、キャンプ・デービッドで進行中の貿易交渉や、あすの国賓晩餐会のおかげで、シークレット・サービスがホワイトハウス近隣だけでなく、周辺地域までセキュリティを強化した。少なくとも大統領の身は安全だろう。

そしてできれば、このわたしも。

もう一度、運転手を見る。この人はカメレオンではない。それは確信があった。だけど、共謀者の可能性は？

彼は視線を感じたのだろう、バックミラーをちらちら見ている。わたしが視線をそらすと、彼も視線をそらした。そしてわたしが目をもどすと、彼はわたしをじっと見ていた。わたしもじっと見つめかえす。

「お客さん、何か気になることでも？」

「いいえ」わたしは嘘をついた。このところ、嘘をつくことが多い。「運転手さんは、ワシントンが長いの？」

彼は険しい目を向けた。

そうか。怪しいのはむしろわたしのほうかもしれない。

「この国に来て十五年になります」誇らしげにいう。「法律にのっとって移住して、アメリカ合衆国の市民になった。審査はどれも通過しましたよ。だから……わたしはテロリストじゃない」

どうしよう。そんなつもりじゃなかったのだけど。

「テロリストだなんて思ってないわ」

「目つきでわかりましたよ」自分の目を指さして強調する。「お客さんは疑ってるんだ。イスラム教を信仰する人間はみんな爆弾をしかけると思ってんでしょう」両手をハンドルから離し、車は大きく左へそれて中央分離帯を越えた。

わたしは思わず大声をあげた。でも対向車がいなくてほっとする。運転手はすぐ車を走行車線にもどした。

「ごめんなさい」わたしはあやまった。

運転手は「当然だ」といわんばかりの目でわたしを見る。

大声を出したことをあやまったのだけど、彼はムスリムに対する偏見のほうだと思ったらしい。わたしにそんな偏見はない。ただ殺し屋に狙われ、その殺し屋は殺人を犯しても逃げうせ、変装がうまく、どんな人間にでも化けてしまうから……。

あなたを疑ってしまうのも、仕方がないのよ。

「考え方は人それぞれでいいと思うけど」わたしはぶつぶついった。

「えっ？　何かいいました？」

気持ちが少しおちついてきて、もし彼がカメレオンと共謀していたら、わたしはとっくに死んでいる、と思った。

「何でもないわ」

長く気まずい沈黙がつづき、わたしは運賃とそれなりの——ただし謝罪ととられない程度の——チップを渡した。車を降りてドアを閉め、夜空の星ぼしに感謝する。無事に帰ってこられたことを。

28

翌日、まだ空が暗いうちに、総務部長のポール・ヴァスケスが厨房にやってきた。

「ヘンリー、オリー、ちょっと来てくれ」

廊下は静かでひんやりし、暗かった。あと何時間かすれば、この同じ場所が意気ごんだ記者、意欲あふれる政治家、礼儀正しい高官たちで埋めつくされるだろう。情熱をもち、空腹(ハングリー)な人たちだ。

ポールはチャイナ・ルームのドアを開いた。ここに呼び出されたときのことがよみがえり、わたしは彼の顔色をうかがった。また何か不適切なことをしてしまったかしら？ でもきょうはヘンリーもいっしょだから、その可能性はたぶんないと自分を安心させる。

「変更があるんだよ」ポールがドアを閉めながらいった。

「献立ですか？」と、ヘンリー。

「いや――」ポールがそばに来て、わたしたちは小さな三角形になった。打ち合わせにしては近すぎる距離だ。ポールが声をおとし、三人はまたじりっと近づいた。

「これから伝えるのは、〝知る必要のある者〟に限定される情報だ」ずいぶん長いあいだわたしを見てから、視線をヘンリーに移す。

ヘンリーもわたしもうなずいた。

「事前にわたしの承認を得ないかぎり、けっして他言しないように」

ヘンリーとわたしは「わかりました」と答えた。

ポールの表情がほんのわずかやわらいだ。

「キャンプ・デービッドの会談が、貿易協定にとどまらず、平和条約の締結合意にいたったんだよ」緊張がとけて満面の笑み。「キャンベル大統領の努力が実って、長く戦争状態にあった二国が和平に合意した。これはエジプトとイスラエルの和平合意よりも大きな意味をもつとわたしは思う」

歓声をあげたいのをこらえた。そんなことをしたら、シークレット・サービスが飛んでくるだろう。

「おめでとうございます」と、わたしはいった。

ポールは自分が仲介したかのようにうれしそうだ。

「これを早めにきみたちに知らせるのは、今夜の晩餐会の計画が変更になったからだ」

あら……。土壇場での変更は混乱を招くだけだ。

わたしは緊張してポールのつぎの言葉を待った。

「今夜は野外で祝賀会を開くことになった」

ヘンリーもわたしもすぐに抗議した。ヘンリーのほうが語調が強い。

「野外でディナーを出すことはできない」とヘンリーはいった。「ステート・ダイニングルームを前提にして準備して、テーブルの配置や装飾もすませたんだ。それに野外となると、虫が厄介だ」激しくかぶりを振る。「悲惨な晩餐になるのはまちがいない」

なだめるように手を上げて聞いていたポールがいった。

「もう少し説明させてくれ。かならず妥協点が見つかるはずだ。交渉の成功と天候がよいことから、キャンベル大統領はサウス・ポルチコの外で和平合意を発表したいといっている」

わたしはそのようすを想像してみた。南庭（サウス・ローン）は広いので、要人や随行員、招待客、報道陣まで集合できる。写真を撮ればサウス・ポルチコとトルーマン・バルコニーが美しい背景となり、世代を問わずさまざまな歴史書を飾るにはふさわしいだろう。

「屋外ではいつものように――」と、ポール。「歓迎式典とスピーチ、そして公式レセプションを行なう予定だ。そこで賓客と随行員に軽食をふるまう」

「それは無理だ！」と、ヘンリー。「そこまで大勢の料理は用意できない」

すぐさまポールがいった。

「わかっているよ。困難であるのは十分承知している。だからこの状況で実行可能な選択肢を考えた。午後四時からローズ・ガーデンでカクテルアワーを設けるんだ」もう少し話を聞けと、両手の人差し指を立てる。「そこで前菜と飲みものを出す。料理を増やすため、認可された業者から出来上がったものを取り寄せてもかまわない。出席者が満足したところで、五時きっかりに、大統領が和平合意を発表する。その後、いくつかスピーチがある。それまでは、合意書に調印するテーブルが用意されているから、サウス・ポルチコの正面ですぐに調印式が行なわれる。それからさらにスピーチがあり、質疑応答と撮影に三十分ほど見込む。そうして七時からステート・ダイニングルームで晩餐会、という段どりだ」

ヘンリーは両手で目をおおった。でもこれは不満でも諦めでもない。ヘンリーは考え、計画し、うまくやりとげる方法を練っているのだ。

彼は両手をおろした。

「わかりました」

ポールはそれ以外の返事を期待していなかっただろう。

「よし。それでは必要なものがあったらわたしに知らせてくれ」

ヘンリーの計画どおりに準備されたかをじかに確認しようと、わたしはローズ・ガーデンに行った。歩きながら携帯電話をチェックすると、トムの留守電メッセージがあった。

「メールありがとう。無事に帰宅したことを知ってほっとしたよ。いまも忙しいんだ……いろいろあってね。職場に着いたら電話してほしい。それから今夜もひとりで帰らないよう、帰るまえにぼくに電話してくれ。じゃあまた」

もっと早くにチェックしておけばよかったと後悔しつつトムに電話をかけたけど、留守番電話になった。ホワイトハウスに到着したこと、帰るまえに連絡することを伝える。けさ地下鉄に乗ったことはいわずにおいた。彼の気持ちを逆撫でするこことになりかねない。この行き違いはロマンチックなものとはほど遠いけど、かすかな希望を残してくれた。トムはわたしのことを心配してくれている。

そしてわたしも、彼のことが心配だった。きょうの式典と晩餐会は、たとえ和平合意が実現しなくても、格好の標的になる。ただ、狡猾なカメレオンは、こういう日は狙わないような気もした。ともかく厳戒態勢なのだ。わたしは警備員全員と顔見知りなのに、きょうはこれまでにないほど徹底して調べられた。ゲートにはフレディもグロリアもいて、グロリアがわたしのボディチェックをした。どうしてここまでするのか尋ねたところ、フレディはカメレオンの名を口にした。

ペンシルヴェニア通りをはさんで正面ゲートの対面に広がるラファイエット・パークでは、アルクムスタンのデモ隊がスローガンを連呼し、ひげをはやした男たちが叫び声をあげる。彼ら男たちはみな長いローブをまとい、ターバンを巻き、腕を大きく振ってわめいていた。彼らの抗議には英語と母国語が入り混じっていたけど、新しく王位についたプリンスを非難しているのはあきらかだった。

わたしはグロリアにいった。

「夜通しラファイエット・パークにいるのは禁止されてるんじゃない?」

彼女はゲートの向こうの怒れる群衆を見つめた。

「夜はいなかったのよ。ついさっき始まったの。あれは第一団で、後続がどっさりいるらしいわ。どうも交代制みたいね」

男たちはときに口々に、ときに声を合わせて叫んでいる。拳を突き上げていない人たちはプラカードを持っていたけど、手書きの文字はわたしには読めなかった。でもおそらく過激な言葉が書いてあるのだろう。汗を流し、怒りに震える男たちを見れば想像がつく。

それからわたしは急いで厨房に向かった。カメレオンはあの群衆のなかにいるだろうか？いや、それは考えにくい。聞いたところでは、カメレオンには政治的な結びつきがなく、政治信条もない。金銭のみで動く傭兵であり、仕事を完了したら跡形もなく消えるだけだ。

ここまで警備が強化されたら、さすがにカメレオンでも大統領に接近するのはむずかしいだろう。だからといって、トムの安全が保障されたわけでもない。

いまローズ・ガーデンで、わたしはテーブルを確認中だ。七つのテーブルにはそれぞれ中央に黄色と白の花飾りがあり、その下に補足的なブーケが四つずつ置かれている。補足といっても中央の花より小ぶりというだけで、ブーケそのものはけっして小さくない。ホワイトハウスのフローラル・デザイナーであるケンドラは、ステート・ダイニングルーム用のデザインを流用して、なんとかぎりぎり間に合わせた。いま彼女はブーケの代替品を必死でこしらえているはずだ。花は野外では、短い時間で元気をなくしてしまうからだ。ホワイトハウスのほかのスタッフ同様、ケンドラもつねに完璧を目指している。

サウス・ローンの向こうでは、海兵隊軍楽隊が練習していた。ほんのちょっとの演奏ミスも許されない。要人を割り当てられた場所へ案内する係もリハーサル中だった――「ここでヘッサ妃は、キャンベル夫人の横に並んで立つんですよね？」誰かが「そうだ」と答える。

撮影技師をはじめメディア関係者が早くも到着し、機材をセッティングしていた。ノース・ローンとサウス・ローンでは、黒いポールに取りつけられたハイビームランプや反射傘が、きょうの主役の登場をいまかいまかと待っている。

カメラマンがふたり、延長コードを引いていた。わたしはテーブルの確認をするふりをして、そちらへぶらぶら歩いていった。ひとりは背が低く、ローレル・アンが連れてきたカーメンにどことなく似ていて、もうひとりは金髪で痩せている。どちらもわたしに気づかず、わたしは彼らをちらちら見ながらテーブル沿いに歩いてさらに近づいた。もしカメレオンに会ったら、すぐそうだとわかるだろうか？　もし彼が変装していたら？　わたしは自信がなかった。それでもはじめて見る顔は、できるだけチェックしようと思っている。カメレオンを目撃したために命を狙われたのなら、この場ではそれを逆手にとり、こちらが先にカメレオンを発見できないか——。

「きょうの警備は半端じゃないな」金髪のカメラマンがいった。

カーメンに似ているほうが、うんざりした顔でいう。

「いつもの最悪が、もっと最悪になったって感じだな。おまえのカメラも分解させられたのか？」

「ああ。カメラはデリケートなんだって抵抗したら、分解を拒否すれば——」

「——カメラ持ち込みは不可、だろ」

「おれがなんのためにここに来たか、わかっててていってんだからな」首からぶらさがるプレスパスをかかげる。「だいたい、おれになりすまして入るやつなんかいやしないよ。警備員はみんなおれのことを知ってるからね、何カ月も通っててんだから」

わたしはぶつぶついい合うふたりの横を通りすぎた。どちらもカメレオンではないだろう。記憶に焼きついた、あの回転木馬の男の顔とは違っていた。射撃場の男でもない。アーリントン墓地の男でも。

警備が厳しいという愚痴が、わたしはうれしかった。ともかくきょうは安心していい。

「こっちよ、こっち」シアンが臨時スタッフに呼びかけた。「そう、そのトレイよ」女性アシスタントが前菜のトレイを持ち、厨房の反対側からやってくる。同じようにトレイを持ったアシスタントふたりとぶつかりそうになるのをなんとか回避し、それを見たシアンが「ちょっと、気をつけて！」と叫ぶ。そしてアシスタントがシアンの前にトレイを置くと、手を振りながらいいそえた。「あなたのことをいったんじゃないわよ。でもね——」

女性アシスタントは黙って聞いている。

「ま、いいわ、気にしないで。ありがとう」と、シアン。「あっちでバッキーを手伝ってくれる？」

「ずいぶんいらいらしていない？」わたしは作業をしながらシアンにいった。

「だって、あの子たちは広いところで訓練したせいか、動くまえに考えないんだもの。何でもいきなりやればいいってもんじゃないわ。少しは考えてくれなくちゃ。でないと、悲惨な事故を招きかねないもの」

わたしはシアンが、あの子たち、といったことに笑った。シアンはわたしたちのチームの最年少なのだ。そしてまだ発展途上にある彼女に対し、応援団の料理人の半数以上は確かな技術を習得しているといっていい。シアンがその若さでホワイトハウスに採用されたのは、才能があることの証だった。このような差し迫った厳しい状況下でも冷静さを保てるよう、彼女を導くのがわたしたちの仕事のひとつでもある。

「きょうのコンタクトは何色？」わたしは話題を変えた。

シアンはわたしに顔を近づけ、目をパチパチさせた。

「茶色？　はじめて見たような気がするけど」

「新しいのよ」にこっと笑う。「このところ、目が茶色の人が何人もここに来たでしょ。だからちょっと真似してみたの」

「それって、ローレル・アンのこと？」わたしは横目で彼女を見た。「それともビン－サレー大使？　でなきゃカシーム？」最近出会った茶色の目の人たちを挙げていくと、何人もいることに気づいた。「まさか……ピーター・エヴェレット・サージェント三世？」

シアンは舌をぺろっと出した。「それは勘弁」

「アルクムスタンの王妃も茶色じゃないかしら。ブルカではっきりとは見えないけど」

「晩餐会でベールをつけたまま、どうやって食べるのかしら？」

「さあねえ……。カシームに訊いてみようか？」

そのとき、配膳台の確認に行ったヘンリーがもどってきた。

「ちょっといいかな」全員に聞こえるよう、大きな声をあげる。厨房はすぐ静かになった。

「少し打ち合わせたいことがある。わたしのチーム四人は作業を中断してついてきてくれ」

シアンはそばにいたアシスタントたちに今後の仕事を指示し、わたしもべつのアシスタントにシナモンと粉砂糖を混ぜておくよう頼んでから、応援スタッフのあいだを縫うようにしてドアへ向かった。

マルセルとバッキーもほぼ同時に到着して、「こっちだ」というヘンリーにぞろぞろとついていく。場所は厨房にいちばん近い貯蔵室だった。なかはとても静かで、ひと息つくことができた。

「知ってのとおり、計画が大幅に変更され、みんなの経験と勘できりぬけるしかない」

かなりオーバーな表現だった。というのも、わたしたちは細部まで計画を練り直していたからだ。屋外でカクテル・レセプションが開かれることになり、当初の最良の計画は大混乱に陥ったけど、みんなでその混乱を整理整頓した。それも、かなりいい感じで。

ヘンリーはメモを読みあげた──「シアン、きみは前菜が時間どおり外に並ぶよう、スタッフ管理をしてくれ。給仕長がきみに人員を割り当ててくれる。歓迎式典の終了から料理を外に出すまで、時間はせいぜい十分だ。きちんと仕切らないと混乱するぞ」

彼女はうなずいた。

「バッキー、きみはディナーの最初の二コースを担当してくれ」

バッキーは殴られたみたいに頭をのけぞらせた――「ぼくが……ですか？」

「そう、きみだ」ヘンリーはバッキーを指さした。「料理が盛られる直前の最終段階を監督してほしい。アシスタントの名前は書き出しておいた。屋内の給仕人と協力して、最初のコースの正しい盛りつけと、ダイニングルームへのまちがいのない移送を頼む。ソムリエのデニスは――」大きな目をくるりと回す。「てんてこまいでね。献立に合うヴィンテージは用意していたんだが、アペリティフは未完了だったらしい」小さく苦笑。「まあ、わたしたちには関係ないがね。彼のことだから、いつものように、立派にやりとげるだろう」

「わたしは何をすればいいですか？」と、わたしは訊いた。

「最初のゲストが到着するまえに、総力を挙げて、時間内でつくれるかぎりの前菜をつくる。これはスタッフ全員でやる。シアンとバッキーがアシスタントを指揮するあいだは、きみとわたし、それとアシスタント何人かで、もっと前菜をつくる。これまでみんな精一杯の準備をしてきたし、シアンが機転をきかせて材料を余分に注文してくれた」

彼女の頬がぽっと桃色に染まった。

「あわただしいのがいったん収まったら――すぐにでもそうなってほしいと願っているが――オリーとわたしは全体を統括、監督する。今夜の大イベントでは、全体としてのまとまりと調和が欠かせない。自分の得意なことばかり、楽なことばかりしているわけにはいかないよ」ひとりずつ順繰りに、しっかりと目を合わせていく。「必要なときは、自分の仕事であろうとなかろうと、かならず手を貸すように」

ヘンリーはただ念を押しているだけだった。このチームの誰ひとりとして、厨房で傲岸不遜になったことはない（ローレル・アンだったら、こういうときはどうするだろう？）。とはいえ、ヘンリーのあらためての訓示は、わたしに力を与えてくれた。大きな行事があるたび、ヘンリーはこうしてチームを集め、心得を語った。きょうも、その例にならったにすぎない。そしてこれが、わたしたちを安心させ、励ました。土壇場での計画変更も、がんばれば乗りこえられると思えてくるのだ。

もしわたしが自分の厨房をもったら、ヘンリーを見習おう。

三時半、ヘンリーの許可を得て、わたしはサウス・ポルチコのドア近くで式典をながめた。サロミア国首相、アルクムスタン国王夫妻はすでにリムジンで到着し、南側からディプロマティック・レセプション・ルームに入っていた。そこで公式歓迎をすませた大統領とキャンベル夫人が、首相と国王夫妻を伴って現われ、まぶしいカメラのフラッシュと、ベルベットのロープの後ろから差し出されるマイクの出迎えを受けた。

公式行事が行なわれる場所には人工芝が数百メートルほど敷かれ、首脳たちは所定の位置で一列に並ぶ。地面には白いテープでそれぞれの名前が記されていた。きょうの式典は細部にいたるまですべて綿密に構成、準備されているのだ。これほどの規模の行事を順調に進行させるにはそれが必須だった。

合計二十一発の祝砲が放たれ、大統領の閲兵を撮影しようとカメラが移動する。

〝プレジデンツ・オウン〟として知られる海兵隊軍楽隊が、〈ヤンキー・ドゥードゥル・ダンディ〉など人気作品数曲と、わたしの知らない短い曲を二曲演奏した。このふたつはおそらくサロミアとアルクムスタンのものだろう。

曲が終わると、ほんの一瞬、静寂がおとずれた。

軍楽隊が〈星条旗〉を演奏しはじめた。この格別な春の日の澄みわたった空に聞き慣れた国歌の最初のメロディが流れると、なんともいえない感動を覚えた。まばたきを一回、二回……目が潤む。

見ればカメラマンたちも撮影の手を止め、記者はマイクをおろしていた。そこにいる人たちはみな、美しい国旗、力強い自由の象徴に敬意を表して直立不動だ。わたしの隣では給仕人たちも胸に手をあて、星条旗を仰いでいる。

いつものことだけど、「われらが旗は夜なお翻り」という部分になると、腕から胸、そして背中まで鳥肌がたつ。わたしは深呼吸し、天に感謝した。この国に生まれたこと、両親の祖父母が新たな人生を求めてこの国にやってきたこと――。感謝することはたくさんあった。

「……勇者のふるさと」わたしは歌詞の最後に合わせてささやいた。

この言葉のとおりだと思う。

さあ、そろそろローズ・ガーデンに行かなくちゃ。間もなく始まるカクテル・レセプションに向けて、前菜、飲みもの、料理が準備されているだろう。

でもそのまえに少しだけ寄り道して、南側につくられた演壇に行ってみる。鮮やかな赤のカーペットの上にテーブルが三つセットされていた。これはキャンプ・デービッドにおける貿易協定の合意に署名するテーブルだ。というのは、名目でしかない。サロミアの首相とアルクムスタンの国王はここで、世界の歴史を変えるであろう和平協定に調印するのだ。そしてそれを仲介したのが、わたしたちの大統領だった。

きょうがたとえ嵐でも、わたしの心は晴れあがっていただろう。この日、歴史に残るすばらしい場で仕事をすることができるのだ。係の人たちが椅子を置き、テーブルにクロスを掛け、演壇のまわりに国旗を立てている。わたしは調印式のテーブルの縁にそっと指をすべらせた。お祝いにふさわしく、どのテーブルにも世界各国の小さな国旗がずらりと並べられている。

視界の隅にトムが見えたような気がした。ウェスト・ウィングの近くだ。ちょっとためらったけど、やっぱりひと言声をかけようと思う。

わたしの脚は短いから歩幅も小さい。かといって走ると目立ってしまうから、ともかく急ぎ足で一直線にウェスト・ウィングを目指したけど、トムはわたしが着くより先にクレイグに話しかけ、ふたりは建物のなかに入っていった。でも彼が近くにいるとわかれば、それだけで気持ちがおちつく。ホワイトハウスの敷地内は、街中よりはるかに安全だし。見上げると、建物の屋上に黒服の狙撃チームがいた。ライフルを持ってゆっくり歩き、下にいる人たちを監視している。

ローズ・ガーデンはそこからすぐで、ちょうど料理を並べ終えたところだった。わたしは給仕長のジャマルに話しかけた。

「ぎりぎりになったけど、フルーツ・トレイを余分に用意したの。それは――」テーブルに置かれた銀の取り皿のあいだを指さし、「あそこと、あそことあそこ――」両手を広げ、「そんな感じで置いてもらえる？」と頼んだ。

ジャマルはうなずき、出すタイミングについて数点確認してから、ウェスト・ウィングのなかに入っていった。

カシームの姿が見えた。椅子やテーブルを運ぶ人たちを避けながら、料理テーブルのほうに向かっている。きょうはネイビーブルーのローブで、ターバンは茶色だった。暑くないかしら、と心配になる。気温はじわじわ上がっていて、わたしは白い調理服とコック帽でも暑く感じた。熱い地域で日々、あのような衣服で過ごす彼の気持ちは想像するしかないけど、わたしだったらつらいだろう。それに彼は最近、体調をくずしている。

カシームはサウス・ローンの祝典に呼ばれなかったことを、どんなふうに感じているだろうか。階級が高くなければ、大きな行事には参加できない。ヘンリーとわたしのように、何かあったらすぐに対応し、調整と支援をするのが仕事なのだ。そして表立った公式の業務では裏方に徹し、ことが支障なく運ぶよう奔走する。

わたしはひとりでいる彼に、アシスタントは必要ないか尋ねようとした。するとサージェントが彼の名を呼び、彼はふりかえった。わたしはふたりの視界の外に出て、歩きはじめた。

「忘れものが届いたよ」サージェントはカシームに、官用の大きな袋を渡した。

カシームは小さく頭を下げる。

「申し訳ない。王妃はこれを置いてきたことをずいぶん気にしてね。すぐ王妃に届けるよう手配しなくては」カシームは背を向けたけど、サージェントは彼の後ろについて歩き、熱心に話しかけた。サージェントも式典には参加せず、あくまで裏方だった。ただ彼の場合、それがいたく不満らしい。

わたしはサージェントと嫌味の応酬したくなかったから、白い柱の陰に入った。こちらへ向かってくるふたりの会話が聞こえる。

「わたしでよければ、王妃のそばについていよう」と、サージェント。

「ありがとう。王妃もたいへん感謝すると思うが、女性の従者がすぐに来るはずだから」

言い方はていねいだけど、どこかぴりぴりした印象だった。長い脚を少し引きずるようにして大股で歩き、サージェントから離れたがっているようだ。

その気持ちはよくわかる。

サージェントは歩く速さを倍にして、カシームについていく。ピンストライプの仕立てのいいスーツは、カシームのローブと同系のネイビーブルーで、外見だけならふたりは国籍の違う兄弟に見えなくもなかった。

「あなたも式典に参加できずに残念でしたな」

「わたしの務めは国王ご夫妻の要望にこたえることだから、ここにいろといわれればここにいる」カシームは歩きながら話し、わたしは柱の裏に隠れてふたりが通りすぎるのを待つことにした。「あなたこそ、あそこではなく――」式典に集まった人びとのほうに腕を振る。「ここにいるよう命じられたのではないか？」

「わたしは忘れものを確実に届けたかっただけだ」サージェントはむっとした。「あなたかあなたの同僚がまちがいなく届けるとわかれば、すぐ式典に参加するよ」

カシームは額をぬぐい、咳をした。立ち止まってふりかえり、仕事熱心な、自分よりずっと背の低い男を見おろす。

「サージェントさん、いまのわたしに必要なのは洗面所なんだが……。少し気分が悪くてね」

「そういうことなら、すぐに案内しよう。そこで別れて、レセプションで再会するということで」

「ありがとう。ただ――」カシームはまた額をぬぐい、気分の悪さが露骨にわかるような音をたてた。「この状態がつづいたら、ブレアハウスで休むしかないかもしれない」

「わたしに何かできることはあるかな？」この時点でサージェントは、カシームと別れたがっているように見えた。

「洗面所へ」

「そうそう、そうだな」

と、そこでサージェントはわたしを見つけた。

「そんなところで何をしている？」

カシームはふらつく足でウェスト・ウィングのほうへ向かおうとしていた。サージェントがシークレット・サービスをひとり呼び、カシームをウェスト・ウィングのオーバル・オフィスの外にある洗面所まで案内するよう指示する。カシームは外の暑さから逃れて屋内に入れるとわかると安心したようで、わたしに小さく会釈した。

わたしは彼に会釈を返してから、サージェントにいった。

「すべて順調か、間違いはないかを確認するためにここにいます」

「間違いがあるかもしれない、ということか？」

わたしは唇を嚙んだ。鋭い指摘。でも気をとりなおして答える。

「ホワイトハウスの厨房は、いつも念には念を入れます」

「ゲストが来てもここに残っている気じゃないだろうな？」

「もちろん帰ります」

彼は上着の裾をぐっと引っ張ると、「それだけだ」といった。「厨房の人間を二度とここに来させるんじゃない。きみはとくにだ。いいな？」

「はい、室長」

彼がその答えにどんな顔つきをしたかはわからなかった。わたしはすぐに背を向け、歩きだしたからだ。もう失うものはないと思った。今夜の晩餐会さえ成功すればそれでいい。ヘンリーが拍手喝采を浴びるような晩餐会にしたい、ただそれだけだ。これはわたしたちとヘンリーの最後の仕事になる。わたしがホワイトハウスに残るかどうかはさておき、ヘンリーの退任は華々しいものでなくてはならない。

そのときちょうど、キャンベル大統領が歓迎スピーチを終えた。腕時計を見ると、予定どおりだ。総務部長のポールが大統領と高官たちの近くに立っている。ポールはスケジュールを守るため、あらゆる動きに目を配っているはずだ。

大統領の結びの言葉で拍手がわき、それが静まったところで、ホワイトハウスの職員が、集まった人びとにつぎの予定を知らせる。海兵隊軍楽隊がBGMを演奏しはじめた。

大統領は右と左に首相と国王をともない、ローズ・ガーデンまで先導するように歩いていく。その後ろにファースト・レディとヘッサ妃がつづいた。今回、サロミア国の首相夫人はワシントンには来ていなかった。わたしが首相の姿を見たのはこれがはじめてだ。国王夫妻はブレアハウスに、首相はワシントンDCの最高級ホテルに滞在していた。ブレアハウスは十分に大きいのだけど、国家の代表者をふたり同時には受け入れない決まりだった。首相一行のほうが人数が少なく、国王ほどはプライバシーにこだわらなかったことから、ホテル滞在となったのだ。

噂によると、首相たちは交渉成立をたいへん喜びながらも、キャンプ・デービッドに留まっていたかったらしい。

ただし、王妃は除く。

わたしは料理が正しく盛られ、並べられているかの最終確認をしながらテーブルを回った。するとカシームが、ターバンを手で押さえ、ウェスト・ウィングに行くのが見えた。汗をかき、眉間に皺を寄せ、大勢いる人たちをうるさそうに避けて歩く。たぶんまた洗面所に行くのだろう。

「さっきの袋は王妃に渡されました？」わたしはカシームに声をかけた。彼はもう袋を持っていないのに、王妃の手にもなかったからだ。王妃がカシームの体調のせいで大切なものを受けとれず、それがこれからの行事に小さな波紋を生んだら困ると思った。

カシームはびっくりしたようで、奇妙な目でわたしを見た。茶色の目を細め、首を横に振る。

「いや」と彼はいい、すぐに「いやいや、渡したよ」といいなおした。「王妃は受けとって、従者が管理している」

ほどなくして招待客が前菜のテーブルに集まりはじめた。議員、大使、名士、マスコミの著名人など大勢が、華麗な姿で芝生に立ち、満面に笑みをたたえる。ただ晩餐会まで残っているのは、このうちごく一部でしかない。

わたしはそろそろ引っこんでいなくては――。歩きはじめると、行く手にトムがいた。グレーのブレザーに濃紺のズボン、そしてサングラスをかけ、立っている姿はどこから見ても優秀かつたくましく、かつ凛々しい。イヤホンのカールコードの先はブレザーの内側に消えていた。

「こんにちは」わたしは彼の横を通りすぎながら声をかけた。

「やあ」トムは前方を見たまま、視線をそらさずに小さく答えた。顔つきは、まさしくシークレット・サービスだ。「あの顔の男はいたか?」

「気づかなかったわ。でも警備が厳重なんでしょ?」

「過信するな」庭に集まった人びとからけっして目をそらさない。「油断は禁物だ」

わたしは先に進みかけ、ふと立ち止まって尋ねた。

「偉い人たちもセキュリティ・チェックを受けるの?」

彼の頬がぴくっと動いた。

「ごめんなさい。くだらない質問だったわね。気にしないで」答えはおおよそ見当がついていた。イギリス女王がホワイトハウスに来たとき、ティアラを箱に入れて磁気探知機で調べたりはしなかった。外国の元首や首脳は、元首や首脳であるがゆえに、セキュリティのチェックはゆるい。「きょう一日ここにいるの?」

彼は首を数ミリぐらい横に振った。

「室内だ」

「そのほうが涼しいわね」

彼は顔をしかめた。

王妃に目をやると、ここでも人づきあいを避けているようだ。そばに侍女がひとりいるのは、通訳のためだろう。王妃は誰かに話しかけられても、またマイクを向けられても、ブルカにおおわれた顔をそむけた。

わたしは先に進み、テーブルの横を通った。ざっとながめたら、フルーツ・トレイがひとつ空になっている。食べものは予想以上に早くなくなっていくようだ。給仕長のジャマルはいないかきょろきょろしたけど見つからない。そこでわたしは空のトレイを取ると、肩の上で水平になるように支えて歩いた。どうかサージェントに会いませんように。こんな姿を見られたら何をいわれるかわかったもんじゃない。でもこうやってわたしたちは仕事をしてきた。紙くずを拾うのも、テーブルを動かすのも、自分たちの仕事かどうかなんて考えなかった。必要があるなら、その場に居合わせたのなら、すみやかにやればいいだけだ。

空のトレイをかかげてウェスト・ウィングに入り、ファミリー・ダイニングルームに行った。大きな会があるときは、ここを料理の中継点として使っているのだ。ローズ・ガーデンからわりと歩くけど、それでもこのダイニングがいちばん便利だった。

なかに入ろうとすると、外に出てくるヘンリーと出くわした。

「庭のようすはどうだ？　フルーツは足りているか？」

「足りないわ。それでこのトレイを持ってきて――」

給仕人がわたしの手からトレイを取って下の厨房に向かい、わたしは彼の背中に声をかけた。

「新しいのはわたしが持っていくわね」

するとブランドンが廊下を曲がってきた。

「彼に持っていかせればいい」ヘンリーはそういうと、ブランドンを呼んだ。

やってきたブランドンが、申し訳なさそうにいった。

「できるだけ早くもどってくるから。サージェントから用事を頼まれたんだよ。王妃が給仕人は女性にしてくれといったらしくて、これからターニャかベサニーを呼びに行くんだ」

「だったらどっちもわたしがやるわよ」と、わたしはいった。「テーブルを長いあいだ空にしておけないもの」

「じゃあそうしてくれ」と、ヘンリー。

わたしはダイニングルームに入りかけ、すぐ立ち止まった。

「これはとっておくわ」コック帽をぬぐ。もしサージェントが、忙しく動きまわる給仕人たちのなかに高く白い帽子を見つけたら、また面倒くさいことになる。帽子がなければ、誰もわたしに注目しないだろう。

ヘンリーがウィンクした。「それは名案だ」

和平合意の発表まであと五分ほどしかない。わたしはキャンベル大統領がきょうの式典のほんとうの理由をゲストに知らせるまえに、テーブルにトレイを置いておきたかった。

シアンはスタッフに指示を出している。晩餐会の料理が給仕されるまで二時間くらいあるけど、この時間帯が魔の時ともいえた。すべてを破綻なく準備しておかないと、せっかく緻密に練ったプランが台無しになってしまう。これよりまえ、わたしはヘンリーにいいふくめられていた——いったん料理の準備がととのったら、オリーは厨房に入るな。彼はわたしが最後の仕上げを人に任せず、全部自分でやってしまうのを知っていた。きょうも含めて、過去に何度もお説教されたのだ——ここのエグゼクティブ・シェフになるなら、人に任せる術(すべ)

を身につけなくてはだめだ。でもきょうにかぎって、彼はいつもと違い〝自分の厨房をもつなら〟という言い方をした。

傷ついた。もちろんヘンリーにわたしを傷つけるつもりなどないのはわかっている。ただふたりとも、現実を直視しなくてはいけないだけだ。ヘンリーが来週退任するころ、わたしはつぎの仕事を探しているだろう。そしてヘンリーも、それをほぼ確信している。

ともかくいまは管理者の役割に徹するよう、自分自身を叱咤激励した。それでも必要であれば、フルーツのトレイを運ぶ。

ガラスの円形トレイには、イチゴにキウイ、メロン、ブドウ、そしてスターフルーツのような珍しいくだものが美しく盛られていた。臨時スタッフが時間をかけてひとつずつきれいに切って処理したものだ。トレイはまるで料理雑誌《ボナペティ》の表紙を見ているようだった。

わたしは重い大皿を持ち上げて部屋を出た。エアコンがきいていて、ありがたい。外に集まった大勢の人を避けるには、しばらくウェスト・ウィングの廊下を行ってから庭に出るのがいい。

廊下に立つシークレット・サービスを何人か通りすぎ、トムはいないかしら、と思った。でもここにはいないみたいね、とあきらめたとき、オーバル・オフィスの外の洗面所から出てきた男性とぶつかりそうになった。身長がわたしとあまり変わらなかったから、トレイでさえぎられて顔を見ることはできない。でもズボンを見たら……。おや。サージェントの青

でおろした。いピンストライプだ。彼は東へ、わたしは西へ。嫌味をいわれずにすんで、わたしは胸をな

廊下を歩きながら外のようすをながめる。大統領首席補佐官が、照明の下でマイクを持ち、集まった人びとに向かって声をあげた。そしてアメリカ合衆国大統領ハリソン・R・キャンベルを紹介する。大統領が紹介されるのは、これで四度めくらいだろうか。

海兵隊軍楽隊が〈大統領に敬礼を〉を演奏しはじめると、キャンベル大統領は笑顔で演壇に上がり、マイクを手に取った。

ドア係がドアを開けてくれ、わたしはむっとする外気にさらされた。空きのあるテーブルまで行き、とりあえずトレイを置いてカバーをとる。近くの給仕人がわたしからカバーを受けとり、何かできることはないかと訊いた。

とくに何もなかったので、わたしは手早くテーブルの料理の位置をととのえ、ちょうどよい場所に新しいフルーツ・トレイをセットした。

王妃はてっきり国王のそばだと思っていたら、演壇から離れたテーブルについていた。わたしは王妃のそばで、できるだけ顔を見ず、さりげなく立っていようと思った。気を遣いすぎると逆に王妃がひるんでしまうような気がしたからだ。じきに王妃はそっと手をのばし、キウイのスライスをひとつ、ブルカの下に入れた。

王妃もやっぱり食べるということだ。

するとフルーツをもう一切れ、さらにまたもう一切れ取った。会場の視線は大統領に集中

し、王妃に注目する人はいない。手の動きが速いから、きっと王妃は空腹なのだろう。前菜のトレイからひとつまたひとつ取り、ごく少量の食べものを素早くベールの下へ入れるようにして食べつづける。すると今度はアーモンドとペカンと松の実のバクラヴァを二切れ取った。

ほっとした。結局、王妃にナッツ・アレルギーはないらしい。

わたしはほほえんだ。トレイからこぼれた付け合わせが、真新しいテーブルクロスを汚しているので、片づけることにする。左で小さな音がしたから、王妃はまだ忙しく食べているのだろう。でもその王妃が、ほんの少し遠ざかったような気がした。

そのとき、ネイビーブルーのピンストライプのズボンをはいた若者が、あとずさって人の集まりから離れるのが見えた。庭のテーブルはおよそU字形に並び、若者はUの頂点あたりにいる。演壇のスピーカーのすぐ左だ。国王と首相はキャンベル大統領に招かれて、三人いっしょにカメラの前で笑顔をつくった。

若い男はテーブルに背を向け、わたしがいることに気づいていないようだ。こぎれいな白い長袖シャツを着ていたけど、脇には黒い汗じみがある。いくら気温が上がったとはいえ、あそこまで汗をかくものかしら？

わたしはテーブルをきれいにしてクロスをととのえながら、若者にもう一度目をやった。彼の横顔。頭の形——。

血の気が引いた。見覚えがある、と思った。

ううん、気のせいよ。と自分にいいきかせる。若者は回転木馬の男ではない。射撃場の男でもない。

ほんとうに？

肌は白い。そこは同じだ。でもこの男は、髪が茶色だ。

身長は同じくらいか。

わたしはトムを探してきょろきょろした。

どこにもいない。

わたしはその場に凍りつき、手はフルーツ・トレイの上で固まったように動かない。どうしたらいい？　この男がカメレオンだという確信はなかった。ここからでは顔のごく一部しか見えない。

わたしに何ができる？

彼は何をするつもり？

いちばん近くのシークレット・サービスは、ここから左、三十メートルくらい先だ。声をあげれば男に気づかれ、逃げられるだろう。いま、男はじりじりと前進し、何かやろうとしていた。シークレット・サービスのところまで走っていこうか？　いや、それでは男から目を離すことになる。

それに、間違いなくカメレオンだといいきる自信がなかった。記者かもしれないし、休憩中のカメラマンかもしれないのだ。男は首から報道機関のＩＤをぶらさげていた。

男はからだの向きを変え、背中しか見えなくなった。

いまいえるのは、ここで立ちすくんでいてはいけない、ということだけだ。

アーリントンではそれで命をおとしかけた。

動かなければ。

フルーツ・トレイをつかむ。ほとんど空だ。

男の顔を見たい。フルーツはいかがですか、と声をかけてみようか。男が右手をポケットに突っこみ、引き抜いた――。

携帯電話だった。

頭のなかが一瞬真っ白になり、それからほっと胸をなでおろす。思わず笑いそうになった。

男はさらにじりじりと前進する。

そしてまたべつのものを引っぱり出した。今度は左のポケットだ。一見、アンテナのようだった。でもかなり大きい。男は壇上で話す大統領から目をそらさず、アンテナを携帯電話に差しこんで何度か回した。おかしい、と思った。携帯電話のアンテナは回したりしなくてもいいはずだ。でもそういえばカシームが、特別仕様の電話があるといっていた。この男の電話とカシームの電話はとてもよく似ている。国際的に通用するものはたぶん構造が違うのだろう。

「きょうこの日――」キャンベル大統領が顔を輝かせていった。カメラのフラッシュがまぶしい。「わたしたちは世界を変えます。わたしたちがここにいるのは、貿易協定を祝うためだけではないのです」言葉を切り、聴衆が静まるのを待つ。長くはかからなかった。「わたしたちがきょうここで祝うのは、平和です。中東の真の平和です！　ふたつの偉大な国が、戦いに終止符を打つことに合意し、本日、和平協定に署名することになりました」

大地を揺るがさんばかりの拍手喝采。大統領は右側にいるサロミア国首相の肩と、左のアルクムスタン国王の肩に手を乗せた。「この和平協定が、子どもたちに平和で安全な世界をもたらすことを確信しています」

さらに大きな拍手。

聴衆は息をつめ、大統領のつぎの言葉を待った。

そのとき、王妃が悲鳴をあげた。

椅子から地面に崩れおち、激しくあえぐ。ブルカがずれて、顔の一部がのぞいた。口は大きく開かれ、異様な音を発している。カシームか侍女を呼ばなくては。あるいはサージェントでもいい。いったいどこにいるの？　わたしが王妃に駆けよろうとすると、侍女が走って王妃のそばにひざまずいた。

「アレルギー反応だ！」誰かが叫んだ。

大勢の人が王妃のほうへ行き、そばにいた全員が反応した。ただし、ひとりを除いて――。

ピンストライプのズボンをはいた若者は、王妃を見向きもしなかった。

ほんのちらっとも見ない。

彼は携帯電話の長いアンテナをサロミアの首相のほうへ向けた。

あっけにとられた。こんなときに電話をかけるの？　しかもあんな場所から？

そうか、わかった。

「銃よ！」わたしは叫んだ。男の指が電話の表面をなでる。

わたしは突進した。男に飛びかかるつもりだった。手にしたトレイを投げつける。トレイが当たって男のからだが少し傾き、電話が揺れた。

間に合わなかった。

銃声が一発。さらに一発。

国王がのけぞり、地面に倒れた。頭の横から赤い血が流れる。

ピンストライプのズボンの男がふりむいた。

淡いブルーの目。

確信した。

カメレオンだ。

男の視線がかすかに揺らいだ。一瞬、迷ったにちがいない。わたしを殺すか、それとも逃げるか――。

護衛官が大統領と首相と国王を取り囲み、男はわたしを地面につきとばすと、ホワイトハウスの外ではなく、建物のなかへ走っていった。庭は騒然とし、人びとは右往左往し、男の行方をかまう者はいなかった。

わたしを除いて。

必死で立ち上がり、追いかける。

「カメレオンよ！」わたしは叫んだ。誰の耳にも届かない。ローズ・ガーデンはパニック状態だった。わたしはウエスト・ウィングのなかに飛びこんだ。「トム！」声をはりあげる。

廊下はがらんとしていた。シークレット・サービスは大統領を守るため、全員外に飛び出したのだ。

わたしはオーバル・オフィスの外で立ち止まった。カメレオンはどっちへ行ったのか、わたしに何ができるのか――。

「トム！」もう一度大声で呼ぶ。

廊下をイースト・ウィングのほうへ走った。そこなら警備員がいるはずだ。どうか持ち場から動いていませんように……。期待は裏切られた。

背後で音がした。

洗面所のドアが開き、カシームが出てきた。壁に手を当て、からだを支えながら歩いている。

「カシーム！」わたしは駆け寄った。

ひどく具合が悪そうで、彼はわたしを払いのけようとした。ターバンが、ずれて傾いている。カシームは外に出るドアに向かった。

「ちょっと待って」わたしは呼び止めた。

「何か事件が起きたらしい。王妃のところに行かなければ」

「外に出ないほうがいいわ。男が……」

言葉を失った。つまずいてころびかけたカシームが、体勢をたてなおしながらわたしを見たのだ。

片方の目は茶色だった。そしてもう片方が――青色。それも淡い青色だった。

カメレオンの目。

わたしはカシームの膝を蹴とばした。カシームはどさっと床に倒れこむ。彼の靴はプラットフォーム・シューズのようだった。ただし形は奇妙で、底の厚さも二十センチくらいある。そのせいで、いつも足を引きずるようにして歩いていたのだ。体調不良は演技でしかなかった。

カシームは驚くほど素早い動きで靴をはぎとり、立ち上がるとわたしに飛びかかってきた。

わたしは逃げた。

でもスタートでつまずいた。

カシームは――それが誰であれ――わたしのからだをつかむと、左手でわたしの口と鼻を力いっぱいひっぱたいた。息ができない。

「あんたはラッキーだよ、オリー。おれがここを出るまでは、殺さないでおいてやる。いい子にしてろよ、料理人さん。じきにおれが料理してやる」これまでと違って低く、ねばっこい声だった。

男はわたしを抱えて引きずりながら走ろうとし、わたしは力の限りもがいて走らせまいとした。男がわたしをもてあましているのがわかった。ここで十秒でも時間をかせげば、シークレット・サービスが駆けつけてくれる、と思った。

男の腕の強さに必死で耐える。そして意を決し、わたしは嚙みついた。肉を食いちぎらんばかりに嚙みついた。男はうめき声をあげ、わたしは助けを求めて絶叫する。がむしゃらに両手をのばし、男の顔に爪をめりこませて引っかいた。男はわたしに罵声を浴びせた。

ひげをつかんで引っぱる。掻きむしる。ゴムのような感触があり、ひげ全体が床にぽろりと落ちた。

「動くな！」

わたしは身をよじった。あの声は、トム――。廊下の向こう端で、トムがこちらに銃口を向けていた。

「彼女を放せ！」

カシームは携帯電話の先端をわたしの頭に向けると、指を七のボタンの上にのせた。幸運の番号。

わたし以外の人にとっては。

「銃を捨てろ、さもないと女は死ぬぞ」カシームは叫んだ。わたしのからだを盾にして、自分の頭をわたしの頭で隠す。これでは撃てない、たとえトムでも。

わたしは考えなかった。やるしかなかった。自力で運をつかむしかない。靴のかかとでカシームの足の甲を踏み、全体重をかけて押し回した。わたしくらいの体重でも、彼をひるませるには十分だった。カシームは右にからだを引き、わたしは彼の腕から逃れようともがいた。

カシームはわたしの髪をわしづかみにして後ろに引っぱると、携帯電話の銃をトムに向けた。パン！　という音がした。アーリントン墓地で聞いた音と同じだった。でもこの屋内ではるかに大きく響きわたった。発砲とともにわたしはのけぞり、カシームの手から銃を払いおとそうとした。

カシームは銃を手放さない。でもそれも、長くはつづかなかった。

トムの銃弾がカシームのからだの真ん中に命中した。二発めは、額に――。カシームはわたしの髪を引っぱるようにして床に倒れこんだ。わたしは痛みに目を潤ませながら、つかまれた髪を懸命にほどく。携帯電話がカシームの手からぽろりとこぼれた。からだは動かない。そして一瞬、痙攣(けいれん)したかと思うと、ぐったりとなった。

床に血がたまってゆく。

わたしの血ではなかった。

淡いブルーの目と茶色の目は、ガラスのようにうつろだった。カシームことカメレオンの命はついに絶たれた。ついに殺された。脈を確かめるまでもなかった。

ずいぶん長いあいだ、わたしにわかるのは自分の荒い息遣いと、耳の奥で響く鼓動だけだった。なんとすばらしい音だろう。

そして――いったいどこから、こんなにたくさんの人が集まってきたのだろう？　あたりは人で埋めつくされていた。シークレット・サービス、記者、ホワイトハウスの職員たち。この人たちは、いつからここにいたのだろう？　ここで起きたことを見たのだろうか？　わたしにはわからなかった。

だんだんと音が聞こえ、視界が鮮明になり、においを感じられるようになった。

わたしの知らない長身の男性が、倒れたカシームを調べている。そばにはクレイグ・サンダーソンがいた。ほかにももっとたくさんの男たち。長身の護衛官が携帯電話型の銃を拾いあげた。小さく口笛を吹き、手袋をはめた手でかかげる。

「ほら――」彼はクレイグにいった。「ヨーロッパで出回っているとは聞いていたが、見たのははじめてだよ」

「うちのメンバーもそうだと思う」と、クレイグ。「詳しく調べるよ」

膝に力が入らず、立ち上がることができない。

トムがわたしを引きあげ、抱きしめた。

「ああ、神さま――」彼はわたしの髪に顔をうずめてささやいた。「きみを失うと思った。きみを撃ったと思った」

まわりの目を気にしなくてはいけない。わかってはいたけど震えが止まらず、トムに抱きつくことしかできなかった。

「あなたを信じていたわ」

トムは何かつぶやいたけど、わたしには聞こえなかった。

あまりの恐怖に、しゃべりだしたら止まらなくなった。口を閉じると、気を失いそうな気がした。

「どうやってわかったの？　あなたはどこから来たの？　あなたは彼を外で見た？　王妃の具合は？　王妃は何か関係があったの？」

トムは首を振った。「いずれそのうち」

わたしは呼吸することを思い出した。誰かがわたしに水の入ったコップを握らせた。お礼をいったような気はするけど、自信がない。わたしに見えるのはトムだけだった。わたしが彼を必要としているとき、彼はいつもそこにいてくれた。

「命を救われた人は、なんていうか知っている？」

トムはほほえんだ。

「いいや、知らない。なんていうんだい？」

「あなたのことは一生忘れません。あなたはわたしを救ってくれた。わたしの心をつかんでしまった」天にも昇る心地というのは、こういうことをいうのだろう。「あなたがたとえテフロン製でも、わたしはたぶん焦げつくわ」

「どうぞ、いくらでも焦げついてくれ」

彼はたしかにそういった。

29

その後は混乱つづきだった。といっても、ホワイトハウス特有の混乱だ。一般的な公共施設で日中に大事件が起きれば、何百人もが悲鳴をあげて逃げまどうだろう。でもここ、ホワイトハウスでは、混乱は秩序ある混乱だった。シークレット・サービスが迅速かつ効率的に動き、わたしたちを即座に監禁。招待客はステート・ダイニングルームに集められ、記者やカメラマンなどの報道関係者はイースト・ルームへ送られた。

わたしたちはひたすら待った。ひとりずつ、徹底的に調べられていく。通常の生活にもどるには――運がよくて――あと何時間もかかるだろう。

せめてもの救いは、食料がたくさんあることだった。

大統領とファースト・レディの安全はすみやかに確保され、国王夫妻は飛行機で病院へ搬送された。王妃のアレルギー症状はおさまってきたものの、頭部に銃弾を受けた国王のほうは手術がほどこされた。一方、サロミアの首相は、弾が肩をかすめただけで軽傷ですんだ。それでも現在、病院で手当てを受けて医療観察中だ。こういった情報を、わたしは警護してくれているシークレット・サービスから知らされた。最低限のことがわかれば十分だった、いまのところは。

わたしはすぐに隔離された。保護のためだといわれたけど、それだけでないのは承知している。彼らはわたしを尋問する気で、それよりまえに誰とも話をさせたくないのだ。

カシームが死んだことで、わたしはナヴィーンの件以来、ようやくカメレオンから解放された。もう恐怖に震える必要はない。警護してくれているのは男性三人、女性ひとりで、部屋はチャイナ・ルームだった。ここは因縁の部屋、といってもいいだろう。十日ほどまえ、ここからすべてが始まったような気がするからだ。そしてきょう、わたしはドアに向かってすわっていた。これから起きる出来事を正面から見てみたい。

部屋には椅子が五脚とコート掛けがいくつかあった。国賓晩餐会があるとき、チャイナ・ルームはクローク・ルームとしても使われるのだ。今夜の晩餐に向けて総力をあげて準備した料理のことを思うと、気持ちが沈んだ。華々しい記念祝典になるはずだったのに……。ヘンリーにとって最後の大きな仕事。そして、わたしにとっても。なのにいま、わたしはすわる者のない椅子と空のコート掛けとともにいる。さびしさは、ぬぐいようがなかった。

警護の四人はからだの前で手を組み合わせ、無表情で立っている。壁ごしに、外の廊下の話し声や歩く音、ドアの開け閉めの音がぼんやりと聞こえてくる。

わたしにいちばん近いところにいるエディが訊いた。

「何か必要なものはありますか?」

「いいえ」声が少し震えた。「ありがとう」

トムに会いたかった。でもおそらく無理だろう。わたしたちが会話をすれば、起きた出来事に対する見方や印象が影響し合う。だから別々に証言をとるまでは、会うことができないはずだ。

待つしかなかった。

ホワイトハウスは人であふれかえり、記者にとってはスクープの場となった。十分間に五回は、熱心な記者がわたしの独占インタビューを狙ってこの部屋に忍びこもうとした。当然ながら、その夢はかなわない。わたしはここまで完璧に守られていると感じたことはなかった。小さなマイクに向かって手短な指令がつぶやかれると、ほんの数秒で応援部隊が到着し、大胆な招かれざる客をイースト・ルームに引っぱっていく。

ようやく、スーツ姿の男性が三人入ってきた。ノックなどしない。突然開いたドアから、廊下の喧騒が三秒ほど聞こえた。三人ともわたしの知らない人で、政府のどの部署かもわからない。エディはわたしに、どんな小さなことでも包み隠さずすべて話すようにといった。男性三人はかわるがわる質問してきた。わたしは事件について、訊かれたことにはできるだけ詳細に答えていった。三人が三人とも極端なまでに礼儀正しく、それがなによりわたしをおちつかない気分にさせた。不安と恐れで、言い逃れやごまかしなど到底できない。唇をなめ、乾いてはまたなめる。「ええと……」や「その……」を交えたわたしの震え声すべてがデジタル・レコーダーに記録されていった。三人のうちひとりが、わたしの写真を撮った。なんの前ふりもなくいきなりだ。でも事前にひと言いってくれたところで、わたしに何ができただろう？　カメラに向かってほほえむわけにはいかない。

やっと終了し、三人はわたしに感謝の言葉を述べて立ち去った。

「もう帰っていいかしら？」

「まだです」エディがいった。

三十分後、またドアが開いた。入口に立っていた警護官ふたりが脇にしりぞいた。何が始まるのかわからないまま、わたしは立ち上がった。

シークレット・サービスのクレイグ・サンダーソンが、総務部長ポール・ヴァスケスを右後ろに従えて入ってきた。またあのときのことがよみがえる。わたしはここで厳しい叱責を受けた。ではきょうは？　解雇？

息をするのが苦しくなった。

アルクムスタンのサメール国王が頭部に銃弾を受けた。わたしの行為でカメレオンの狙いがずれ、標的だったサロミア国首相は軽症ですんだものの、結果的に国王が頭を撃たれた。もし国王が亡くなったら、わたしが責任を問われるだろうか？　ひとりの命を救うことで、べつの命を犠牲にした？　この二国は何十年も戦いつづけてきた。猜疑心が強く、性急で、憎しみを忘れることがない。それを思えば解雇など、たいした問題ではないのかもしれない。

「すわって」クレイグがわたしにいった。ポールには、わたしの向かいのウィングチェアにすわるよう手で示し、ポールはそこに腰をおろした。

わたしもすわった。

最初にポールがいった――「きみはもう自由だよ」

「自由？」上辺だけのおちつきが、たちまち消えていく。「解雇ということですね？」

「いやいや」ポールは否定した。「この部屋から出てもいいということだ。解雇じゃないよ」

「解雇じゃない？」声の震えは失意から安堵へと変わった。「わたしは解雇されないんですか？」

「ここに来たのは、きみと打ち合わせたかったからだよ、オリー」クレイグがケンタッキー訛りでいった。「マスコミに対して、きみがいっていいことと、いえないことを決めておきたくてね」

彼はわたしをオリーと呼んだ。

肩の力が抜けていくのを感じた。

クレイグの指示は、もっともなことばかりだった。いったん公表されると、公表された物語が絶対の真実となる。わたしは携帯電話の形をした銃を見た、それは銃だと叫んだ、トレイを投げつけた結果、銃の狙いがそれた――。ただし、カメレオンの標的については口をつぐむ。

「きみはあの男が首相を狙っていたかどうかは知らない、ということだ」クレイグはそういった。「シンプルに徹してくれ。きみは銃を見た。反応した。それだけだ」

「彼は首相を狙っていたのでしょう？」

クレイグは眉をぴくりと上げ、ゆっくりとくりかえした。

「きみは銃を見た。反応した。それだけいえばいい」そして表情をやわらげる。「二、三日たてば、もう少しきみに伝えられることがあるかもしれないけどね」

「わかったわ。そのころにはみんな、わたしが関わったことを忘れているわね」

クレイグは渋い顔になった。「だといいんだけどな」

「それで国王の容体は？　命に別条はない？」

「まだ断定できない」ポールがいった。「はっきりしたら教えるよ」

クレイグとポールはさらにいくつか念を押し、今後受ける可能性があるむずかしい質問に対して、わたしは答え方を練習した。わたし自身は、トレイを投げるのを見た人はいないような気がしていた。トムが発砲したとき、わたしがカシームの人質だったのを見た人もいないと思う。とはいえ、わたしは自分のことで精一杯だった。いずれにせよ、時間がたてばわかるだろう。

「よし、これで完了だ」ポールは立ち上がった。

クレイグも立ち上がる。「何かこっちでできることがあればいってくれ、オリー」

わたしは首を横に振りかけて止めた。

「ひとつだけ……。あの、銀のフライパンはどうなったのかしら？」

わたしがチャイナ・ルームにいるあいだ、ヘンリーと給仕長のジャマルが足止めをくらっているゲストに食事を出し、臨時スタッフはシークレット・サービスの事情聴取を終えて帰宅を許されたらしい。

夕闇がホワイトハウスをつつみこみ、最後の〝目撃者〟が解放されると、緊張つづきの長い一日もようやく平穏をとりもどしはじめた。

シアン、マルセル、ヘンリー、そしてバッキーまでもが、見るからに安堵の表情でわたしを迎えてくれた。わたしの厨房での日々が残り少ないのを感じているようでもあった。心温まる再会のあと、わたしたち五人は黙々と仕事をした。晩餐会で出すはずだった料理の残りものを片づけていく。ヘンリーの長いキャリアの最後を飾るはずだった料理——。百四十人を迎える華やかなディナーは、報道関係者のあわただしい夕食となった。

「ごめんなさい」わたしはそばに来たヘンリーに小さな声であやまった。

「何のことだ？」ヘンリーはきょとんとしている。

「……何もかも。晩餐会とか、エグゼクティブ・シェフの件とか、いろんなこと全部……」

まだもどってこない退職記念のフライパンのことまでいいそうになって、こらえる。「ほんとうにごめんなさい。晩餐会が晴れ舞台にならなかったわ」

「オリヴィア」と、ヘンリーはいった。〝オリー〟でなかったことに、わたしは顔を上げて彼を見た。「自分のしたことがわかっていないようだな？」

どういうこと？

「きみはきょう、人が殺されるのをくいとめたんだ。凶悪な暗殺者の企みを阻止したんだよ。それが小さなことだと思うかい？　世界に名だたるＦＢＩやＣＩＡ、シークレット・サービス、インターポールもできなかったことだ」
「でも……」わたしはとまどっていた。「国王の容態はまだ楽観視できないみたい」

「大丈夫だよ」

「どうしてわかるの？」

「長年エグゼクティブ・シェフをやっていれば、それなりにコネもできてね。サメール国王の手術は無事にすんだらしい。弾丸は頭蓋骨の表面を滑って貫通しなかったとかで、あとは回復を待てばいいと聞いた。王妃も問題なく、首相はホテルにもどったよ」

わたしは安堵のため息を、それも大きなため息をついた。

「きみのお陰だよ」

わたしはかぶりを振った。

「トム・マッケンジーがいなかったらどうなっていたか……」

「オリー」ヘンリーの顔は、もうよしなさい、といっていた。

わたしはすなおに従った。

「晩餐会に関しては、そうだな、こういうこともある、というくらいかな。世界が広く関係するような職場では、何があってもあわてちゃだめだ。この厨房でもそうしてきただろ？ホワイトハウスの料理人としてのキャリアが、たった一度の成否で決まるようじゃ悲しすぎないか？」さびしげに首を振る。だけど瞳は輝いていた。「わたしにはすばらしい思い出がたくさんある。大成功をおさめた晩餐会だって何回もあるんだぞ」部屋を見まわし、一日の仕事を終えようとするスタッフたちをながめる。「そしてきょう、わたしはこれまでで最高の、かけがえのない成功をおさめることができた」


北東ゲートに取材記者がいるとは思わなかったし、実際、ひとりもいなかった。向かいのラファイエット・パークで待機しているのかもしれない。というのも、ペンシルヴェニア通りにも人影がなかったからだ。わたしはホワイトハウスを出て地下鉄駅に向かった。あたりは暗かったし、「いたぞ!」という声が聞こえても、自分とは結びつけなかった。

左のほうから集団が走ってくる気配を感じたとたん、一ダース以上のマイクに取り囲まれた。顔にぶつかるほどマイクをつき出され、これがソフトクリームだったら、わたしはすぐに平らげていただろう。

「パラスさん、ほんとうですか——」

質問の続きは聞かなかった。するといきなり真昼のように明るくなり、まぶしすぎるカメラのフラッシュにわたしは顔をそむけた。動きたくても動けない。彼らはからだが触れるほど接近してわたしを囲んでいる。

左から押された。

「どうしてカメレオンだとわかったんですか?」

今度は右から押される。

「回転木馬で起きたテロリストの殺人事件と関係があるんですか?」

「暗殺計画には共謀者がいたんでしょうか？　それともカメレオンは単独犯だった？」

前に進もうとするわたしを、彼らは乱暴に押しもどした。

「パラスさん、こっちへ」

わたしはまぶしくて手をかざした。遠くに何台ものワゴン車やトラックが見える。ペンシルヴェニア通りは車両通行禁止になっているから、トラックを遠くに駐車し、記者たちは徒歩でここまで来たのだろう。いろんな形のアンテナをつけた車がずらりと駐車している光景は、宇宙人の侵略を思わせた。

「ノーコメントです」と、わたしはいった。

「パラスさん、フェアプレーでいこうよ」

わたしはむっとしてその記者を見た。それはどういう意味？

背後から女性が訊いた。「今度の件で、エグゼクティブ・シェフになるチャンスが消えたと思いますか？」

あんまりだ。わたしは口を開きかけ……すぐに閉じた。

「パラスさん」べつの声。男性か女性かはわからない。いずれにせよ、怒った口調だ。「アメリカ市民に真実を知る権利はないんですかね？」

わたしは大声をあげた。「真実は――」

一瞬にして、静まりかえる。

「真実は――」このひと言の力に驚きながら、冷静につづけた。「わたしから申し上げることは何もない、ということです」

彼らは爆発した。怒鳴り、非難し、詰めよってくる。

「彼女はノーコメントだといってるんだ」

わたしはふりむいた。

トムとシークレット・サービスの護衛官が、わたしを取り囲む記者たちを取り囲んでいる。なんとも迫力のある光景だった。合計で七人。全員男性、全員長身、全員いかにも屈強で、堂々としている。その一途な顔つきは、獲物に飛びかかる寸前の猛獣のようでもあった。トムは視線をわたしに向け、「記者のみなさんに何か話すことはありますか?」と訊いた。

「いいえ、ありません」

「では――」記者たちに向かっていう。「みなさん、お帰りください。いますぐに」

シークレット・サービスは記者たちが通れるよう、後ろに下がった。みんな仕方なくぞろぞろ歩いていく。ただし、静かにおとなしく、とはいかず、ぶつぶつ不満をいいながらだ。取材して何が悪い、ここは公道だぞ――。

彼らがなんといおうと気にならなかった。ともかく解放されてほっとするだけだ。

記者が全員引きあげると、トムは同僚にいった。

「お疲れさま。パラスさんは自分が責任をもって送りとどけるから」

同僚たちはうなずいてその場をあとにし、ホワイトハウスのゲートの向こうに消えていった。トムがニューヨーク通りのほうへ腕をのばし、彼についていくと車が一台待っていた。

トムはわたしを助手席にすわらせる。運転手が降りてきてトムにうなずき、トムがうなずき返すとホワイトハウスのほうへ歩いていった。

　わたしはシートの背に頭をもたせかけた。

「ありがとう」

「英雄のためならお安い御用さ」トムはほほえんだ。

わたしもほほえみ、「あなたがアパートまで運転してくれるの？」と訊いた。

「そうだよ」

「部屋に寄っていく？」

彼はわたしの顔をのぞきこんだ。

「そのつもりだけど」

何日ぶりだろう、こんなに明るい気持ちになったのは。

「よかった。だけどひとつだけ条件があるの」

「何？」

「あなたはソファで寝ないこと」

30

「オリー」ヘンリーが小声でいった。「見せたいものがある」

連れていかれたのは、ファミリー・ダイニングルームだった。ここにはヘンリーの退職パーティ用に準備した料理を置いてある。

「あっちに行かなくていいの？」わたしはステート・ダイニングルームのほうを指さした。すでに五十人ほどが集まり、パーティが始まるのを待っている。

「わかっているよ。でもな、オリーもこれを見ておくほうがいい」

部屋の奥にカートがあり、そこにテレビがのっていた。電源プラグは差しこまれていて、ヘンリーはリモコンを取ると、唇をなめながらボタンを選んで押した。

「始まるまで少し時間がかかるな」

「ヘンリーはまだ見ちゃだめ」わたしはリモコンを取りあげようとした。

彼はわたしの手をかわしていった。

「違うよ、これは退職記念のビデオじゃない」

「あら、知ってたの？」

ヘンリーは横目でちらっとわたしを見た。

じつはスタッフみんなで、退職祝いにヘンリーの写真を編集してビデオにまとめていたのだ。彼がホワイトハウスに来た初日から、先週の大事件の日まで、長年にわたって撮られた写真から選んだものだった。時間にして十分くらいで、パーティの食事後に披露する予定だけど、ヘンリーのことだから、とっくに気づいていたのだろう。

「だったら何のビデオなの？」

青一色だった画面に見慣れないロゴが現われた。わたしがまた尋ねようとしたら、ヘンリーが「もうちょっと待ちなさい」といった。

「そろそろパーティの時間よ」

「わたしたちが行くまで待っててくれるさ」

ロゴが動いて変形していく。ヘンリーは早送りボタンを三回押し、テープは高速で巻かれていった。

「始まりを指定しておけばよかったな」ヘンリーがつぶやいた。早送りされる画面を見ていると、場所はどうやら厨房で、大勢がくるくるめまぐるしく動く。

「ひょっとして、ローレル・アンの実技審査の日？」わたしは目をまるくした。

「そうだよ」わたしが驚いたことをうれしがっている。

「だけど……」

「ほらここだ」

ヘンリーがボタンを押すと、あまり思い出したくないあの日が再現された。

「でも、わたしはこの場にいたわ」

ヘンリーはウィンクすると、「まあ見ていなさい」といった。

ローレル・アンの美しい顔がアップになり、彼女はほほえんだ。

「そしてここにいるのが――」彼女はバッキーに近づいた。彼はカメラに背を向けている。

「わたしがホワイトハウスで最初に仕事をしたとき、訓練した助手のひとりです」

バッキーは彼女をふりむいた。顔がこわばっている。わたしも同じように顔をしかめた。

彼女はあろうことか、バッキーを〝助手〟と表現したのだ。彼は経験豊かな、腕のいいシェフだった。憎まれ口はきくけど、才能豊かな料理人なのだ。わたしにはこの場面の記憶がなかったから、身を乗り出して見た。

「アシスタント・シェフです」バッキーは静かにいった。

「え？」ローレル・アンが訊き返す。

バッキーはほとんど唇を動かさずにくりかえした――「ぼくはアシスタント・シェフです、助手ではありません。あなたが訓練を積む手助けはしましたけどね」

ローレル・アンはほほえみを絶やさない。彼女はバッキーの肩を叩いていった。

「ええ、それならそれでいいわ」

彼女は視線をカメラにもどした。

「きょう、このキッチンに帰ることができ、心をこめて考えたレシピの出来上がりを見るのがとても楽しみです」

　すると、いかにも驚いたようすでバッキーの腕に手をのせ、「そうじゃないのよ」といった。「いい？　わたしがやってみるわね」

　バッキーは両手を腰に当て、一歩さがった。

「失礼ですが、ぼくはあなたのアスパラガスを切っていたんだ。あなたが要求した冷凍のアスパラガスをね。この厨房では、冷凍アスパラなんて絶対に使わないんだよ。それともぼくがここで教えたことをすっかり忘れてしまったのかな？　たしかに、あなたはしょっちゅう愚痴っているからね、ここで働いた二年間は――」両手を上げて指を立て、ちょんちょんと引用符を書く真似をする。「〝最悪だった〟って」

「あら……」わたしはつぶやいた。「ぜんぜん知らなかったわ」

　ふたりのやりとりは非難合戦のようになっていく。撮影チームは約束に従ってすべてを録画していた。

「もう少しつづくぞ」ヘンリーがいった。

「これにはわたしも関係してるわね」

　例の〝噴火〟場面だった。ローレル・アンはシアンが下ごしらえしていたカリンのボウルを不快げにカメラに向けて持ち上げ、逐一批判しはじめた。そして批判をつづけながら厨房をゆっくり歩き――顔はカメラに向けたままだ――さらに目についた点を批評する。

　厨房は狭い。ローレル・アンはうかつにもそれを忘れていた。

彼女はスツールが目に入らなかった。

というより、ぶつかってはじめて気がついた。

カリンを入れたボウルが宙に舞った。シアンはカリンにチェリー・ジュースをたっぷり加え、ハチミツや色とりどりの材料を混ぜていた。それが火山の噴火さながら飛び散って、ローレル・アンの最後のきれいなエプロンと、彼女の顔に襲いかかった。

〈クッキング・フォー・ザ・ベスト〉のスターが、悲鳴をあげてころんだ。さいわい怪我はなかったものの、彼女は床にすわりこみ、泣きくずれた。といっても、悲しみの涙ではない。失望と怒り、激情の涙だ。

わたしはこの場面を覚えていた。厨房から飛び出して、清掃係を呼びにいったからだ。そして保管庫から雑巾を何枚か持ってきた。ハチミツとチェリー・ジュースの組み合わせは厄介で、濡らした雑巾は何枚あってもいいと思った。

わたしがその場を離れているあいだも、カメラは回っていた。

そのとき何が起きていたのか——。

「あなたのせいよ！」ローレル・アンはわめいた。怒りの矛先はカーメンらしい。「わたしはここが嫌いだっていったでしょ。ここで働いている人間はみんな嫌いだっていったはずよ。とくにでしゃばりなオリヴィアはね。このスツールは、あの人がわざと置いたのよ」床にすわりこんだままスツールを叩いて倒す。「彼女がやったのよ。かならず仕返ししてやるわ。すぐにでもしてやるわ。わたしはカリフォルニア調理アカデミーでたっぷり経験を積んだのよ。マルセルはほんと、どうしようもないわ。フランス人っていう理由だけで一流気どりなんだから。格好ばかりつけて。ねえ、ちゃんと聞いてるの？」

手で顔をぬぐう。

「まったく！　カメラは止めてよ」

誰かがカメラを止め、映像終了――。

ヘンリーがテレビのスイッチをきった。

「すごかったわね……。どうして話してくれなかったの？」

「たてつづけにいろいろあったからね」

「ほんとに」何も映っていない画面を見つめる。「彼女がエグゼクティブ・シェフになったら、わたしたち、どうすればいいかしら」

「このビデオはポールから借りたんだよ」唇をなめ、片手をわたしの肩にまわす。「では、パーティーに行こうか」


トムが入ってきて、わたしの横に椅子を引きよせた。

「ランチはどうだった？」

給仕人がわたしたちのテーブルにデザートを持ってくる。マルセルはがっかりしたけど、ヘンリーは素朴なもてなしを希望し、デザートはレインボー・シャーベットだった。ヘンリーの大好物だ。

「もう少し早かったら、いい写真が見られたのに」わたしは演壇の上を指さした。思い出の写真を映し出したスクリーンが片づけられるところだった。そろそろスピーチが始まる。

「わたしの順番はファースト・レディのあとなの」

「準備はオーケイ?」

「だといいけど」わたしはひとつ深呼吸した。

ヘンリーはメイン・テーブルで、ファースト・レディとポール・ヴァスケス、部長何人かと並んですわっている。わたしのテーブルにはほかに、シアン、バッキー、マルセル、親しい給仕人数人がいた。

シアンがトムの上着を引っぱって訊いた。

「あの事件で新情報はないの?」

トムはうなずき、テーブルに両肘をのせた。

「今夜のニュースで聞けると思うが……」

全員が身を乗り出す。

「カメレオンはアルクムスタン政権内部から依頼を受けたんだ」

「国王が雇ったの?」と、わたし。

トムはかぶりを振った。「サメール国王の兄——前国王のムハンマドの支持派だ。いまだに大きな勢力で、平和主義を唱える現国王の政策に片っ端から反対し、国王が自分たちと同じ路線をとるよう働きかけているらしい。そしてムハンマドは、国王の座から追いおとされたにもかかわらず、弟のサメールに危害を加えてはならないと命令した。そこで今回の協定交渉で……」首をすくめる。「ムハンマド支持派はカメレオンを雇った。補佐官の肩書きを与えたのは、サロミアの首相に接近しやすいと考えたからだろう。ラビーブ・ビン＝サレー大使も一枚かんでいる可能性がある。というか、ぼくらはほぼそうだと確信しているけどね」

「なぜカメレオンは調印式まで待っていたの？　それまでに、もっと人目につかないタイミングがあったんじゃない？」

「それはカメレオンが不運だったとしかいいようがない。ナヴィーンのおかげで、ぼくらはカメレオンのターゲットの見当がついたしね」トムはわたし以外の人たちに説明した。「ナヴィーンというのは、十日ほどまえ、ノース・ローンに侵入してつかまった男だ」そして今度はわたしを見る。「ナヴィーンはカメレオンのミッションに気づいたが、標的が首相なのかキャンベル大統領なのかはわからなかった。加えて、シークレット・サービスに共謀者がいると信じていた。彼は副部隊長のジャック・ブルースターが怪しいと考えていたようだ。だから徹底して調べさせてもらったけどね、副部隊長は完全にシロだったよ。ナヴィーンがシークレット・サービスを信頼しなかったのは不幸だった……。信頼してくれていたら、死なずにすんだだろうに」

ジャック・ブルースターにはわたしも会ったことがある。思わずため息が出た。もしナヴィーンと話せたら、少しは説得できたかもしれない。

トムはわたしの心を見抜いたかのようにいった。

「ナヴィーンはともかく一途で、彼とシークレット・サービスは連携できたかもしれないんだ。彼はある意味、自分で死を招いてしまった」口を引き結ぶ。「オリー……きみが回転木馬で殺人を目撃したことが、カメレオンの計画をくるわせたんだよ。カメレオンは、交渉会議のまえに首相に接近できないとわかると、きみを最初に消そうと決めた。戦術的には当然だよ。きみは彼を識別できる唯一の生存者だったからね」

わたしはぞっとした。「なぜ彼は、キャンプ・デービッドで行動を起こさなかったの？あそこならカシームが――カメレオンが、首相を狙う機会はいくらでもあったと思うわ。わたしを狙う機会もね」そうだ、そういえば、あの男とふたりきりになったことがある。それも一度ではない。

「キャンプ・デービッドがどんな場所かは、きみも見ただろう。あそこで逃げおおせることはできないよ。カメレオンにとっては、何もしないのが最良の戦術だった。キャンプ・デービッドは要塞だ。さすがのカメレオンも、キャンプ・デービッドと――」にっこり笑う。

「きみには、たちうちできない」

ヘンリーが壇上へ向かったので、わたしも立ち上がった。

「射撃の名手でいてくれてありがとう」わたしはトムの鼻の頭にキスをした。

「そしてヘンリー、わたしたちは――」お別れのスピーチの最後で、わたしは声をつまらせた。「マルセルの言葉を借りて〃さようなら（オ・ルヴォワール）〃をいいます。いえ、それより〃また、あした（ア・ドゥマン）〃のほうがいいですね。あした、わたしたちが厨房で何をしようと、そこにはあなたがいるからです。わたしたちが考えるメニューのなかに、あなたはいる。これからもずっとここにいてくれる。お鍋やフライパン、スパイスが料理に欠かせないように、あなたの魂はホワイトハウスのキッチンには欠かせません。あなたはキッチンに命を与えてくれる。あなたが残してくれたものは、ホワイトハウスの歴史の一部として永遠に残るでしょう。そして、わたしたちの心のなかにも――」

拍手と喝采。ヘンリーは立ち上がって、わたしを抱きしめた。

拍手がやむと、わたしは書見台の一番下の棚に手をのばしながらいった。

「スタッフみんなから、贈りものがあるの。これを見たら、わたしたちのことを思い出してね」黄色の重い袋を渡し、ヘンリーはそこからきらきら光る銀のフライパンを取り出した。刻まれたメッセージを指でなぞる――『ヘンリー・クーリーへ。あなたはホワイトハウスに喜びをもたらしてくれました。あなたの国はあなたに感謝しています。いつもあなたを想っています』

ヘンリーの目に光るものがあった。

わたしは彼の耳もとに口を寄せ、そっと指さしながらいった――「ここに小さなへこみがあるでしょ？　いつかね、この訳をかならず説明するから」

わたしが演壇をおりようとすると、ファースト・レディがもう少しそこにいてちょうだいといった。キャンベル夫人はマイクを手に取り、わたしは目立たないようにヘンリーの斜め後ろに行った。

「ヘンリーの了解を得て――」夫人は話しはじめた。「わたしはここでちょっとした仕事をしようと思います。退職パーティが将来についての発表で締めくくられることを、ヘンリーも喜んでくれました」

キャンベル夫人は言葉をきり、ほほえんだ。

わたしはびっくりして、膝ががくがくしはじめた。テーブルに視線を向け、目をまるくしてトムを見つめる。隣でヘンリーがわたしの肘をつかんだ。

「ヘンリー・クーリーは、五つの政権にわたり、ホワイトハウスの生命線として働いてくれました。彼はよく、自分はあらゆることに遭遇し、あらゆることをやった、といいます。先週もあんなことがありましたしね」聴衆はとまどい気味に小さく笑った。「ヘンリーは長年ホワイトハウスに貢献し、ファースト・レディは大きく息を吸いこむと、またほほえんだ。「ヘンリーは長年ホワイトハウスに貢献し、退任の日を迎えたわけですが、そんなヘンリーの後任を選ぶなど、わたしには到底できません」夫人は首を左右に振った。

気がつくと、わたしもからだを振っていた。ただし、わたしの場合は小さな震えだ。

「きょう、わたしたちは新たなスタートをきります。ホワイトハウスの目前で起きた国際的な出来事を考えれば、新しい時代が幕を開けようとしているのはまちがいありません。それを念頭に置き、ホワイトハウスも厨房の新時代の幕開けを歓迎することにしました」ヘンリーに目を向ける。「彼の代わりになる人を選ぶことはできませんし、その気もありません。ただ女性なら、わたしも選任することができます。本日、大きな喜びとともに、みなさんにお知らせします、ホワイトハウス初の女性エグゼクティブ・シェフは……」わたしをふりむき、手をのばす。「オリヴィア・パラスさんです」

ヘンリーはわたしを抱きしめた。息ができなくなるほど、力をこめて。そして手を離し、わたしはなかば呆然としたまま前に進み出て、キャンベル夫人と握手した。

「ありがとうございます」

「この地位にふさわしい人はあなたしかいないわ」

ここに集まった人はみんな職員で、はじかれたように立ち上がり、拍手してくれた。トムは誇らしげな笑顔で、ひときわ大きく手を叩いている。

「ありがとうございます」わたしはマイクを通していった。それでも拍手の音にかき消される。

ヘンリーはわたしに腕をまわして引き寄せた。

「こうなるとわかっていたよ」

「そう……なの？」

「料理人だからといって、誰にでもできるもんじゃない。料理で大統領を喜ばせ、おまけに命まで守るなんてね」

わたしは彼の頬に触れた。「いつまでもいっしょにキッチンにいてほしい……」

職員たちが壇上に駆け上がり、わたしを囲んでいっせいに抱擁してくれた。
ヘンリーはウィンクすると、一歩後ろにしりぞいた。

大統領のメニュー

ホワイトハウスの料理人がまずとまどうのは、ほとんどのファースト・ファミリーが、さまざまな行事で豪華料理に接する機会が多いためか、プライベートな場では簡素な家庭料理、ほっとする料理を望むことだろう。一方、賓客をもてなす公的な饗宴では、これとはまったく正反対のメニューを用意しなくてはいけない。ホワイトハウスの料理人は、国賓晩餐会に向けて何週間もまえから豪華で上品なメニューを練りつつ、その日その日は大統領の個人的なお好みに合わせて簡素な料理をつくるのだ。たとえば朝はシリアルと一杯のスープ、昼はサンドイッチ、夜はバーベキューでトウモロコシを欠かさない、といった具合だ。

献立が両極端なため、厨房は一日たりとも気を抜くことができない。また、バラエティに富む料理に加え、四年または八年ごとに料理の〝決定者（ディサイダー）〟が交代する。大統領はそれぞれ個性豊かで、当然ながら食べものの好みも違う。新しい大統領を迎えると、料理人は大統領一家と話し合い、家族が好きな料理のレシピ、アレルギーの有無、食材の好き嫌いを聞いて、サンプルのメニューや希望リストをもらったりする。そしてその後は大統領一家の口に合い、喜んでもらえるメニューに少しでも近づくよう、試行錯誤を重ねていくのだ。

歴史をふりかえってみると、大統領の味覚と嗜好はじつにさまざまだったことがわかる。たとえばフランクリン・ルーズベルトは、イギリス国王夫妻にホットドッグを供するよう指示したという。また第二次世界大戦中、大統領就任を祝う昼食会にチキン・ア・ラ・キングを所望したものの、料理人は大人数の料理を温かく保つのは無理だと訴え、代わりにチキン・サラダが供された。ワシントンDCの冬の気候を考えれば、大量の料理でも冷たくしておくことならできただろう。ドワイト・D・アイゼンハワーの場合は、料理が趣味だった。「料理をしていると気持ちがおちつく」といい、在任中は大統領オリジナルのビーフ・シチューがホワイトハウスの厨房の定番レシピとなる。ジョン・F・ケネディと夫人のジャッキーはどちらも高級なコンチネンタル料理を好み、リンドン・ジョンソンは生まれ故郷テキサスのビーフ・ステーキに目がなかった。カーター家とクリントン家は南部の田舎料理を喜びつつ、おりにふれて洗練された高級料理も楽しんだ。ジョージ・W・ブッシュは簡素な家庭料理を好んだが、父のジョージ・H・W・ブッシュはよりフォーマルな料理を――もちろんブロッコリー抜きで――愛した。

〝大統領が望むものは何でもつくる〟が、ホワイトハウスの料理人の大原則だ。わたしの第一の務めは、大統領をしあわせな気分にさせることにある。そしてファースト・ファミリーも。あるいは最低限、彼らの胃を喜ばせなくてはいけない。だからわたしは、アメリカ合衆国の最高司令官が料理の話をするときは耳をそばだてる。ホワイトハウスの住人たちが政治資金で何をするかは、よそ事でしかない。わたしの唯一最大の関心事は、おおやけの場とプライベートな場における大統領一家の味蕾である。

わたしがいま仕えている最高司令官はシンプルな料理がお好みで、これはわたしの仕事を簡単にする半面、よりむずかしくもしている。私的な場ではピーナツバターとハチミツのサンドイッチ、チキン・ポットパイが喜ばれるが、国賓晩餐会や公式行事ではそうもいかない。星条旗に恥じぬよう、見識ある賓客をうならせ、かつ最高司令官にも楽しんでもらわなくてはいけないからだ。いいかえると、ゲストが感嘆しつつも、ホストがもてあますことのないような献立を練る。

以下は、現在のファースト・ファミリーにお出しする献立の代表例だ。料理はどれも大統領のお好みに従い、家庭的なものになっている。

朝食

- ハチミツとアーモンドのスコーン
- ヴァージニア・ハムとホウレンソウのオムレツ
- ヘンリー特製ハッシュドポテト
- 焼きグレープフルーツ

昼食

- シナモン・ブレッドのピーナツバターとバナナのサンドイッチ
- 香味のきいた細切り野菜
- アップルタルト

夕食

- チキンのオーヴンフライ
- ガーリック・マッシュドポテト
- オリー特製サヤインゲン
- チョコレート・エンゼルケーキのベリー添え

ハチミツとアーモンドのスコーン

【スコーンの材料】
バターミルクまたはプレーン
ヨーグルト……カップ¼
ハチミツ……カップ¾
卵……2個
アーモンド・エッセンス
……小さじ¼
小麦粉……カップ3
ベーキングパウダー…小さじ4
ベーキングソーダ……小さじ½
塩……小さじ½
冷やしたバター……カップ½
砂糖……カップ¼
アーモンド(細かく刻んだもの)
……カップ½

【シロップの材料】
溶かしバター……大さじ3
バニラ・エッセンス……小さじ1
アーモンド・エッセンス……2滴
湯……大さじ1
粉砂糖……カップ1

【スコーンの作り方】
1 オーヴンを190℃に予熱する。
2 スコーン型に油をひく、または天板にクッキングシートをのせ、クッキングスプレーを吹きかけておく。
3 ハチミツをバターミルクに加えて混ぜ、卵を割り入れる。アーモンド・エッセンスを加える。
4 小麦粉、ベーキングパウダー、ベーキングソーダ、塩をふるいにかける。菓子用カッターでバターを刻み入れる。砂糖とアーモンドを加え、あえてなじませる。
5 3と4を合わせ、フォークでボール状になるまでかき混ぜる。小麦粉をまぶしたボードに生地をのせ、5、6回こねて、よく混ぜ合わせる。
6 スコーン型を使う場合は、生地をスプーンで入れてから均一にならす。クッキングシートの場合は、生地を丸めて少し平らにし、8等分する。25分、もしくは焼き色がつくまで焼く。網の上で粗熱をとる。

【シロップの作り方】

ボウルに溶かしバター、バニラ・エッセンス、アーモンド・エッセンス、湯を入れて混ぜ、粉砂糖を加えてさらに混ぜる。シロップがかたくて流れない場合は、なめらかになるまで、湯を小さじ1杯ずつ加えていく。温かいスコーンにシロップをかけて出来上がり。

※ふつうは、最低1時間ほど置いてからテーブルに出します。スコーンを安定させてシロップを染みこませ、口当たりのよいほくほく感を出すためです。ただ、ファースト・ファミリーはオーヴンから出したての、熱めのものがお好み。

ヴァージニア・ハムとホウレンソウのオムレツ

【材料】

エクストラバージン・オリーブオイル……大さじ2

上質なヴァージニア・ハム（さいの目切り）……100グラム

新鮮なホウレンソウ（葉）……カップ½

※小さじ2の酢を入れた水でよく洗ってからすすぎ、水切りをして乾かしたもの（酢には殺菌効果がある）

タマネギ（みじん切り）…大さじ1

卵……3個

プレーンヨーグルト……大さじ2

タラゴン……小さじ½

タバスコなど辛めのスパイスソース……2振り

お好みのチーズ（おろしたもの）……カップ⅓

※アジアーゴ、チェダー、スイス、モントレージャック、ペッパージャック、またはこれらのミックス

【作り方】

1 オーヴンを180℃に予熱する。使い慣れた（油のなじんだ）8インチの鉄製フライパン、または質のよいオムレツパンを中火にかける。大さじ1のオリーブオイルをフライパンで温め、そこにハム、ホウレンソウ、タマネギを加える。

2 ハムに火が通り、ホウレンソウがしんなりして、タマネギが半透明になるまで炒める。いったんフライパンから取り出しておく。

3 小さめのボウルで、卵、ヨーグルト、タラゴン、タバスコを手早く混ぜる。フライパンを火にもどし、残りの大さじ1のオリーブオイルを入れ、全体になじませる。そこにボウルの卵ミックスを注ぎ入れ、下面が軽く固まったらひっくり返す。（うまくひっくり返す自信がなかったら、火の通った部分をフライパンの中央にまとめ、液体部分をその周囲でまわしながら焼いてもよい。いずれにしても、かたくなるまで焼いたり、下面を焦がしたりしないように）

4 卵の上にハム、ホウレンソウ、タマネギをのせる。おろしたチーズを上から散らし、弱火にして蓋をする。チーズが溶けたら蓋をとり、オムレツを半分にたたむ。温めたお皿にのせてテーブルへ。

ヘンリー特製ハッシュドポテト

【材料】

エクストラバージン・オリーブオイル……大さじ4

ジャガイモ……3個（皮をむいて刻む）
タイム……6本（洗って茎をとる）
※生のものが手に入らない場合は、粉末タイムを小さじ½
チャイブ……カップ¼（細かく刻む。手に入らないときはネギでも可）
塩……小さじ⅓（お好みで加減）
生のチャイブとタイムの小枝は付け合わせに（お好みで）

【作り方】

❶ 焦げつかない大きめのフライパンを中火にかけ、オリーブオイルをひく。

❷ 残りの材料を大きなボウルで混ぜる。ポテトマッシャーを使って余分な水分をとる（出来上がりがカリカリになる）。マッシャーがない場合、ペーパータオルに包んで水分を押しだす。

❸ オイルに火が通ったら❷を入れ、スパチュラで押して薄いパンケーキ状にする。4分ほどして、下面が茶色に、カリカリになったらひっくり返す。反対の面は3分くらいで同じ状態になる。フライパンから出して温めたお皿にのせる。タイムの小枝とチャイブを、1本のチャイブで結んで添える。

焼きグレープフルーツ

【材料】
ルビーレッドのテキサス産グレープフルーツ……2個
アーモンド・エッセンス……2滴
ブラウンシュガー……カップ¼弱

【作り方】

❶ オーヴンをブロイル（上火）の高温設定にする。

❷ グレープフルーツを上下に二分する。切った面を上にして、耐熱

皿かクッキングシートの上に置く。アーモンド・エッセンスとブラウンシュガーを混ぜ、グレープフルーツの上面に振りかける。

❸ブロイル（上火）で焼く。砂糖が溶けて泡立つまで3分ほど。オーヴンによって温度が異なるため、注意して見ておくこと。すぐにテーブルへ。

シナモン・ブレッド

【材料】

イースト……1パック
湯……カップ¼
ミルク……カップ2
※どんな種類でも良い。脂肪分が多いほど生地はリッチになる。
砂糖……カップ½
バター……カップ½
塩……小さじ2
シナモン……大さじ1½
小麦粉……カップ6〜7
卵……2個（溶いておく）
シナモン・シュガー……お好みで

【作り方】

❶オーヴンを195℃に予熱する。標準的なローフパン型ふたつに油をぬっておく。

❷ボウルでイーストと湯を混ぜ、予備発酵させる。

❸ソースパンにミルク、砂糖、バターを入れ、弱火から中火で、バターが溶けるまで熱する。沸騰させないこと。バターが溶けたら火からおろす。

❹大きなボウルを用意して、塩、シナモン、3カップの小麦粉をいっしょにふるいにかける。そこに❷と❸、溶き卵を加えて、やわらかいボール状になるまで混ぜる。それを小麦粉をふったボードの上に置き、生地がなめらかに、耳たぶくらいの弾力になるまでこねる。適度な弾力をもたせるため、

この過程で最大4カップまで小麦粉を加えてもよい。

5 湿ったタオル、もしくは油をぬったラップで生地をふんわり包み、1時間おいて膨らませる。軽く押さえてガス抜きしてから、2等分する。形を整えてローフパン型に入れ、覆いをして30分ほど、または2倍の大きさになるまで置いておく。

6 お好みでシナモン・シュガーをふりかけ、35〜40分焼く。表面の焼け方が速いと思ったら、残りの時間はホイルで包んでおく。

※朝食でバターをぬるだけでもおいしいし、ピーナツバターとゼリーのサンドイッチにしてもいい。

シナモン・ブレッドのピーナツバターとバナナのサンドイッチ

【材料】

ピーナツバター……大さじ2
ハチミツ……小さじ2
シナモン・ブレッド……2枚
（温かいもの。前ページ参照）
熟れた小さめのバナナ……1本
（薄い輪切りにする）
ヒマワリの種……小さじ1
※かりっとした歯ざわりになる。使わなくてもよい。

【作り方】

ボウルでピーナツバターとハチミツを混ぜ、シナモン・ブレッドにぬる。そこにバナナのスライスを置き、お好みでヒマワリの種を散らす。オープンサンドで出しても、はさんでも良い。

※リンゴがおいしい秋なら、バナナの代わりにリンゴでも。ハニークリスプ種なら最高。

香味のきいた細切り野菜

【材料】

オリーブオイル……大さじ3
ニンニク……2片
（皮をむいてつぶす）
生のショウガ……小さじ2
（おろしたもの）
五香粉……小さじ1
チリ・パウダー……小さじ¼
大きめのニンジン……3本
（皮をむいて細切り）
サヤインゲン……カップ1
（ヘタと筋を除き、ななめ切り）
大きめのセロリ……3本（細切り）
小ぶりのキャベツ……½個
（コールスローふうに切る）
塩……小さじ1（お好みで加減）

【作り方】

1 大きなフライパンにオリーブオイルをひいて熱する。

2 ニンニク、ショウガ、五香粉、チリ・パウダーを1～2分炒める。ニンジン、サヤインゲン、セロリを加え、野菜になかば火が通るまで、中火で2～4分炒める。キャベツを加え、振り上げながら炒める。野菜がシャキシャキ感を保ったままやわらかくなるまで5分ほど。塩を振ってよく混ぜ、蓋をしてさらに2分。
すぐにテーブルへ。

アップルタルト

【材料】

パイシート……1枚
※マルセルはホワイトハウスで一からつくる。でもわたしは家でつくるとき、楽をしてロール状の冷凍品を使う。
酸味のある甘いリンゴ
……約1キロ（大きさにもよるが、
グラニースミスかマッキントッ

シュなら5、6個)
レモン汁……1個分
砂糖……カップ½
レモンの皮(すりおろしたもの)……大さじ2
無塩バター(小さく切ったもの)……大さじ3
シナモン……小さじ1
アップルゼリー……カップ½

【作り方】

1 オーヴンを200℃に予熱する。底取れタイプの10インチのパイ皿、もしくはタルト皿にパイシートを置く。

2 リンゴの皮をむき、4つに切る。芯を取って、薄くスライスする。ボウルに入れてレモン汁を加え、全体になじむまで混ぜる(リンゴの変色を防ぐため)。

3 リンゴをタルト皿に、魚のウロコのように敷き、重ねていく。すべて重ねたら、砂糖とレモンの皮を振りかけ、バターを散らす。さらにシナモンを振りかける。

4 オーヴンに入れて15分焼き、温度を190℃に下げてさらに25分。最後の15分は焼き具合に注意する。必要であればホイルで包み、焼きすぎないようにする。

5 タルトが焼きあがりかけたら、アップルゼリーを弱火にかけて、とろとろになるまで混ぜる。それを焼きあがった熱いタルトにぬる。
焼き立てでも冷やしてからでも、お好みで。

チキンのオーヴンフライ

【材料】
バター……カップ½
小麦粉……カップ1
ガーリックパウダー……大さじ2
タマネギパウダー……大さじ1
塩……大さじ1(お好みで加減)

コショウ（挽きたて）

……小さじ1（お好みで加減）

レモンの皮（小さな角切り）

……大さじ1

チキン……1羽

※洗ってカットする。内臓（もしあれば）は取り除く。わたしはそれでブイヨンをつくるが、捨ててしまってもかまわない。

【作り方】

1 オーヴンを180℃に予熱する。

2 チキンを重ねずに置けるくらいの耐熱皿、もしくは9×3インチのケーキ型にバターをひく。オーヴンに入れてバターを溶かす。

3 小麦粉、ガーリックパウダー、タマネギパウダー、塩、コショウ、レモンの皮を、大きくて丈夫なジッパーつきのビニール袋に入れ、振って混ぜる。

4 バターの溶けた耐熱皿をオーヴンから取り出す。

5 3の袋に、チキンを一切れ入れて振る。粉がまんべんなくついたら取り出し、耐熱皿の溶けたバ

ターの上で転がしてから、皮を上面にして置く。

6 **5**をくりかえし、すべてのチキンに粉をまぶしてバターをつけたら、耐熱皿にきれいに並べる。

7 オーヴンで焼く。チキンの表面に焦げ目がついてカリカリになり、全体に火が通るまで40分ほど。

8 耐熱皿を取り出して、チキンをお皿に盛りつけ、テーブルへ。

※耐熱皿の肉汁を少し残してグレイビーソースをつくってもいい。チキンがいっそうおいしくなる。ただ、わたしは大統領にお出しするとき、グレイビーソースはつけない。大統領はランニングが好きで代謝もいいが、お腹まわりを気にしているからだ。

ガーリック・マッシュドポテト

【材料】

ジャガイモ……1キロ
（皮をむいてさいの目切り）

※わたしは昔ながらのアイダホラセットが好きだが、ほぼどんな品種でも良い。

バター……大さじ6

ニンニク……½〜1片
（皮をむいてすりつぶす）

ミルク…カップ½〜¾（温める）

塩……大さじ1（お好みで加減）

粗挽きコショウ（挽きたて）
……小さじ½（お好みで加減）

新鮮なチャイブ……カップ¼
（刻んだもの）、お好みで

【作り方】

1 大きな厚底鍋にジャガイモを入れる。ひたひたになるまで水を加えて蓋をし、中火で沸騰させる。吹きこぼれないように注意すること。沸騰したら火を弱め、ジャガイモにフォークが刺さるくらいまでゆでる。およそ15〜20分。火が通ったら湯を捨て、ジャガイモの水気をきる。

2 空になった鍋を火にかけ、バターを加える。バターが溶けたらニンニクを加えて炒める。そこにジャガイモを入れ、温めたミルクを少しずつ加えながら、ハンドミキサーか泡立て器でなめらかにする。塩・コショウする。温めたお皿に盛り、お好みで刻んだチャイブを散らす。

※ジャガイモをゆでるとき、水に塩を加える人もいる。そうすると温度が上がり、ゆで時間が短くなるといわれているからだ。わたしは量が多いときだけ最後に塩を加えるが、ジャガイモがよりやわらかくなるような気がする。どちらのやり方でも問題はない。

オリー特製サヤインゲン

【材料】

オリーブオイル……大さじ2

ニンニク……3片（皮をむいて薄くスライス）

小ぶりのタマネギ……1個（みじん切り）

サヤインゲン……1キロ（洗って筋をとる）

塩……適宜

【作り方】

1. 大きな厚手のフライパンを中火にかけ、オリーブオイルをひく。
2. ニンニクとタマネギを入れて炒める。タマネギが半透明になったらサヤインゲンを加えてさらに炒める。緑色があせないよう、しんなりしすぎないよう気をつけながら、しっかり火を通す。
3. 塩を振って、すぐにテーブルへ。

チョコレート・エンゼル・ケーキのベリー添え

【材料】

熱湯……カップ¼

バニラ・エッセンス……小さじ2

ダッチココア・パウダー……大さじ4
ケーキ用小麦粉……カップ1
（ふるい、またはフードプロセッサーにかける）
砂糖……カップ2
塩……小さじ½
特大サイズの卵の白身……12個分、もしくは2カップ分の白身
※Lサイズの卵で16個ほど。大量の黄身の処理が面倒な場合は、メレンゲパウダーを使っても良い。マルセルは卵黄でプディング、ロード・ボルティモア・ケーキ、カスタード・ソースをつくる。
酒石英……小さじ2
生のベリー……カップ2½
（洗って水切りし、冷やす）
粉砂糖とココアパウダー……適宜

【作り方】

1 オーヴンを180℃に予熱する。

2 ボウルで熱湯、ココア・パウダー、バニラ・エッセンスを混ぜる。なめらかになり光沢がでたら、いったん置いておく。

3 べつのボウル、またはフードプロセッサーで小麦粉、砂糖カップ1、塩を混ぜる。

4 きれいなボウル（油けが少しでもあると、卵白が泡立たない）に卵白を入れ、泡立てる。酒石英を加え、軽く立つまで泡立てる。砂糖カップ1を少しずつ加えながら、しっかり角が立つようにする。

5 卵白を1カップ分取り出し、2のココア・ミックスとさっくり混ぜ合わせる。

6 残りの卵白に3の小麦粉ミックスを少しずつ合わせていく。このとき、小麦粉ミックスは⅓カップずつ、卵白の表面に振るようにしていく。強く混ぜると空気が逃げてしまうので注意する。やさしく、かつ手早くすること。

7 そこに5を少しずつ混ぜていく。

8 出来上がったものを、油をぬっていないエンゼル・ケーキ型にス

プーンで入れる（またはボウルから流し入れる）。ナイフで円を描くようにして空気抜きし、スパチュラで表面をなめらかにととのえる。

9 オーヴンで45分焼く。最初の30分はオーヴンの扉を開けないこと。ケーキのてっぺんが裂けたほうがかわいい。そっと触れて弾力を感じるか、つまようじを中央に刺して何もつかなくなったら出来上がり。オーヴンから出して、型を逆さにする。

10 逆さにした状態で、室温で冷ます（最低2時間）。

11 型の周囲と中央の筒にナイフをすべらせ、ケーキを外側からはがすようにして型から取り出す。筒の部分が取り外し可能な型であれば、底面にナイフをすべらせて取り出す。

12 ケーキとベリーに粉砂糖を振りかける。お皿にもココア・パウダーと粉砂糖を振りかけ、そこにカットしたケーキを置く。横にベリーをこんもりと盛る。さらに粉砂糖を振りかける。

おまけとして、オリヴィアのお気に入りをご紹介。

クリスプ・トリプル・チョコレートチップ・クッキー

【材料】

小麦粉……2カップ

ベーキングパウダー……小さじ1

塩……小さじ1

無塩バター（室温）……カップ1（2本）

ブラウンシュガー……カップ1（ライトでもダークでも）

白糖……カップ¾
バニラ・エッセンス……小さじ1
卵……1個（溶いておく）
ミルクチョコレートチップ
……1袋（170グラム）
ダークチョコレート……1枚
（80～90グラム、小さく割る）
ホワイトチョコレートチップ
……1袋（170グラム）
天板に敷くクッキングシート

【作り方】

1. オーヴンを180℃に予熱する。
2. 小麦粉、ベーキングパウダー、塩をふるいにかけておく。
3. ボウルでやわらかいバターと砂糖2種類を混ぜ、バニラ・エッセンスを加えてなめらかになるまで混ぜる。さらに卵を入れて混ぜる。ふるいにかけた粉類を一度に1カップずつ加えてさっくり混ぜると、生地がやわらかく均一になってくる。チョコレート類を入れて混ぜる。
4. 直径25ミリくらいのボール状にする。天板に敷いたクッキングシートにのせ、十分に間隔を空けて3列に並べる（焼くと広がるため）。クッキーが茶色になり、平らになるまで焼く（およそ15分）。天板の上で冷まし、冷めた缶に移す。

フェタチーズと松の実のキュウリ・サンド

【材料】

フェタチーズ
……カップ½（小さくカット）
マヨネーズ……大さじ2
ウスターソース……3滴
焼いた松の実
……カップ¼（細かく砕く）
ニンニク……1片（つぶして刻む）
乾燥ディル……小さじ½
塩と粗挽きコショウ……適宜
冷えた大きめのキュウリ……3本
（薄くスライス）

生パセリ…カップ¼(みじん切り)
コッシャーソルト……適宜

【作り方】

チーズ、マヨネーズ、ウスターソース、松の実、ニンニク、ディル、塩・コショウを混ぜる。これを小さじ2杯分、キュウリのスライス2枚ではさみ、大皿にのせていく。みじん切りにしたパセリと塩を振る。冷たくしていただく。

アーモンド、ペカン、松の実入りバクラヴァ

【材料】

フィロ生地……1袋(シェフでさえ、自分でつくらず購入する!)
溶かしたバター……450グラム(四本分)
アーモンド……230グラム(粗く刻む)
ペカン…120グラム(粗く刻む)
松の実……90グラム(粗く刻む)
砂糖……カップ3
水……カップ1
グローブ・パウダー……小さじ¼
シナモン・パウダー……小さじ1
シナモン・パウダーと粉砂糖……お好みで適宜

【作り方】

❶ オーヴンを180℃に予熱する。
❷ ナッツ類に砂糖1カップを混ぜておく。
❸ フィロ生地を袋から出して広げる。すぐに使わないときは、湿ったペーパータオルか布巾で覆っておく。フィロ生地は乾燥しやすく、すぐぱりぱりになってしまう。
❹ 生地全体を半分に切り(てのほうが耐熱皿(9×13インチ)にうま

くなじむ)、ペーパータオルで覆っておく。耐熱皿に料理用ブラシで溶かしバターをぬる。その上にフィロ生地を1枚置いて、表面に溶かしバターをしっかりぬる。同じことを6回くりかえす。その上にナッツ類を、薄い層になるまでまんべんなく振りかける。

5 その上に生地を置き、4と同じこと(生地+ナッツ)をくりかえす。これを合計で6回行なうと、全体で6層になる。

6 ナイフで4~6列に切る(サイズはお好みで)。耐熱皿の向きを変え、列を斜めに切ってひし形にする。

7 きつね色でカリッとなるまで、35~45分焼く。

8 オーヴンから取り出し、耐熱皿をラックにのせて冷ます。

9 そのあいだ、残った2カップの砂糖、水、グローブ・パウダー、シナモン・パウダーを大きなソースパンに入れ、中火から強火で沸騰させる。少し火を弱め、20分ほど煮る。

10 沸騰したシロップを、冷やしたフィロとナッツにゆっくりかける。

11 完全に冷えるまで置いておく。デザート皿にカットアウトシートを置いて、シナモン・パウダーを振りかける。シートを右に1センチほど、注意深くていねいにずらし、今度は軽く粉砂糖を振る。シートをゆっくり取り除く。ひし形のバクラヴァをのせてテーブルへ。

訳者あとがき

いささか趣の異なる新シリーズの始まりです。コージーミステリといえば、「田舎町などで事件が起きること」（コージーブックスのHPより）が特徴のひとつですが、本書の舞台はアメリカ合衆国の首都ワシントンDC。しかも主人公は、アメリカ国内はもとより、世界的に知られる大統領官邸――〝ホワイトハウス〟の料理人です。

そして殺人事件も起きますが、犯人はあきらかにプロの殺し屋で、主人公は〝謎解きに挑む〟どころか、自分も命を狙われておろおろするばかり――。

ホワイトハウスと聞いて思い浮かべる光景は、ニュース映像で見かける真っ白な建物と芝生、噴水といったところでしょうか。大統領が執務を行ない、ファーストファミリーが暮らすホワイトハウス（敷地面積：二万坪超）はアメリカ政府の中枢であり、周囲を緑の木々に囲まれた美しい建物では、外国の要人を迎える晩餐会なども催されます。

本書『厨房のちいさな名探偵』（原題 *State of the Onion*）の主人公オリー（オリヴィア）・パラスは、そんなホワイトハウスのキッチンで、エグゼクティブ・シェフ（総料理長）ヘンリーのもと、大統領一家の朝・昼・晩の食事をつくりつつ、華麗な大晩餐会の豪華メニューやこぢんまりした会食などの料理もてがける忙しい毎日を送っています。

ヘンリーが勇退するため、オリーはテレビ番組のスター・シェフと後任の座を争うことになるのですが、どちらが選ばれるにせよ、ホワイトハウス初の女性エグゼクティブ・シェフの誕生です（実際のホワイトハウスでは、C・カマフォードというフィリピン出身の女性がクリントン政権下でアシスタント・シェフを務めた後、ブッシュ大統領夫人によってエグゼクティブ・シェフに抜擢され、現在もオバマ政権下でその職にある）。

とはいえオリーは、ホワイトハウスに不審者が侵入したことがきっかけで、悩み多き日々を送ることになります。大統領の護衛官を務める恋人との関係はぎくしゃくし、あろうことか、自分まで殺し屋に追われる羽目になるのです。しかもホワイトハウスの新任室長からはハラスメントを受けて、ヘンリーの後任どころか厨房をクビになってしまうかもしれません。そんな暗雲たちこめるなか、かつてないほど重要な大晩餐会の日は刻々と近づいてきて――。

本書の巻末には、ヘンリーの手になる「大統領のメニュー」が紹介されていますが、これは豪華な晩餐会の献立ではなく、あくまで大統領一家の私的な食事メニューです。アメリカ合衆国大統領の日常生活を垣間見るような気持ちで楽しんでいただければと思います。

さて、作者のジュリー・ハイジーですが、作家としてのスタートはミステリではなくＳＦ作品でした。その後、初長編となるロマンティック・サスペンスを上梓し、二〇〇八年刊行の本書でアンソニー賞を受賞します。このホワイトハウス・シリーズは、八作目となる *All the President's Menus* が二〇一五年一月に刊行されました。

伏線たっぷりでハラハラドキドキの展開には定評があり、第二巻 *Hail to the Chef* も本作をしのぐ出来（！）との評判です（邦訳は二〇一五年十一月刊行予定）。

最後になりましたが、訳出にあたっては何人もの方にご教示を仰ぎ、わけても瑞岩知香子さんにはひときわ多くの時間と労力をさいていただきました。この場を借りて心よりお礼申し上げます。

コージーブックス

大統領の料理人①
厨房のちいさな名探偵

著者　ジュリー・ハイジー
訳者　赤尾秀子

2015年　5月20日　初版第1刷発行

発行人　成瀬雅人
発行所　株式会社　原書房
〒160-0022 東京都新宿区新宿1-25-13
電話・代表　03-3354-0685
振替・00150-6-151594
http://www.harashobo.co.jp
ブックデザイン　atmosphere ltd.
印刷所　中央精版印刷株式会社

落丁・乱丁本はお取り替えいたします。

定価は、カバーに表示してあります。

© Hideko Akao 2015 ISBN978-4-562-06039-9 Printed in Japan